福建
故事

长篇小说福建故事系列

潮落潮起

吴安钦 ◎ 著

海峡出版发行集团 | 海峡书局
THE STRAITS PUBLISHING & DISTRIBUTING GROUP

图书在版编目（CIP）数据

潮落潮起/吴安钦著. —福州：海峡书局，2019.12
（2024.7 重印）
ISBN 978-7-5567-0690-7

Ⅰ．①潮… Ⅱ．①吴… Ⅲ．①长篇小说–中国–当代
Ⅳ．①I247.5

中国版本图书馆 CIP 数据核字（2020）第 028463 号

责任编辑 刘晓闽
封面设计 黄　丹

潮落潮起
CHAOLUO CHAOQI

著　　者　吴安钦
出版发行　海峡书局
地　　址　福州市台江区白马中路 15 号
印　　刷　三河市兴博印务有限公司
厂　　址　河北省三河市杨庄镇大窝头村西
开　　本　787 毫米×1092 毫米　1/16
印　　张　17
字　　数　160 千字
版　　次　2019 年 12 月第 1 版
印　　次　2024 年 7 月第 2 次印刷
书　　号　ISBN 978-7-5567-0690-7
定　　价　69.80 元

谨献给为开发和保护蔚蓝色海洋做出贡献的人们

——题记

第一章

这一天，是十里滩跨入四月后难得的好天气。下了将近半个月淅淅沥沥小雨的天空，突然晴朗开来，而且还日头高悬，阳光明媚，展现出风和日丽的怡然景观。太阳如炬般直射在五岛湾连片的渔排上，暖融融的，让所有在网箱上劳作的人们，身心内外自然荡漾起和煦亲昵的舒坦。倒映在海面上的那条如火般的巨柱，金光闪烁。整个海湾一丝风都没有。只有细心的人才注意到，湛蓝色的海水里还是有激滟的涟漪正朝着这条耀眼光芒的水火炬悄声涌来。

因为有这条既像红色又似橙色的水柱，五岛湾的海，此时此刻，比一幅图画还要光鲜和亮丽。

当然，在这片渔排上养鱼的十里滩人家，是不会放下手中的活计去欣赏海中美景的。

正在往网箱里撒饲料的王玉花弯酸了腰肚，抬头想放松一阵时，有些意外，今天的太阳怎么这么美？海里的光影为何这般亮？

她朝着这条笔直的水柱往远方张望时，发现一艘汽艇正向着她的渔排开过来。

　　王玉花立即警觉起来,不对劲,汽艇上为何有这么多的人?难道催海来了?

　　她赶紧扔下提在手上装有小鱼虾饵料的塑料桶,蹲下,双手很随意地伸进她脚下的海水里,急急忙忙地搓了一把后,迅速起身,窜进渔排的木屋子里,擦过水涔涔的双手后,从床头摸起她的手机,立即按了拨打键。很快,她脸膛涨得通红,对着手机,着急万分地大声说:"得海,快快来!那批人又来了!"

　　说完,她急匆匆地跑到屋外,朝四周大声疾呼:"快快来啊!那批人马又……"

　　顿时,在她渔排上打工的七八个男女向她身边集聚过来。王玉花用她半生不熟的普通话对他们说:"你们要做好准备,没有得海发话,绝不能让谁牵走我们的渔排!"

　　王玉花还没说这话时就开始打牙战,这句话刚脱口,浑身像筛糠般发抖得厉害。她很佩服自己的男人金得海,那么多的人围攻他一个人,他竟然毫无惧色,敢一个人和他们一帮人拼。男人就是男人,就应该硬气!

　　王玉花是金得海的老婆。一个土生土长的海边女子。她的娘家是十里滩岛正对面的七里滩岛上的。她自小和海打交道,小学还没读完,就跟随她的哥哥姐姐下海入滩干渔事了。海里的活、滩上的活,不管是大的小的,粗的细的,干的湿的,她样样都会,而且比一般的男人还精通。十三岁那年,她就能看螃蟹的雌和雄,更厉害的是,她懂得看螃蟹结实与否,有红膏没红膏。连虾蛄是公的还是母的,她都会看,而且一抓一个准。一条大黄鱼放到她手上,她说九两，绝不会超出九两一毫。连有"海鬼"之称的金得海金得水两兄弟都不得不佩服她这方面的天赋。可是，王玉花偏偏怕事，怕和人家吵架。尤其担心因渔排上的事情和人吵闹。她害怕和人家结下仇恨，仇家下了狠心，一刀割了渔网，或者在她的渔排里放下一小包的毒药，那么，她的鱼就……后果，她想都不敢想。

渔排边的海水渐渐出现白色的浪花和起伏不定的波涛。那条橙红色的金柱开始摇摆晃动。随着汽艇的靠近，整个渔排架开始摇晃。

眨眼间，汽艇向王玉花的渔排靠拢来了。一个人率先跳下汽艇，稳稳地立在了渔排最前沿的木架板上。海区顿时剧烈地震荡了一下，几乎所有站在她渔排上的人都因这个震荡，趔趄了一下，但很快重新站稳了。王玉花异常愤怒地厉声喝道：你们是干什么的?! 那个跳到渔排上的人边将随手带下的一根系船索往渔排架上系，边回王玉花说：我们是来收海的。通知过你们多次了，你们蛮叮牛角，不把政府的话当话听。所以，今天我们要强制行动了！

你们真是吃太饱管太宽了！王玉花说这句气话时，手腕颤抖得更加厉害。

那人一系好船索，汽艇上的人就一个接一个地往渔排上跳。

一个身材高大的中年人快步迈到王玉花跟前，威风凛凛、极其严厉地问她："你的男人呢?"

王玉花越发紧张。她扫了一眼这帮人马，除了村长金得银外，好像没有一个熟悉的。心想，这回完蛋了，网里的鱼儿可能没命了。她牙齿打战得比吃爆炒豆还响，双腿发软得很想委下去。但她尽力克制地挺着，一脸愤怒地回这人话："他没有你们吃这么饱！闲着没事！"

显然，那人听了很不舒服。口气更加生硬地对她说："我们也没有你吃得这般饱！告诉你，你服气要收起这网箱，不服气也得收起这网箱！先收，主动配合政府收，还有一笔可观的补偿金；否则，过了时限，不光要收回去，还拿不到一分钱。到那时，再哭再闹都无用了！"

说这话的是江东县大公乡的副书记、包村五里滩队长杜小康。杜小康还负责七里滩、五里滩、三里滩和八里滩等岛屿的五岛湾包片工作。人家称他为片长。

杜小康见他的话没有得到女人的回应，便慢悠悠地往王玉花所站的位置靠近几步，问她："你是不是一定要我们来硬的才罢休呢？"

王玉花不是不想回他的话，只是她实在慌张得很，她怕得连腔调都变了。她更怕乱说话，万一得罪了他们，被人家抓了辫子揪住不放那麻烦就大了。话说不清楚不如不说。

不料，杜小康突然挥了一下大手，扯着大嗓门，对一起来的穿制服的人喊道："准备行动！先砍下这一排的网箱，给我牵回去！"

带路的村长金得银见此情景，赶紧上前对杜小康劝话，他说："慢着，还是等她男人来了再行动吧。不然，人家以为是……"

杜小康气势汹汹样，反问金得银："以为什么？"

金得银没有回答他，而是快速走到王玉花跟前，对她说，你还是赶紧通知得海来吧。

王玉花可怜兮兮地说道："我已打电话给他了。"

金得银回头想跟杜小康说几句话，还没到他跟前，杜小康先发话了。他涨红着脸说："这些事本来是很容易解决的，都是你们这些村干部七拖八拖搞得这般被动。现在再不下手，我们的书记、乡长恐怕要挨批了！"

这时，五岛湾来风了。天空上的云朵渐渐织成云块，把太阳遮得阴一阵亮一阵。看得出来，倒映在海面上的那条光柱也开始变得忽明忽暗。原来，海湾里已经开始荡漾起层层波涛。

正当杜小康队伍中的三个年轻人举着大刀准备奔向指定的网箱砍绳时，一艘小机船"突突突"朝着渔排开过来了。

金得银定睛一看，正是金得海。他赶紧喝住举刀的三个人，说："等等。她的男人来了。"

王玉花也看到了，开船来的正是她的男人金得海。骤然间，她的底气猛然上蹿。她知道，老公来了，有男人顶着，天塌下来她也不怕。不过，她也想过了，今天要是有个万一，比如，这批人要是真来粗的，要动刀动枪，她就豁出去，和这伙人拼到底，大不了自己跳海算了！看这伙人怎么着！

杜小康一听说金得海来了，不免有些慌张。他当时想的办法是，趁着金得海不在，以金得海的女人和他们的人顶嘴闹事对抗为借口，先砍掉一两个网箱拖走，算完成一项任务往上交差。可是，偏偏王玉花不愠不怒的。再就是，他也想不到，金得海渔排上渔工这么多，一旦冲突起来，能否胜过他们自己也没把握。书记、乡长交代过了，避免正面冲突，不能发生安全方面的意外。因为他所带来的这批人马中，没有几个识水性，就算会游几下子，双方推搡起来，万一有人掉落这深海中，那后果难以设想。如果真的出现这种情况，他作为带队的要负主要责任。到那时，不但不能被组织提拔重用，恐怕连目前的副科位置也保不住，弄不好还要被撤职处分！他想，凡事还是悠着些好。

正想着，五匹马力装置的小机船靠上渔排了。因为挂挡迟迟未降速，整艘机船猛烈地撞击了一下渔排，将网箱撞得和人一样来了个大趔趄，整个渔排大幅度地摇摆了一下。一个渔工看见老板来了，赶紧过来帮他系了船。

金得海脚一上渔排，沉着脸，厉声问道："干吗来这么多的人？"

被小机船冲击而震荡得险些落海的杜小康，看见金得海来了，心里虽然有些畏惧，但还是颤悠悠地向金得海踱过来。他明白，自己是带队的领导，他不出来说话，谁会替他说呢？

杜小康说："金老板，你也知道了，县里要把五岛湾垦区改造为工业区。因此，这片海域要收回去。我们也做了大量的宣传发动工作，会开过了，通知也发了，限定自行收海的时间也过了。所以，今天我们来拖网箱。"

听到这儿，金得海火从心起，脸上青筋暴突，一双眼睛鼓得比他网箱里的网格还要大。他右手直指着杜小康说："你们这些人只懂替自己做政绩，想怎么做就怎么做，没那么容易！我金得海告诉你，谁想动我一条鱼、一个网箱，我就动他的人命！除非，你有本事，先杀了我！"说着，他对杜小康直逼而来，说："来吧，来吧，有胆量，你就拿枪崩了我吧！"

　　杜小康早听说金得海这人胆大包天，是个敢作敢为的汉子型男人，在十里滩岛又是强房大姓，影响力很大，他一句话比村书记、村长的一大堆话还管用。岛上的事，只要他同意了，没有做不成的。问题是，很难做通他的工作。与他意愿相悖的事，一句话未出口，金得海就想动手。而且听说他气粗力猛，一般两三个人都不是他的对手。尤其在他喝了酒之后，说起话来声大如雷，力大如山，谁都要避他几分。

　　果然如此，杜小康一看这阵势，心中禁不住打了个寒噤。他想，看来摊上麻烦了。他见金得海咄咄逼人，早已心惊肉跳。但他强作镇静，对金得海说："你莫急，我们要讲道理。"

　　一听说要讲道理，金得海更急更火。他怒目圆睁，恶狠狠地指着杜小康问："你们还讲道理吗？你记不记得，当年，你们乡干部，还有村干部……"说到这里时，他转身看了看站在他身后的村长金得银，"三天两头找我，说要积极参加'海上渔村'建设，要把当地最好的自然资源充分地利用和发挥出来。三次要我去村里开会，讨论开发五岛湾网箱养鱼的事，动员我做带头人，率先将渔排建起来。你可知道，当年，我本来可以在山东那边做网箱养殖的。听了你们，我才回来投资的。你们看，当年这里一片空海，乡亲们在我的引领下，养了这么多的鱼。才多长时间，还有不少的人因为养鱼亏了大本，这一两年才真正开始有些效益，你们却要我们退养，你们究竟居心何在？你们是不是又想做更大的个人政绩？"

　　杜小康见他有说理的意思，赶紧对他说明道："这不是我们乡政府的意思，我们没有这个权力。老实说，我们也不愿意看到你们退海不养。但是,县上面已经决定必须这样做,我们只能执行。这是没办法的事。"

金得海打断了他的话,说:"你如果做不了主,回答不了我的问题,你就不要来找我们的麻烦!"

杜小康说:"金老板,有话好说,你不用急。我虽然不能解决问题,但是,我可以把你的意见向上面反映。"

金得海说:"那好。我问你,我们的海区撤了,有没有赔偿?"

"有,当然有!"

"那么,怎么个赔法?"

杜小康说:"赔偿分为几种。主动撤的除赔偿外,另给一定数额的补偿。"

金得海:"好。就算我们服从了你的赔偿方案,那么,我再问你,我们收起网箱渔排,把海腾出来后,我们干什么去?"

杜小康:"你们之前没有养鱼的时候,不是照样可以生存得好好的?网箱撤走后,你们可以像过去那样,该干吗干吗。"

金得海:"那好,我们从前在这片海域养殖海带,鱼类退养后,我们继续干养海带的活。"

杜小康:"这是不行的。反正,退养后,所有五岛湾海域全部禁养!"

金得海:"这样的话,我问你,我们老百姓靠什么吃饭?还有,我们的子孙后代干什么去?"

"这……这……这,我可以转达。"杜小康说。

金得海说:"政府必须首先考虑我们的出路和吃饭问题。这最基本的问题,你都没办法做出明确答复,你们快快给我回去吧!"

说这话时,金得海用力挥了一下手,有请人家滚蛋之意。杜小康对他的这个手势没有什么反应,可是,跟他一起来的几个年轻人感觉像是受了金得海的侮辱似的,心里很不平衡。其中一个三十多岁的年轻人大声地对金得海说:"我看你本事是够大,胆量也够大,但我奉劝你,说话也要文明点。不然……"

"不然什么?!"还没等那个年轻人的话说完,金得海就火急火燎地接上他的话,态度更加强硬蛮横地说,"怎么样,你还想拉我去枪毙?"

那个年轻人也不示弱,他说:"你别仗着你在十里滩的威风,好像人家对你没办法了?我告诉你,你再这样,你要吃大亏的!人家怕你金得海,我就不怕你!"

在十里滩,金得海还没有听见哪个人敢对他这般不客气,当面对他指名道姓。他也像受了侮辱似的,火冒三丈,呼的一声冲杀过来,决意要和这年轻人拼一下。杜小康带来的队伍共有十三人,都是大公乡政府机关临时抽调出来的干部职工。有的是机关公务员,有的是来自水技站、林业站、经委、计生服务站等事业单位的人员。这个比较硬气的年轻人来自乡财政所,名叫商酉葹。平常都是人家求他审批项目资金和各种经费,从未见过像金得海这样牛气冲冲的乡下人。他想,作为普通百姓怎么可以用如此态度对待政府的决策?更不能用这样的态度对待来执行政策的干部。这种人的威风如果不给他压下去,以后政府还能有执行力吗?乡干部还有威信,还能开展工作吗?他看见金得海气势汹汹地冲他而来,做了招架准备。

这时，见势不妙的杜小康立即跟着金得海跑了过来。

正如商酉葩所料，当金得海冲到跟前要一手揪住他衣领的时候，站在他身旁的几个干部纷纷出来阻止劝告。有人说："你金得海做得太过分了，人家跟你好好说话，你却这样对待人。你占着什么势头？你是不是想搞无政府主义？"

金得海火气更盛，嗔怒道："我的财产都没了，留一条命有何用？"

金得海说着，凶狠地朝商酉葩扑来。说时迟，那时快，金得海冲过来的一刹那，商酉葩被他身旁的几个人拉开了。金得海扑了一空，气急败坏，不管不顾杜小康一队人马的劝说和阻止，对在他渔排上务工的人喊话："来，快给我拿一把大刀来！"

网箱里的鱼儿，仿佛明白站在它上面的人，是为着它们的事而吵吵闹闹，顿时也变得焦急起来。金黄的、银白的、黝黑的、淡红的，一群群、一簇簇、躁动地游过来又游过去。似乎恨自己无法飞起来，不然，也来替它们的主人说几句话，或者劝劝人家，不要为它们大动干戈，不然，它们在水里也难受。

王玉花目睹这一切，腿脚软得无法站稳，她感觉头晕目眩，随时有晕倒的可能。她想上前拉住金得海，又担心要是将老公拉住了，他们的人马会不会趁机冲上来打金得海，或者趁机将渔排的绳索给砍了。因此，她不敢上去，远远地伫立在那里，一边哭泣一边喊叫："没天理呀，没天理呀，你们不能这样做呀！我们养鱼的很不容易呀！你们怎么能这样对待我们哟！你们要拖走我们的鱼，就是不让我们活下去了！既然这样，我就死给你们看啦！"

说完，王玉花转过身去，面对渔排外面的航道，举起双手，做投降状，腾空而起，飞一般地栽了下去。

顿时，浪花激荡，水波汹涌，又把整个渔排晃荡了几下。站在她不远处的两个人震感尤为强烈。

金得银反应最快。他喊道："完了，玉花跳海了。真是没天理，这下出人命了！"

第二章

时间已近中午。难得晴朗的天气突然生变。原来只有几朵棉花般的云朵的天空,此刻已乌云成堆。那轮明晃晃的太阳被遮得露不出头脸来。那根如柱般的光影随之也成了倒在海里的七彩涂料,任凭风浪起起伏伏。

由当地派出所所长亲自带队的五名警察赶到渔排时,王玉花已经被救上来了。人们七手八脚火速将她抬到小木屋里抢救。

金得海心中有数,王玉花是五岛湾远近有名的女水手,水上功夫可以与他较劲,连冬天下海也不畏冷。正常情况下,她可以泅水十多分钟。夜里要是没船渡到十里滩岸上的家,她可以一只手举着外衣外裤,一只手划水,一口气游划到岸上来。这是一般男人所不敢做的。所以,当王玉花跳海时,他表面上十分紧张,心中却明白得很,在海里,她死不了。所以,根本不用他跳进去救她,她被拉上渔排来了,更没必要去看上一眼。也只有他明白金得银村长摇头的意思。

一个女工上前摸了一下王玉花的鼻口,发现有气息进出,便说:"看来没事。"又靠近王玉花的耳根,悄声问道:"送你上医院好吗?"

这时,王玉花似乎醒过来一样,轻轻地摇了摇头。

金得海全然不管王玉花的事,他怒气冲冲地对杜小康和商酉葩说:"砍吧,把网箱拖走吧! 为何不砍了? 来吧,干脆把人杀了吧!"

杜小康没有言语。

派出所所长十分果断而坚定地说:"走,你们双方,还有得银村长你,都跟我去一趟派出所,把问题说清楚,这女人为何跳海。是谁逼着她跳,还是什么原因? 我们要追究责任的!"

他们二十多人分乘两艘大小汽艇,离开渔排,朝岸边开去。

这正是王玉花所设想的结果。

她最了解她丈夫金得海暴戾恣睢的性格。有道理的事,对谁,他都不肯示弱服软。她同时知道,不管是什么人,不管你有多大的实力和本领,哪是政府的对手? 不管怎么说,个人的力量再大,都大不过政府的力量。刚才王玉花在渔排上腿脚不停打战的原因就在于,发生一切事情,金得海都要负全部责任,弄不好还有可能倾家荡产。一旦打起来,特别是动起刀来,金得海要完蛋,她也要跟着受罪。如果那样,不如自己牺牲一回,不让他们的冲突升级,至少可以起到缓和矛盾的作用。再说,站在那里打战还真不如下海里凉一凉畅快。

果然,她的这一跳把本来要动刀砍绳直至肢体冲突的双方都给镇住了。

这下好了,派出所把他们的人全带走了,事件终于得到暂时的平息。至于往后怎么样，她再跟她男人想法子。

想到这里，王玉花嚯地从床铺上起来，准备烧火做饭。

金得海回来时，已是傍晚时分。太阳正要落入大海似的挂在西头，红得有些艳，很像一只烧红了的火球，把一大片海面照耀得波光潋滟、云铺霞染，灿烂得如灯如火。

渔乡四月的天气就是这样，一日之内，忽晴忽雨，忽阴忽阳，反复无常，变化多端，难以揣摩其中变数。所以，四月天，是十里滩甚至于五岛湾渔家人最担心的日子。可偏偏收成海带正是在这个气候多变的季节里。

金得海和金得银一到渔排上，不仅他网箱上的人全都向他聚了过来，连周围渔排上的养殖户也纷纷过来问究竟。

金得银说："得海兄弟，求你以后别这样好高，行吗？我们也都是有岁数的人了，不要太犟了。别动不动就捏刀抄家伙，跟当年的孩子闹情绪似的。今天人家算让着你了。不然，真的也跟你硬碰硬，你碰得过政府吗？"

金得海对金得银看法很复杂，觉得这个人既可爱又可恨。金得海本来也想训一下他，但转念一想，却这样对他说："得银啊，你是十里滩的村长，是我们十里滩老百姓把你选举上去的，你应该替我们老百姓讲话做事。你自己想一想，我们的鱼都不养了，吃什么？群众没有收入了，村里也没收入了，你这村长还是村长吗？他们不让我们养鱼，总应该给我们指出一条活路，不然，我们的子孙后代会怎么看我们！"

　　金得银说："乡政府说过了，县里也同意了，等工业区办起来，一家大工厂开工后，优先安排我们五岛湾的养殖户就业。"

　　金得海果断打住他的话，说："你被蒙骗了。我问你，他们办的是什么样的工厂？如果办的还是有污染的工厂，我们能接受吗？上他们的班，需要技术才能干，这是年轻人的事情。你再比比看，我们十里滩的人，养殖业才刚刚走上正轨，稍赚些钱。还有，即使不养鱼的人，只要有一条小船，一张渔网，一天赚上两三百元是很轻松的，古人都说了'靠山吃山，靠海吃海'，你难道不懂这道理？"

　　"这道理，不是不懂。"金得银说，"早在乡政府召开的大会小会上提过了。但是，乡领导说，这是上级的决策，下级必须服从上级决定。你说，胳膊拧得过大腿吗？我得银自己也养鱼的，我最想就这样天天正常过日子，不要一天一个样。"

　　金得银说的也是真心话。他没当村长之前，在金得海的影响带动下，也投资开发了三个渔排，养殖起大黄鱼、美国红鱼、真鲷，还有黑斑等鱼类共两万多尾。他和十里滩多数的养殖户一样，先小赚，中间大亏，然后起死回生。他因为投资养鱼和当村长时花掉的经费，至今仍欠银行和朋友二十多万。他确实也在乡政府召集的座谈会上谈了他的想法，同时也提过不少的意见，但是，基本没有被采纳。如果说有采纳的话，那就是在补偿金上，上级认为可以考虑。

　　金得海蛮横地扫了金得银一眼，说："得银，你不能像别人那样，当了村长，就想贪着、占着，搞吃喝玩乐。既然当，就要当好。就说养鱼的事，你要用心争取，群众一定支持你。你不能盲目服从，这样的大事,跟小孩讨奶吃一样,有哭有吃,哭多吃多。做这个正经事,你怕什么?大不了,不当村长了,人家还能对你怎么样?"

在这么多人面前,金得银受不了金得海居高临下的态度和口气,他知道金得海是个没底没面的人,就是县长跟他对话,他也是这口气。一句不和,他的脸就拉下来,甚至还想骂娘、动粗。如果仅他和金得海两个人在一块说话,哪怕金得海出手揍他两巴掌,他也愿意。可是,这么多人,特别是又有外地在这里务工的人在场,他觉得实在有损他一村之长的形象和威风。所以,他装作有苦难言状,找了个肚子饿得挺不住的借口,对仍然有些发愣的王玉花说:"嫂子,饭做好了没有?我肚子实在饿了。派出所请得海吃饭,他不吃,害得我也饿了一顿。"说着,他不停地摇头。

一脸茫然的王玉花看到金得银那可怜样,不禁暗自发笑。

王玉花说:"好了。可以开饭了。"

金得银动手抓起餐桌盆子里的一条鲂鱼干,边啃边对王玉花说:"嫂子,今天幸亏你表演得好,纵身一跳,平息一场大战。不然,要是真的打起来,我真不知如何是好。你可知道,得海哥马鞭刀提起来的那一刻,我怕得快没命了。我已经做好当他刀下鬼的准备了,哪想到你跳了。不过,以后,这种玩命的事可不能多做。这里虽然算内海,起码也有大几十米深的水位,万一失手,可不是玩笑的。要是你起不来,这时候,十里滩,甚至你娘家的七里滩都要闹翻天了。"

王玉花说:"下次还这样的话,我跳海就不想上岸了!"

金得海的犟、粗野，甚至蛮横，全十里滩的人都能理解。

金得海虚三岁时，曾跟随他的爹娘一起下过海。那回是跟他爹娘坐舴艋舟在十里滩的滩涂上拔苔菜。父母忙着渔事的时候，他一个人爬上舴艋舟，学着大人样，使用木棒划了起来。划着划着，竟然将小舟划离了滩涂。他爹娘发现时，小舟已经离岸边十多米，这把两个大人吓了一跳，慌忙喊话，叫他不要再划了。结果，这一喊叫，把小得海吓蒙了。他惊慌地乱舞木棒，因用力失衡，舴艋舟竟侧翻了，他从小舟上滚进海里。他爹娘见景，急得又哭又跳。他爹连忙冲进海里，向出事的小舟扑去。奇怪的是，小得海不但不会沉入海底，而且会自动浮出海面，两手还扑棱棱地做游泳状。他爹娘且惊且喜。他爹对他娘说，看来，这孩子天生是吃海里饭，干脆就叫他金得海吧。

金得海名字就是在这一天被他爹号上的。

可是，金得海四岁不到的时候，他爹娘在五岛湾外海一次钓鱼作业时，竟然碰上了百年一遇的突转风。所谓突转风，是海边特有的自然气候现象。夏天，白天吹来的正常都是东南风。可是，偶尔会出现反常，日过中午到傍晚的这段时间，会突然出现一阵子的北风，而且还挟带大雨。这种风，当地人又称作小台风，俗称"波暴"。它的特点是，来得凶猛，去得痛快，只一阵子，风过雨停，云散天开，阳光重现。那天，金得海他爹娘用的是只比舴艋舟略大一些的小舢板，没钓到几条鱼。结果，临傍晚时，万里晴空霎时变成昏天黑地，一阵大风从北向南突如其来，把湛蓝的海水横扫成白浪滔天。眨眼间，他爹娘的小船即被风浪淹没。按常规，这样的风一般只有两三分钟,会水的人就是翻了船,风雨过后,即可马上自救。可是,不晓得什么缘故,这天的突转风却持续了近二十分钟,又是瓢泼大雨,把整个五岛湾压得喘不过气来。有人说,那次的突转风,要是发生在今天,那么,所有的渔排和网箱将全部被冲击得片甲不留。因此,水下功夫不一般的得海他爹娘也经受不住近二十分钟狂风巨浪的肆虐。风平浪静之后,仍不见他们从海里回来,以至于至今都不晓得得海爹娘的下落。但是,乡亲们认定,他们丧身大海无疑。

金得海爹娘走后,家中只剩下他和七岁的哥哥金得水。

他爹娘从海里失踪后,兄弟二人投靠他伯父伯母。伯父本来打算让得水得海两兄弟上完小学再下海谋生,可是,他兄弟俩坐不住教室里的椅子,一上课就走神,满脑子都是海里的和船上的事。二年级开始,得水就已经逃课,很快影响到了得海。五岁时,得海就跟逃课的得水一起去了海边。得水能自制钓鱼竿,模仿大人钓鱼。人家钓一条鱼,得水也能钓上一条。得海不会钓,但他会捡虾儿,懂得挖蚯蚓。虾和蚯蚓抓了干吗?原来,它们是钓鱼的饵料。人家男孩子,虽然也是生长在海边的,会游水至少也得跟大人学上一两个月,笨的还要练一两年,得海天生就会游。有人不信,当海水涨满滩涂时,人家趁着得海不备,偷偷地将光着屁股的他抱起来,扔进海里看个究竟。果然,落水后的得海像一块木头一样,竟自动浮在水面。因此,在十里滩人的眼里,金得海自小就是个活泼灵动的小家伙。他给人的印象是,整天赤着光滑又黑不溜秋的身子跟金得水在海边转。他喜欢钻礁石的小洞,因为小洞里阴凉幽深,又有不少的螃蟹出没。人家小孩看到张牙舞爪的螃蟹怕得跑都来不及，他却敢上前先用脚压住它，然后，用手揪住它的头部。别小瞧他才五岁多，到海边，抓不到螃蟹，也能捡到海螺。

金得海感觉最好的是，比他大三五岁甚至六七岁的男孩，干海里的活，远远不如他，想抓螃蟹，不跟他学习都不行，一大群的孩子看见他能轻而易举地抓到螃蟹，既羡慕又妒忌，纷纷围着他转。

秋天，是放风筝的季节。风筝，在十里滩又叫作"纸鹞"。一班年龄和他相仿的孩子，常常聚在海岛最高的山峰上放纸鹞，一边放一边咏唱一曲感伤的童谣：

纸鹞高，纸鹞矮，
三妹叔公没娘奶。
一件白衫没人洗，
跑去街中哭娘奶。

三妹叔公是十里滩早年的一个孤儿。每当伙伴们合咏这首童谣时，金得海会情不自禁地想到他逝去的父母，常常潸然落泪。伙伴们见此情景，突然想起他的身世，就不敢再唱。

久而久之，他成了村中年纪最小的孩子王。

一次，得水得海兄弟俩竟然将舴艋舟划出了五岛湾的大门口。真是不看不知道，一看吓一跳。原来，外面的世界这么大，外面的大海这般辽阔，外面的风浪如此之浩荡！大海，如此之豪迈和澎湃，真是太神奇啦！

比他大三岁的金得水，看着一脸茫然惊讶的金得海，神秘地用手指了指，告诉他，这里就是东海啦。往上，是浙江；往下，是广东。船底下的海，就是台湾海峡了。

金得海更加吃惊。在他想象中，东海，还有台湾海峡好像与他的十里滩距离十万八千里，哪想到，竟然这么近。他不禁"啊"了一声后，对金得水说："哥，如果我们有一艘大船多好。"

得水问他："有了大船，你想干什么？"

金得海一时答不上来，只是沉重地叹了口气。

自这一天起，金得海开始做起了他造大船闯大洋的梦。

金得海最震动十里滩的，是二十岁那年，他从外地租来一艘六百吨位的大渔船，带上和他玩得最铁的一班年轻人，装上渔网，开赴远海，干起了敲鼓捕鱼业。这一伙全不到三十岁的年轻人，在他的带领下，仅半个月就打回了两三百吨的大黄鱼！一个劳力一次就赚上两千多元！两千多元，什么概念？可以盖一幢小楼房，还能办上二十来桌的酒宴。

这时候，在十里滩，他讲的话，没有一个不听的。谁要是不听他的，除非不想赚钱。而且，在大家心里达成了这样一个共识：谁要是能跟金得海做朋友成兄弟，谁就是好汉！

二十二岁那年起，十里滩的人就一直推选他当大队干部，可是，金得海死不答应。他说，我一个没文化的人，怎么能当干部呢？

虽然他不是大队的或者村里的干部，但是，他说的话，比支书、大队长或者村长都灵。

在十里滩，只要他点头的事，没有办不成的。

后来，外面来找他的人一拨又一拨。

当一个漂亮妖冶的女人出现在十里滩时，全村人傻眼了。

第三章

俗话说，人怕出名猪怕壮。何况金得海一出来就是个名人。

正因为这样，大公乡政府执行落实退养收海的决策时，首先想到的就是金得海。大家明白，这个硬骨头能啃得下，其他养殖户的问题便迎刃而解。

大公乡党委书记余有山为这件事前后召开过三次专题会议。

余有山是从乡长位置上就地提拔上来的。他在大公乡工作已经二十多年。当年他从农校茶叶专业毕业后，就来到了大公乡。到这个以渔业为主的乡镇后，他学的专业派不上用场，好在他的老家也是一个小渔村。因此，他对渔业渔乡渔民的情况比较熟悉，也比较有感情。他从渔业干事做起，一步一个脚印，他没想到，后来自己能当上乡长，还当上了书记。他也曾经包村过十里滩，对十里滩的情况相当熟悉。对金得海这个人也比较了解。所以，他认为，十里滩村的工作，实际上就是做金得海一个人的工作。

他和前任的乡党委书记秦三通在大公乡相处多年。

秦三通当乡里的书记之前，也是乡长。那时候，余有山还是乡里的副书记。在他看来，秦三通是个真正抓大放小的领导人物。

他想做的都是大项目,比如,开发建设一个能够停泊一千艘以上船位的海港。蓝图在他手上做出来了,因为当年的党委书记考虑到资金不足,不赞成他的思路,结果卡壳了。比如,五岛湾垦区有三万多亩,当年,只开发使用一万多亩,他提出全面开发,不让一亩池塘滩涂荒废。于是,他着手抓对虾的引进养殖。三年时间不到,长毛对虾还真的被他引进来而且养活了。再一个就是,他倡议组建一个大型的海上运输集团和开发一个海水发电项目。而小打小闹的什么营销公司、建筑公司、乡村公园、活动中心等,一概不在他考虑的范围内。

乡长毕竟还不是乡镇的一把手,自秦三通成了乡的党委书记后,他开始大展他的宏图。首先,海港马上被建造起来了。正当他要接着做海水发电项目时,上头来了个新政策,提出要建设"海上渔村",大力发展海水养殖业。秦三通聪明,马上放下手中别的算盘,专心致志扑到"海上渔村"上。他想,这是个不可多得的大气候、大机遇。大公乡无论地理位置,还是海水资源,在江东县都具备实施这个工程的条件。

大公乡辖有七个行政村,除大公乡政府所在地是半岛之外,其他的六个村都是海岛。从三里滩到十里滩,除五里滩距离较远,一时无法联结起来外,其他的五个海岛都被堤坝连了起来,颇有万里长城的气魄。因了这条堤坝而形成了三万多亩的五岛湾大垦区。在秦三通当乡长后期,这个垦区就已经基本全部利用起来了,养殖有螃蟹、缢蛏、泥蚶、海蛎等,后来又发展了对虾。那么,垦区之外呢？是一大片的蓝色大海，即五岛湾大海域。这个葫芦型的海湾，除了北面种养有几千亩的海带和紫菜外，剩下的海水面积远比被养的部分多得多。这些海域，除了少量因为航道的需要外，大部分成了荒海。特别是靠近十里滩和七里滩的这片空海，起码有两万亩的海域空置。要搞"海上渔村"建设，大公乡唯一而且最切合实际的可能只有这片海。一想到这片海，他就想到了金得海。他很欣赏金得海的开拓精神，当年才二十岁，金得海就敢到外面干租船搞远洋捕捞的大事，实在可敬可佩。

关于金得海当年租船拓海的事，还颇有些传奇和神秘的色彩。

那一年，是十里滩的灾荒年，因遭遇百年未遇的寒潮，冻死了紫菜和海带苗种，岛上的人只能靠养几口猪过日子。全村人都养猪的时候，猪食成了大问题，苔菜也因为寒潮而一毛不长。近内海捕捞的杂鱼，只能当菜吃，在五岛湾根本卖不动，因为这些东西几乎每个家庭都有。连海蛎也卖不出去了，你养我养大家养，海蛎又没法保鲜，三五天就全腐化了。不管什么东西，量一大，价就贱。一斤海蛎换一斤地瓜米，还得看对方的脸色。

金得海看不下去了。他一个人悄悄去了浙江一个县的海岛村。这村子船多人少，面对浩渺大海，只做海运业，不做捕捞业。金得海以遇风沉船落海为由，走进了这个村。他所穿的破衣烂衫，很快获得了当地渔民的同情和信任。人家之所以相信他，是因为他的使舵技艺比当地中老年舵手的水平还要高。就这样，他接受当地一艘机船的聘请，当起了老舵，天天运柴火运木板运粮食，往返于上海、浙江和广东之间。仅三个月，这几条航道就被他摸得像五岛湾一样轻车熟路。他在浙江这个村跑了大半年的海运后，认为海运顶多混一碗饭吃，想发展成就大业，这不是出路。他大胆向那位信任他的老舵提出了租船的愿望，那个老舵没多想，就同意了。

就在这一年秋天的某个傍晚，红霞满天，海湾里的水面一片艳红，波光粼粼，蓝光闪烁，一艘六百吨位的机帆船开进了五岛湾。当金得海的机船熄火泊岸时，大家才认出是失踪了近一年的金得海。全村轰动。当然，有人已经预感到，金得海开这么大的船只回来，一定又有好看的了。果然，当夜，他就在村里鼓动，谁愿意跟他走，赚钱平分，万一亏损，全他担责！村里人问干什么去，他说，到外海干敲鼓捕捞业！大伙儿听了稀里糊涂，搞捕鱼还有用打鼓的？谁信呢？金得海说，不信，跟我走一趟，大不了，我一天负责你十个工分吧。

十里滩的人听他讲捕鱼，像看打铁杆的人表演一样，既好奇又向往。

金伙、金得木、金如竹、金波、金涛、柳明基、赵太锦等十六个人抱着试试看的心理，登上了他的船。第三天，临启航时，又增加了金得银等三人。这样，金得海的船刚好二十个人，出海了。说是外洋，其实离五岛湾海域并不是太远。他们的船出了这个葫芦形的大海湾后，往北方向行驶三百多海里就到了一个著名的渔场。抛锚后,金得海指挥他们放下大机船上的两艘大型舢板船,与机船形成一个大三角形,然后将渔网撒下。接着,他吹响哨子后,三艘大小船只上的人,同时举起手中的木槌子,开始敲打船舷。敲打的动作就像敲打大鼓一样,"咚咚咚、咚咚咚",很有节奏感。不到一个小时,敲打的人眼亮了——瞧,一尾尾活蹦乱跳的鱼儿迅即朝渔网扑来。三个小时未到,他们所下的渔网里早已鱼儿成群。金得海下令:停槌!收网!

就这样,打一网换一个地方,他的机船一天换三个地方敲鼓三个钟头,就把他的船舱装得满满当当。

歇下聚餐时,大家第一回吃了既有油炸的,也有煮的,更有炖的大黄鱼,看着从未见过的这么多鲜鱼时,纷纷对金得海伸起大拇指,一片赞扬声中,金伙吃惊地问他:"你这一招究竟从何处学来的?"

金得海志得意满,异常开心地笑了笑,答道:"少废话了,能捕到鱼就好。以后,你别不相信我就好!"

十里滩人敲鼓出海的事很快传到了外岛外乡,连租船给金得海的那个浙江小村也知道了。七里滩的人紧跟而上。接着,五里滩、三里滩……一艘艘崭新的渔船开往东海。他们和金得海的机船一样,收获得盆满钵满。可是,好景不长,再大的东海,再多的鱼量,也经不起几十艘、上百艘,后来干脆发展到了千余艘的船舶天天在那里敲呀打呀。仅两年过后,大黄鱼捕获量明显锐减,就连金得海的老牌船到后来最好的产量,一趟也捕不到三吨。其他的,特别是后来投大资造大船的那些外地渔轮，几乎血本无归。奇怪的是，当东海的鱼被打尽，人们以为可以找到另外一处渔场时，竟没有人能再找到有鱼可打的地方。

当金得海正打算另找渔海重振敲鼓渔业时，铁心跟随他打鱼的哥哥金得水，突然某一天，竟疯了！

金得水的疯与众不同。他整天嬉笑着脸皮，在哪儿都念叨这几句：

> 鱼啊鱼，我的性命鱼。
>
> 你在岸上活，我在水里娱。
>
> 为何赶尽杀绝我，
>
> 快快还我黄瓜鱼！

叨唠一阵后，接着，两手做紧握鼓槌样，又发声：咚咚、咚咚咚……快逃呀，抓鱼的来啦——

接着就是"咚咚咚、咚咚咚"的动作和声音。

最早发现异常的是金得海的老婆王玉花。

那天，金得水一个人到她家里来。王玉花正在做午饭。他直蹿进屋，对玉花说："弟媳妇，你还有心思做饭，赶紧让得海回家吧。不然，海龙王说，要找他算账！"

王玉花被他这突然一说，禁不住毛骨悚然起来。她发现得水不对劲，连忙说，他不出海了，他买船去了。

　　金得水接着又乐呵呵地念叨他的"鱼呀鱼……"末了，又是"咚咚咚、咚咚咚"。

　　王玉花连忙放下手上的活儿，上了金得水的家，找到得水老婆水仙。她对水仙说："嫂子，得水哥不对了。赶紧趁早上医院看看去。"

　　水仙说："有时，他又正常得很，有时又稀里糊涂地念念有词，整天就那么几句。"

　　王玉花便把得水刚才到她家说到海龙王的事讲述了一遍。水仙当场就哭了。

　　金得海回家一听说这情形，立即领几个近亲的堂兄弟，一起将得水送到省里最有名的医治精神病的部队医院。奇怪的是，一到部队医院，金得水马上正常了。一句与鱼有关的话都没有说，更不会念叨那段歌谣似的"顺口溜"，也不会做那个打鼓的动作。

　　不管哪种药，吃，还是没吃，一回到十里滩，甚至仍在返岛的渡船上，金得水就触电似的反应过来，嚷道："咚咚咚、咚咚咚！"同时开始了敲鼓的动作。接着，又开始念那一段全村人都会背了的"顺口溜"。

　　金得海没法出海了。得水虽然作为哥哥，可在日常生活中，他是既敬又畏他的弟弟金得海的。当得海在场时，得水说的话，尤其是那段"顺口溜"明显少了，"咚咚咚"的动作也有所收敛，如果控制不住，念叨的声音也很小。不过，得海明白，他哥在极力管控自己的情绪。要是得海离开的时间稍长一些，那么，得水就像找到难得的机会一样,趁机发泄一番,动作变得很快,声音洪亮。如果只在家里还好,问题是,稍不留意,得水就跑上大街去了。当看到哥哥在街道上那个逼真的表演和念叨时,金得海心情沉重而复杂。没办法,得海只好又将他哥送到部队医院。真是奇怪了,到医院门口还没下车,得水就恢复常态。他问,到这地方来干吗?这不是医院吗?

金得海和他的堂兄弟们啼笑皆非。

后来,金得海又出一招,干脆送他上地方专门的最好的精神病院。结果也一样。为了让得水和家人过得安静些,有一回,他们索性陪得水在一家医院里住了三个月。这三个月里,得水完全是个正常人,能吃能喝,能说能笑,还能帮医院里的医生和护士做事情,还和几个医生混得烂熟。

医生说,回去吧,一定没事的。得水高兴地随家人回到十里滩。与往常一样,一上岛,又神经起来了。

没办法,家人只好暗里做法事。一个道士对众人说,天灵灵地灵灵,你们如何忍心屠虐生灵?鱼,和人一样,有它的生存方式,你们怎么可以用如雷般的鼓声将它们的生命残杀?而且是断子绝孙地残杀!这是鱼魂找人算账来了!

闻此,金得海泪如雨下。

他的渔船停航了。可是,得水的病情不但未见好转,似乎还在加重。后来,即使是有金得海在的场合,他也同样大声叨念。三年后,金得水终于在谁都没注意他的那一刻,安静地去了。

金得海心在滴血！

金得海又在人们的视线中消失了。

他在大连朋友的点拨下，做起了推销海带的生意。

金得海与四川省一家市级的果蔬公司签订了一笔不大不小的海带购买合同。这是他进军中西部搞营销取得的第一个成果，因此，他心情很好，决定趁这个机会，游览一下近在眼前的峨眉山。

这一天，他慢悠悠地上山。他不想人挤人，结果上山的路上依然人山人海。他背着小包，只好随着一队人马缓慢前行。

突然，他的脚下踩到了什么东西，他低头一看，是一个橘红色小钱包。他弯腰捡拾起来，看到里面有一点现金，还有一些他不认识的票据。虽然现金不算多，但一捡到包，他第一反应便是，这一定是前面的人掉下的，根据这颜色看，应该是女性使用的。这东西一定要还给失主，两三百元的钱，对有些人来说，可能是救命的钱，如何能把这救命给误了？自己曾经因为做自以为能发家致富的敲鼓渔业，结果导致哥哥精神失常，过早离世，现在哪能再做误人的事呢？这样想着，他赶紧上前一步，对走在他前面那几个女的喊道："嘿，你们中谁丢了钱包没有？"她们全回头睃他。其中的一个马上说："啊，是我丢的。包在哪里呢？"

金得海怕人家虚报冒领，故意将钱包放到身后。问她：

"什么颜色？"

"红色。"那女的回答他。

他又问："里面都装了什么？"

女的说："钱。还有票据。"

他再问："多少钱？"

她说："人民币两三百元。还有台币、港币和英镑等。"

因为钱包的事，他们俩在路边停住了前行的脚步。几句问答后，金得海判定，这失主应该就是她了。这时候，他才注意到，这女子长得很标致，穿着光鲜时尚。特别引起他注意的是，女子的耳垂上挂有两圈金环，嘴唇上有一层血色一样的红，艳艳的与众不同。这样的打扮是他在十里滩，甚至其他场合很少见到过的。看来，这是个很摩登时尚的女人。于是，他又问了一句："你是哪里人？"

女子说，我祖籍是南方的，和福建很近。

一提到南方，金得海顿时亲切又警觉起来。他马上想到了第一次跟哥哥得水到葫芦湾大口岸，看到远方灰蒙蒙的一片山，哥哥说那就是东海和台湾海峡时的场景。他不禁喊了一声："啊，南方！"

女子问："南方。怎么了？"

金得海疑惑起来。南方，这范围可大啦。是广东，还是广西，还有海南岛，台湾也是南方呢。那么，究竟是哪地方呢？她没有直言相告，说明另有原因。毕竟是萍水相逢，还是不打听罢了。姑且把南方当作一座城市吧。

金得海莞尔一笑，没有作答。

说着，他就把钱包递给了她。

女子激动地接过钱包，连忙打开，翻了翻，扫了一眼后，重新拉上链锁。惊讶道："这钱包怎么掉了我都不晓得，还好您帮我捡到了。不然，麻烦可大啦！"

说着，她又拉开拉链，将包里所有的人民币全掏出来，然后递给金得海，说："这些钱酬谢您，够吗？"

金得海把她递过来的手推了回去。

金得海没读过几年书，说普通话很吃力。平常他在十里滩，乃至江东县，与人家交流时，使用的全是福州话，偶尔讲一两次普通话，总会夹带出福州话的口音，当地人把这种夹生的普通话称作"半咸淡"。意思是，海水和淡水相掺和的那种味道。后来，为了生意，他北上南下走过不少地方，交下了许多朋友。在和外地朋友经常交流后，普通话水平提高了很多，但是，仍然有着明显的十里滩口音。为此，他怕和这个摩登女郎交流会闹出被瞧不起的笑话来，他尽量少说话，能用手势语言表示的，尽量用手势或其他方式。

他将她的手推开后，说了两句"不用，不用"。

说着，他的脸竟然莫名其妙地红了。

这使得女子注意起了金得海。她细细打量，发现眼前的男子长得英俊，身高和身材十分匀称，头平额阔，印堂明亮，一双眼睛炯炯有神。看上去，分明是一个精明能干又威武聪慧的汉子。好像他的年纪比自己还小呢，只是脸庞黝黑了些，一副体力劳动者的模样。

这一年，金得海未满三十岁，只是海水的常年浸染和航海跋涉,特别是他哥哥离去给他带来的创伤,使他与同龄人相比,苍老许多,额头上有了几缕刀刻般的印痕。

再细打量时,女子对金得海的好感油然而生。她仿佛觉得好像在哪里见过面,很熟悉很亲切。

当女子感觉自己比他年长时,便从被动转为主动,她露出一脸甜美的微笑,说:"兄弟,真的不用酬金? 那好吧。我们交个朋友。我叫方子燕,看得出来,我比你大,你叫我方姐就好。"

自此,南方,似乎真是一座城市的名字,在金得海的心中存储下来。

这个所谓"南方"女子的出现,会给金得海和五岛湾十里滩带来什么呢。

第四章

　　有些回忆是很晦涩的,犹如五岛湾里又蓝又灰的海水。

　　余有山记得很清楚,秦三通找到金得海时,金得海依然在做他的海带营销生意。他把十里滩,以至五岛湾养殖户所养的海带收购起来,然后,将它们运到中西部地区推销,赚差价钱。

　　做海带生意,金得海做得很郁闷。经商,在他看来,自己像大队里的脱产干部一样,穿皮鞋,着工整的衣衫;又像那些游手好闲的人一样,整天这里走走,那里逛逛。买谁家的海带,买多少,他还不用动手,只需张张口,他手下的一帮人,比如,金伙、金波、金涛两兄弟、赵太锦等人,就会自动扛起大秤,拿出记事本,一笔一笔地称得清楚,记得明白。他想,这样下去,自己不等于上岸的鱼儿一样,没了气数?他羡慕当年的自己,把海当作家,自由凫来凫去。因此,他最大的愿望,还是到海里施展他的本领。

　　他记得,与方子燕分手时,她告诉他:等着,我跟你合作,开发一个新项目,包你赚到钱!

　　方子燕还说,这个项目一定和你的五岛湾海水有关。

　　可是,两年过去了,却音信全无。害得他一闲下来,都在苦思冥想，这女人说的合作项目究竟是什么，他该想的都想了，连不该想的也想过了。

最后，他还胡乱地做过猜测，难道这女人让他干那个事？

余有山随秦三通就"海上渔村"建设的事，专程上十里滩来了。

这就是关于"海上渔村"建设项目的调研会。

秦三通开宗明义：十里滩是大公乡最大的行政村，同时也是海域面积最大的渔业村。因此，"海上渔村"建设责无旁贷，应该走在全乡的前头，做试点，起示范引领作用。而且，动作要快。这是不容商量的，探讨或者研讨的只是怎么把它做好的问题。

党支部书记金得铁是刚上任一年的全乡最年轻的支书。可以这样说，金得铁是秦三通一手发现和培养起来的。正因如此，年轻气盛的金得铁对乡党委书记秦三通唯命是从。他表态，这事，我们一定把它当作一项重要的政治任务，无论如何都要干起来，保证干好，决不辜负乡党委和秦书记的厚望。

秦三通对金得铁的表态很满意。但是，要他说出具体要上哪些项目时，他答不上来。在金得铁的脑子里，以为只要增加海域的使用面积就行。为此，他便提出两点意见，一是扩大海带养殖面积；二是所有滩涂全部种上海蛎。

秦三通听后，笑了。他说："'海上渔村'建设的目的，不仅要尽可能大地将空置的海域使用起来，重要的是，要讲究经济质量，还有经济和社会效益。你们知道，海带产品从目前市场上看，已经明显趋于饱和状态，价格一跌再跌，养多了，更泛滥。你们说是吗？

海蛎也是这样,好吃,但市场需求量十分有限,经济效益一直上不去。我认为,这些,不是属于有发展前景的东西。我们现在要搞的'海上渔村'工程,上的是新品和精品项目。谁能够搞出有创意的海产品名堂来,既有社会效益,又有经济效益的,我们乡将给予一定的奖励。"

秦三通继续说:"靠山吃山,靠海吃海。我们十里滩只能在海上做文章。也就是说,只能在海水的发展项目上找名堂。"

村长用探询的口气问道:"我们能不能请一些社会能人谈谈他们的想法?"

秦三通说:"当然可以呀。今后,我们想做的项目还不是要村民群众来做?他们如果有新思路、新办法,是最好的。"

金得铁拍了一下自己的脑袋,说:"对,我怎么没想起来?这样的事,请'水鬼'来最好不过了!"

秦三通不明白"水鬼"的意思,表现出十分惊讶的样子。

金得铁马上补充,"水鬼"是我们村一个渔民的外号,他真名叫金得海。

金得海这名字,秦三通听过,感觉很熟。他问:"是做敲鼓渔业的那个?"

金得铁说:"正是此人。这人有点厉害,一事没完又有新事来。所做的都是我们想不到的。小学没读三年,普通话都说得不清不楚,居然南来北往地跑了大半个中国,还处处有朋友,还个个都玩得铁杆。他的鬼主意就是多。"

秦三通说:"那就赶紧请他来。"

金得海两天前刚从青岛回来,青岛的那帮朋友知道他是个实干的人,很想和他合作,请他留在那里,具体负责他们正在发展起来的网箱养殖业。他很矛盾。留在青岛,自己赚一碗饭吃没问题,何况,青岛的朋友待他如同兄弟,他不担心受骗挨宰之类的事。他们之前曾经十分愉快地合作过多个生意项目,不仅赚到了钱,重要的是,相处得很开心。但是,一旦留下来,不是十天半个月,而是一年两年的事,那么,这里就有许多问题。自己家里的事先别说,侄儿金飚,也就是他哥哥金得水的儿子,怎么办?他的嫂子水仙又会怎么看他?他嫂子一直认为,他哥哥金得水之死,与他有直接关系。为什么所有的人在敲鼓打鱼中都不会疯掉,就得水会疯呢?

得水走的时候,金飚才六岁,仍是个不懂事的孩子。也像他金得海一样,怕读书,书本一翻起来,头就疼。金得海为此伤透脑筋。他哥哥去世的时候,嫂子水仙哭得死去活来,三番五次用她的头撞得水的棺材,还说她要随得水去。那几年,金得海和家族里的人,整天提防着她,生怕再出意外。尽管金得海什么宽慰话都说了,水仙仍然痛不欲生。所有人都听得很清楚,金得海说:"嫂子,你放心,我待金飚一定像待自己的儿子一样。我管你们的生活,负责侄儿的读书,直至他成人。我要是说话不算数,就不是个男人!我一定替我的哥哥负责!"说完这话,一个铮铮硬汉顿时抑制不住地号啕大哭起来。

此后,金得海一直践行他的诺言。只可惜,金飚不愿读书,海事渔事也不愿意干。让他学木工，没学几天就厌烦了，说拉锯子很苦，常挨师傅的骂。后来动员他去学当厨师，只干了两三个月，结果厨艺没学成，学会吸烟和喝酒了。得海想给他开个专售渔网的店铺，让金飙和他妈妈一起经营，可是，他看秤杆上的戥花一直看不明白，老把四十当三十看。水仙不放心，干脆让他自由去。金得海担心让他自由会混得不成人样，索性将他带在身边，一块儿干海带营销的活，让他做记账和跑腿联络的小事。

金得海出差到哪里，基本上都会带金飙去。金飙对外出很有兴趣，特别是到了青岛和威海，便不想回来。金得海明白，金飙是对陌生之地的兴趣，而不是真正想着在那里做些什么事。比如，就在青岛刚刚下海的渔排网箱上，金飙很喜欢跟他睡在渔排上。一到夜间需要起来巡查网箱里的鱼虾时，他就不干了。不是说肚子痛，就是叫头很晕。

金飙的成长成了他的心病。金得海这次回来的目的就是想跟玉花和水仙妯娌俩商量一下，留还是不留青岛与人合伙做养鱼的事。在家的两天里，他正犹豫不决，自己留在那边是无所谓的。带金飙去，金飙还不一定愿意去。愿意去，他妈妈又不放心，金得海也不怎么放心，时间长了水土不服，常常生病也是一件很苦很累的事。不带他去，这孩子会不会误入歧途暂且不管，如果自己在那头发了，水仙准以为自己诚心就不想带金飙去。这样，即使拿出他所得的一半分给金飙，水仙还不一定相信他真的只赚了这些钱。为此，他一直苦恼着如何正面又妥帖地和嫂子谈这件事。

通信员通知他来了。

金得海以为因推销海带产生的税收或者管理费方面的事，村里找他来的。

一进村部会议室，看见这么多的干部在场，而且还有陌生的人，他的心紧了一紧，难道还有别的什么与他有瓜葛的大事？

金得铁一看见他进来，赶紧起立，喊道：得海兄弟，赶紧坐赶紧坐，好久不见你了。

不熟悉十里滩的人总以为，这里的人都是一个家族的。你瞧，支书金得铁、现任的村长金得银、敲鼓打鱼的老板金得海，都是"得"字辈，如果说他们不是兄弟，那是什么？其实不然。十里滩有三个金氏祠堂，标志着有三个不同的金氏祖宗。比如，金得海家族的祠堂建在村的西沃，被称作西金。支书金得铁氏族祠堂在东沃，被称作东金。

而现任村长金得银就是西金的。金得海的好友金伙家族的祠堂在中沃，被称作中金。三个家族中，西金人数最多，人口达两千多，占整个十里滩总人口的一半还要多。所以，选举村长时，金得海家族起着决定性作用。

金得海心里虽有些紧张，但表面却是一副自然的状态，他毕竟走过的地方多，见识广，应对各种情况的经验丰富，反应也敏捷，所以，他从容地扫了众人一眼后，笑了一笑，问道："今天，你们找我来有什么事吗？"

金得铁说："得海兄弟，你真了不起，今天是我们乡的书记和乡长亲自找你来了。你先请坐吧。"

金得海朝两个陌生人瞅了一眼。从穿戴上,他立刻明白这两个人是官员。白净斯文,仪表庄重大方,特别是秦三通,他的脸庞大,颧骨高,鼻峰耸,一双眼睛灵气十足。

金得海说:"我一个大老粗的,书记和乡长找我干吗?"

秦三通刚到大公乡时,就听说过金得海这个人,对他领头做敲鼓打鱼的事也有所耳闻,关于他在西金家族乃至十里滩岛上的分量也略知几分。

秦三通即从座位上起立,对金得海伸出手,礼貌地行个握手礼。金得铁赶紧上前介绍说,这位就是我们乡的党委秦书记!

金得海见党委书记能够主动起来跟他握手,觉得这个当官的为人不错。金得海就是这样,谁对他好一寸,他就会对谁好上一尺。这个手一握,他对这位陌生书记的好感油然而来。

秦三通一边用手示意一边说:"坐坐坐。"

金得海更感亲切。

秦三通先开口了,他说:"没想到金老板这般年轻。我很早就听闻你的大名了。"

一向高傲的金得海被秦三通这一说,顿时脸红心热。他赶紧说:"哪敢。我都老了。你们看,这几年我的额头上全是皱纹了。"

秦三通说:"金老板喔,你还别说,这个抬头纹哟,我早在二十来岁就上来了!"

哈哈哈——在座的全嘻嘻窃笑。

这一来一去，气氛马上热烈起来了。

金得海终于入座。秦三通开始言归正传。他说："金老板，今天请你来一起商量一下，如果我们十里滩要发展海上项目，应该做什么。"

金得海忐忑的心终于安定下来。请自己来，原来是为了村里发展渔业的事。这事，他乐意听，也乐意谈想法。

金得海扫视了一圈在座的村干部，见他们个个正襟危坐，只听不说，感到奇怪，便以玩笑的口吻说："村干部这么多，听他们说说就行了。还能轮到我来说？"

秦三通摆了摆手，说："我们先听一听你的意见。你是第一线生产者，最有发言权。"

金得海也用手朝座位上的圈子挥舞了一下说："这在座的村干部哪个不是生产者？ 他们还当过生产队长。情况都比我熟悉。我这个土包子，能说什么话。"

秦三通说："不一样的。你金老板走南闯北，运输船你干过；从钓鱼、捕鱼到打鱼，你都干过。为了替乡亲推销海带，听说你跑遍了大半个中国。你说，你是不是最有发言权？"

提到他打鱼的事，金得海马上联想到敲鼓打鱼。霎时他的神经犹如触电一般麻了一下。自他哥哥金得水疯死后，敲鼓打鱼成了他的心头之痛。没想到好心办了坏事，自己又没有发财，还死了一个亲哥哥。这个剜心之痛，这些年里，仿佛是那些被他打上来的无数大黄鱼在啃噬咬食他的内脏一样。他的面色骤然冷漠下来。

秦三通好像看出了金得海的不悦，特意补充一句："你说，当年，你年纪那么小，却有那么大的本领，用了最简单的木槌，能把那些鱼打上来，这是别人包括渔业专家也没有想到的。我佩服的就是你的这种敢闯敢干的精神。这精神，无论在哪个年代都是值得学习和提倡的。今天，请你来的目的，也就是请你再拿出当年的精神、当年的干劲，为我们'海上渔村'建设拿主意、出点子。争取把你们五岛湾门前的这片大海域给利用起来，发挥出来。变空海为实海，变海水资源为渔业资源。"

秦三通提到将五岛湾的海水资源利用起来，让金得海马上领悟过来。他说："对呀，我就想过了，五岛湾海域为何不好好地利用起来？我这回在青岛，就看见他们那边的渔民，已经开始大规模做人工养鱼的事了。"

一听养鱼，秦三通也马上来了精神。他惊讶地问金得海："你刚才说的他们那里做养鱼，是怎么回事？"

提起这些，金得海来精神了。

金得海就把在青岛所看到的养鱼的事说了一遍。

听到这里，秦三通激动地拍了下桌子，立即从座位上起立，说："这个很有创意！鱼能够养起来，多好啊！"

秦三通接着问道："那么，他们那里管这个叫什么名堂？"

金得海说："叫作渔排网箱。一筐就一箱，一箱一箱连接起来叫渔排。"

　　大家知道,鱼的量词单位本来是"尾",可是,不知怎的,十里滩人从来不用这个"尾"字作量词,往往爱将"头"或者"条"作为鱼的量词。三尾鱼,他们就说是三条或者三头。

　　秦三通刚坐下来,随即又站起。他问金得海:"那么,他们养的人多不多? 都养了哪些鱼?"

　　金得海:"他们养殖的也是我们常见的品种。比如,鲅鱼、海鲫鱼、鲈鱼等,只有真鲷鱼、美国红鱼、包公鱼几种,我们这里没有。"

　　秦三通:"明白了。他们能养的鱼,我们一定也能养!"

　　其实,金得海在青岛看到他的朋友网箱养鱼后,心里就想到家乡的这个五岛湾海域了。他想,同样是养殖,在异地他乡不如在自己的家乡。他当时有个念头,朋友如果一定要留他,他就留下来,观察一两年时间,权当试验一样,看看他们所养的鱼能否成功,成功的希望有多大。如果养成功了,能否赚到钱,这才是最重要的。一旦成功,那么,他就赶紧回来,把五岛湾开发利用起来。他在那里将近一年的来来往往中,暗自断定,这个网箱养鱼,肯定是成功了。因为他亲眼看见大半年前投入的只比发丝粗一些的真鲷鱼苗,仅半年多时间,明显长成半斤以上了,而且成活率达到百分之七十以上。没遇到非正常情况,赚钱是不成问题的。青岛朋友还告诉他,真鲷鱼一养成,营销机构以每斤一百三十九元的价格全部收购。才多少本钱呢? 他的朋友算过了,只需随便拿一箱出来卖,都够整个的投资成本。这赚头多大啊!

　　哪承想,自己刚回到家乡,便被乡领导为这事给揪住了!

　　他想着想着,脸上突然露出难以启齿的痛苦状,便皱了皱眉,又挠痒痒似的挠了挠头发,说:"这事说来容易,做起来难哪。"

　　难在哪里呢?

第五章

五岛湾是一处风光独特而迷人的大海湾。

几乎所有到访过的外人，都有流连忘返之感，甚至于乐不思蜀。

十里滩、八里滩、七里滩、五里滩、三里滩五个海岛仿佛五颗珍珠，镶嵌在烟波浩渺的五岛湾海域。这五个岛屿被一座犹如长城一般的堤坝连接起来时，五岛湾似乎更加壮美了。驻足这片三万多亩的五岛湾垦区，它给人们的感觉，仿佛是江南水乡，池塘密布，田埂连绵，水渠横流……池塘里的水湛蓝而平静。只有海风拂来，它才会荡漾起些微的涟漪。可是，当人们伫立在堤坝上远眺垦区之外的五岛湾海域时，景致全然不同了。这里，海域广阔，岛礁如星星一样分布得错落有致。风平则浪静，海面如一张蓝色的纸，又似一层油光可鉴的蓝地毯，让你很想上前抚摸一番。一旦风起云涌时，海湾却是波涛汹涌，白色的浪花遍布海湾。尤其壮观的是，堤坝下的礁石上，浪涛拍岸，引得灰白色的浪头如爆米花一样，飞溅海空。海浪轰然作响，如鼓如锣，又如炮如雷。最引人注目的是，后面的波涛，争先恐后前赴后继地滚滚而来，形成一道波峰浪谷景观。这完全是东海之滨的气势、气魄和气派！

初来乍到的人不理解为何五岛湾的五个岛却叫什么里滩的。原来，他们命名海岛是根据各自岛上的沙滩和滩涂长度而定的。比如，三里滩，就是说这个岛的滩涂有三里长。而十里滩呢，它的滩涂不止十里，但是，却用了十里滩的名字。大家站在长城般的堤坝上时，就看得很清楚，七里滩的沙滩就如一根浅黄色的缎子一样蜿蜒在海边上。十里滩呢，位于整个五岛湾垦区的最东端，那金黄色的沙滩和滩涂，曲曲折折，弧度特别优美，绵延得也特别的雄浑壮丽。

上天似乎对十里滩尤为垂青，当五岛湾垦区形成后，留给它的海域空间特别大。它的前后全是海水，如一条蓝色的缎带，将它紧紧环绕。特别是靠南的部分，几乎所有的海湾全留给了十里滩。因此，在五岛湾海域，只有十里滩最具有浅海养殖的优势。而其他的四个海岛，不是没有海域，而是因为当五岛湾垦区将它们连起来的时候，它们南面的水域全成了垦区。如果要养殖，只能在背面的海域做文章了。

秦三通来大公乡之前是县委办的副主任，他还具体负责跟随县委书记的工作。职场上的人都晓得这道理，跟随县委书记的人，只要不犯大的错误，迟早都会到基层当个一把手。

到了大公乡后，他下村的第一站就是十里滩。

乡镇是以党委书记说话为准的。他知道，他迟早要当上书记的。何况这年他才三十七岁。既然在吃官场这碗饭了，那么，就一定要动脑筋花工夫,抓上几个在全县有影响的大项目,以引起县委主要领导的关注,这样,提拔重用的速度可能会快一些。所以,他在乡长的任上时,就已经展露出他的锐利和锋芒。比如,垦区的开发利用和长毛对虾引进养殖项目,就是他一手抓起来的。当年,秦三通选择了大公乡所在地的大公村一个名叫陈仙的能人作为带头人。陈仙之所以成为当年的能人,一是因为他靠种铁树发了一大笔;二是他又利用这些钱,办了个机砖厂。这机砖厂所需的生产原料就是垦区里的泥土。当时,秦三通看了很痛心,垦区围起来了,却让陈仙一人享受成果,这哪行? 这个垦区等于替他围建? 但是,垦区没有发挥作用,空在那里,不让他挖,又说不过去。乡政府土地所的干部曾经制止过陈仙,他反问道:"垦区的土不拿来烧砖,留着何用?"

秦三通想了一计,带陈仙去江苏某地看了当地对虾养殖的实情后,提出采取暗中补贴的办法,鼓励他带头养虾。并承诺如果他带头干,乡政府可以给予三百亩池塘三年免征任何费用的优惠。有这个政策支持,陈仙马上就干。算一算,池塘不用一分钱,海水更不用花钱,只需花两三千元购买虾苗的钱,然后,饵料的投入是阶段性的,还可以赊欠,虾的养殖周期又短,三四个月就能收成。果然,陈仙当年就获得了巨大成功。他的两口池塘共一百亩,仅四个多月就养成了三百多担的对虾。短短几个月,两口池塘让这个能人一下子赚下了三十多万元! 这效益立即惊动全乡乃至全县。经济效益的影响力特别有威力。由此,五岛湾垦区的名声大起来了。

第二年,距离虾苗投放还有半年时间,找乡政府要求承包池塘的人数不胜数。秦三通心中早有数了,大小池塘总共才六百口,要求承包的人少说也有一千号。有不少人还通过上级的各种关系出面找乡里的书记和乡长。一时间,向来静默的大公乡热闹起来了。让人想不到的是,当年谁都认为这个垦区是个累赘的大公乡,特别是六个行政村,在陈仙养的对虾一举成功后,开始伸手向乡里要池塘。说这个垦区动用了他们村多少多少的滩涂,现在应该返还给他们多少多少的池塘。这些,对秦三通来说,都是好事。荒废了几年的池塘终于有人争着要了,这样发展下去,垦区里的泥土可要变成黄金了,多好!也就是这一年,大公乡政府多出了这笔虾塘承包金的收入,一向财政困难的大公乡马上得到改善,秦三通的乡长也当得有滋有味了。不像前几任的乡长,每到发工资时,都要为向哪儿要钱烦恼几天时间。现在好了,有了这片池塘,既做足人情面子,还让乡集体财政赚得盆满钵满。

也许正是因为他用心将这片废滩涂变成香饽饽,当时市里的晚报还发表了一篇表扬他的文章《乡长出高招,泥土比金贵》。这文章刚好被县委书记看到了,书记很高兴,还专程找他了解情况。他如实做了汇报。书记表扬说,做得好!这个他原本不经意做下的项目,不仅让大公乡产生了巨大的影响力,而且还给他自己带来了直接的好处。不久,也就是在他当了将近两年半乡长的时候,前任的乡书记进城当交通局局长,他就地从乡长变成了书记。他原本不情愿来的大公乡,没想到,来之后却这般顺,而且越当兴趣越浓厚,越当也越觉得大公乡还真是个养人养虾的好地方。既然感觉好,那么,就更要好好地干,把握好时机,好好地上几个新的大项目,让县委满意,让县委书记满意。希望在最短的时间里,争取让自己上个副处级,进入县领导班子。

正当秦三通准备重新搬出他计划过的海水发电项目的时候,一手培养他的县委书记提拔到市里当政协副主席去了。新书记在一番调查研究后,很快就提出了新一届县委工作的发展思路。基本思想是:抢抓机遇,加快发展,建设江东经济强县。

有意思的是,这个思路刚刚出台,一个关于建设"海上渔村"的决策紧跟而来。因此,县委要求,要把江东建设成为海洋经济强县,大公乡必须打头阵!县委新书记在全县的大会上,态度非常明确而坚定,而且还说了这样的话:谁在建设"海上渔村"中贡献大,成效快,效益显著,县委就提拔重用谁;谁要是动作慢,或者不作为,江河依旧的,就采取组织措施;如果哪个乡镇主官认为自己能力有限,难以承担这一重任的,可以找组织,直接找我也行,我们马上换人。要确保"海上渔村"建设的进度、速度、高度和热度!

秦三通就是秦三通,他十分清楚新书记的这番话是针对他的。所以,会后当天,他就和余有山乡长商定:一,重新调整五岛湾垦区承包模式,必须让这片池塘复活;二,五岛湾海域资源必须充分利用起来;三,立即启动"海上大公"战略……

秦三通明白,自己的政治前途全看这一回了。

当秦三通和余有山乡长在十里滩见过金得海后，他认定，这样的大事，只能找金得海这样有实力、有影响力的能人来启动和带动。正像五岛湾垦区一样，陈仙带个头，六百口的池塘一下子活了。这叫作名人效应。

秦三通的干劲就是不一样。翌日，一大早，他和余有山专程到十里滩拜会金得海。而且在金得铁的陪同下，直接去了金得海的家。

当金得铁将两位乡领导带到他家门口时，金得海还愣了一下，但他马上反应过来，露出舒心的笑脸，问道："哎哟，你们两位大领导怎么上我家里来了？"

秦三通说："今天呢，我和乡长专程来拜访你，主要想了解一下，你目前的生产、生活情况，还有，你曾提到的难处。"

金得海赶紧将客人引入客厅，招呼他老婆王玉花烧水泡茶。

坐定后，金得海说："最大的难处当然是钱。"

秦三通吃了一惊，他没想到金得海提到的难题是钱。在他眼里，像金得海这样的人物，打拼了这么多年，又做了这么多的项目，没有一两千万的积攒，起码也有几百万的家底。怎么会说钱是个大问题呢？难道他还想伸手要公家给他贴补？

秦三通马上回答道："没事的。你可以把问题考虑得全面一些，长远一些。我们能解决的尽量帮忙解决。"

接着，秦三通又说："你可以算一算，投资一个渔排需要多少成本？"

金得海没有马上作答,他在心里嘀咕着算成本账。

秦三通看得出来,金得海是个真正的海边男人,有渔民的大气和大度。一个领头的人,一个真正能做事的人,小里小气,有人围着他转吗?有人跟着他,信任他吗?

王玉花送了两壶开水进来。金得海吩咐他老婆说,先煮几个鱼丸让领导尝一尝。

秦三通一听说要煮点心请他们,赶紧摆手阻拦。金得海说,既然上我家来了,就听我的安排。我只是请你们尝一尝,又没有送你们什么东西,不用担心吧。

闻此,他们几个人不约而同地笑了起来。

金得海就是这样的人,政府里的人,不管是官员还是非官员,你不来,他不会去请你,更不会去巴结讨好你;你来了,他就当客人以礼相待,招待过了,送走客人,他也就把这事放脑后了,不像有的人,接待过有权的领导后,牢记在心,总想有一天需要他们的时候,找他们去,一定要把请客的本钱给扳回来才行。金得海从来不会这样做。也许正因为这一点,十里滩的历任村干部对金得海都心存好感。到目前为止,只有村干部去麻烦金得海,却没有听说金得海曾经麻烦过哪一个村干部。

品过两遍茶水后,金得海把刚才算过的数字报了出来。

他们就养鱼的布局、品种、数量和成本等话题热烈地交谈着。

王玉花煮的鱼丸端上来了。

他们正想开吃时,门外来人了。

　　来的是金得海的老搭档金波和金涛,还有赵太锦。

　　十里滩的人多是性情中人,他们耿直豪爽,想到什么便说什么,不绕弯子,也不讲规则,更不懂得官场规矩,不管在场的是何许人也,只要是他们认为有话可说之处,便直言不讳了。

　　金涛一进屋便对秦三通伸出大拇指,说:"呀,领导,刚才,我们在门口偷听了你们的议论。鱼,能够养,这是我们渔民所盼望的。这样,以后我们可不必驾船到外海经风雨见海浪,就能抓到自己港湾里的鱼。多轻松多有意思啊! 这事能做成,你们真是功德无量!"

　　秦三通听了这话,很受鼓舞。他说:"对呀,政府就是劝导你们来做这些有意义的事。现在就看你们了。"

　　金波说:"我们大家肯定愿意做。关键是本钱从哪里来。如果政府投资,不管别人怎么想,反正,我金波一定要做。"

　　秦三通说:"由政府投资,这是不可能的。我们政府只能给予政策上的扶持。比如,提供贷款、免收税费、拓宽销路等方面的支持。"

　　赵太锦说:"能提供贷款也行呀。利息要低一些,最好能免利息。"

　　秦三通说:"这些,都好商量。只要大家做起来,能够赚到钱,政府也可以出台提供贴息补助的政策。"

　　金波说:"这样的事,我们还是要看得海大老板。他一做,不管是赚是亏,可以说,全十里滩的人都会跟上去!"

金波他们离开后，秦三通、余有山，还有金得铁，在金得海再次劝说后，才开始吃早已凉了的鱼丸。

秦三通对金得海说："你看，群众这么信赖你，只要你一启动，大家就跟上来了。"

金得海说："正是因为这样，我才头疼。如果大家不跟着干，我一个人干多干少，赚了，还是亏了，无所谓。大家跟着我，我要对他们负责。万一亏损了，大家怎么看我？所以，我也想在青岛试验几年时间。如果成功了，有效益了，我就回来大胆地干。你们说呢？"

秦三通急不可耐。他说："实话告诉你，兄弟，现在上级有这个政策，鼓励发展海上养殖业，各地都在争着抢着抓发展，如果我们行动慢，失去良机，其他地方的能人想过来承包我们这片海域的话，我们的海空在那里，荒在那里，没有理由不给他们承包。因此，我替你们十里滩的乡亲们着急。以前没有这个政策，我们也不会去抓去管，这个好政策一来，四处都在找场地。你说，难道我们大公乡的人都没有人敢做这件事？白白地将这么好的地方出让给别人？"

被秦三通这么一说，金得海想想也是。如果各地都在抢地盘，你总不能让空海放在那里不给人家种养。让别人家种养，不如自己种养。何况这地盘是在自己的家门口。

秦三通继续说："不扯那么远，就说八里滩七里滩的人，一听说能养成鱼，又赚钱，一定会盯上这片海的。"

秦三通这一招真灵。其实，这是他说着说着无意中冒出的一个新话题，没想到，这句话引起了金得铁的警觉。

秦三通对他说："听我的，兄弟，你不用去青岛了！自己的人用自己的海，一定不会错。在外地，你脚踩别人地，头顶别人天。在五岛湾，你是主人，是老板，你可以自己说了算。比一比就知道了。"

秦三通的这一招显灵了。他明白，在五岛湾地区，做生产、上项目，敢走前头打先锋的，只有十里滩的人。想让附近其他村岛的人带头做养鱼的事，除非乡政府给他们出本钱和发工资。秦三通听金得海说愿意想一想，心中便有底了。因此，他很开心地将碗里剩下的最后一个鱼丸舀起来往嘴里送，边吞边说："这鱼丸什么鱼打的，真好吃！"

金得海回答道："黄瓜鱼。"

黄瓜鱼就是大黄鱼。但十里滩的人从不用学名，叫黄瓜鱼叫习惯了。

他们正议论着鱼丸好吃的事，突然，从隔壁传来一阵女人的哭喊声：哎呀，没天理哟，没天理哟……

第六章

女人的哭诉声，很哀怨，很凄迷，好像被人欺负受尽委屈的那种悲伤。这声音越来越响，越来越近。她喊着"没天理哟，没天理哟"后，又哭叫："玉花哟，我一家人被你害惨啦！我实在没法过呀，你还要搭撒我多长啊?!"

秦三通最怕女人的这种哭泣声和吵嚷声。他是个很传统的男人。自小受到他祖母和他母亲的影响，认为谈大事时，尽量避免遇上这种跟哭闹有关的声响。哭声总是带有丧气。所以，他一听到哭，情绪一下子低落了。但他又不能表现出受挫的那种表情。他只是看了看手表，起立，准备离开。

金得海一眼看出秦三通的不悦。他说："这是我嫂子。一提到鱼，她就发神经。"

说着，金得海很无奈地摇了摇头。

"我不是发神经呀，我是有话没处说啊！"女人的声音又传过来了。听这话音，好像她要进门来了。

这时，一个男孩子在说话。他说："叔叔那边有客人，你干吗这样？迟一些说都不行吗？"

说这话的就是金得海他哥哥金得水的儿子金飙。

金得海的嫂子水仙在闹神经的时候，唯一能够劝住她的只有她的儿子金飙。

这天，还好金飙在家，水仙依了金飙的话，走到半路的她，被金飙一唬，又回去了。不然，水仙发起疯来，正像十里滩人所说的"没底没面"。水仙这女人一激动便冲到金得海家里来，没话找话都要跟金得海或者王玉花闹上一阵子。如果她冲着金得海，不管是骂话还风凉话，他一句都不会顶她，最多只是摇摇头，或者温和地劝导一两句。她要是冲着王玉花来，王玉花会跟她顶，她骂她也骂，她咒她也咒，都要闹到有劝说力的人到场劝止才肯罢休。

只有金伙知道，水仙和金得海家有个说不清道不明的纠结。

水仙是金伙的妹妹。她小金得海一岁，读完小学后就织渔网去了。但是，她是个有思想、有追求的女子。自小对有影响的人物都很钦佩甚至崇拜。她既敬仰英雄模范，也佩服敢作敢为的生产能手、技术典型或者领军人物。她从她哥哥金伙那里经常听到关于金得海是一个厉害人物的传闻后，心里一直很在意金得海。特别是她看到金得海指挥的敲鼓船开回来，泊至码头时那个神气样，她心底羡慕得不行。她也佩服她哥哥的厉害，哥哥金伙也是个敢打敢冲的男人，七里滩坏仔帮头目都打不过她哥哥。可是，金伙却对金得海佩服得五体投地，说明这个金得海有多厉害！她哥哥不只是嘴巴上佩服金得海，而是每一件事每一句话，都要听金得海的。比如，金得海说发海的黄瓜鱼要多留些带回家送人，他哥哥明明不太赞成，但却不敢说。金得海说能出海才能出海。一次，傍晚时，分明是个云蒸霞蔚的天色，大家都说这天气可以出海，唯有金得海说不行。他说，这天色是台风迹象。果然，第二天中午起，天象就作变了。这话，水仙都是当场亲耳听到的。她当时就痴痴地想，要是能嫁这样的男人做老婆，真是幸运。刚有这个想法时，她为自己突然冒出这个念头感到羞赧，脸膛禁不住倏地红起来，一直红到心底里去了。后来，这个愿望越来越强烈。

当时，十里滩还是保守的地方，没有哪个男女敢做自由恋爱的事。水仙心里干着急。她知道金得海只比她大一岁，要是他被别的姑娘抢着订了婚，那不就没戏了？金伙和金得海是好朋友，虽然他们不是一个祠堂的族亲，但从辈分上推理分析下来，金伙应该是金得海的叔叔辈。这个不重要。重要的是，金伙在生产场上不仅信赖而且是铁着心跟定金得海的。因此，每当空闲下来，或者生产淡季，或者逢过年过节时，她哥哥都要宴请几位好友来家里喝酒吃饭。按照十里滩的古风，家宴有外客在时，女主人只能在厨房里当帮手，端菜洗盆都行，就是不能上桌。每当有这样的聚会，水仙总是很高兴，她的妹妹怕麻烦，一听说要洗要擦又烧火，还要替人端菜温酒什么的，溜都来不及，这差事刚好全落到正有心思的她身上了。

水仙长得俊秀，面庞秀丽，身材匀称，两只眼睛水灵灵的；头上扎着的两条小辫子，像两只鸟儿，会飞翔似的袅袅娜娜；她的胸部挺拔饱满，走起路来一颤一悠的，常常引来男人的目光。她是个很勤劳的女子，不仅家务事做得好，用心帮着家人做，海里的事，她也相当精通：织渔网，她一天能织成好几斤的网丝线；补渔网，不管大格小格，她都能补，而且速度快得惊人，人家一眨眼，一个大窟窿就补上了。所以，大船小船大网小网，人家都爱找她来补。到海边的礁石撬天然海蛎，眼尖手快，一敲一个准，不用一时辰，便能撬到一大碗鲜活海蛎。她的优点还在于，不像别的姑娘家把织网赚下的钱私攒起来，而是拿大头给父母贴补家用。自己穿着十分朴素。她父母最喜欢她，希望她早日嫁个好男人，又怕她早嫁了，家里缺个得力帮手，也担心要是嫁不到一个好丈夫，那害了她。她父母不会想到她心中早已对金得海有了好感，只是感觉到，金伙的朋友上家里聚会吃饭时，她总是表现得特别殷勤。

一次，金伙的朋友又聚会来了。金得海也来了。金得海不但生产做得好，喝起酒来，也是海量。什么酒都能喝。可能是黄瓜鱼发海兴奋的缘故，他们几个人心情特好，就着黄瓜鱼做成的七八道菜，大碗大碗喝他自家酿造的青红酒。没喝多久，个个都脸红脖子粗。金伙是主人，喝得更主动，自然要比人家多喝，很快挺不住，想打退堂鼓。朋友们不让。金涛看见一脸喜悦的水仙正好端菜到餐桌前，就说："金伙，你不喝，可以，你妹妹要上场代你喝。"

水仙会喝酒，两三斤家酿的青红酒，对她来说没多大问题。再说，她也想上场跟金得海喝几盅，正苦于没有机会。被金涛这一说，她一下子来了精神，放下手上的菜后，微笑着瞄了她哥一眼，高兴地说："可以。我代我哥喝几盅。但是，我只跟得海喝！"

大家听了，觉得奇怪，便问："你为何只跟得海喝？是不是心里只有得海？"

水仙一杯酒未喝，听了这话，脸庞霎时布满红晕。她很从容地回答道："我总不能一次跟每个人都喝过去。今天要我喝，我就先跟他喝。他要是喝不过我，那么，我就接着和第二个人喝。"

金得海并不晓得水仙心里装着他，推着不想跟她喝，故意找她的麻烦。问她："我问你，你为何要第一个跟我喝酒？"

水仙听了特来劲，歪着脑袋，很妩媚地回他话："我就是想第一个跟你喝，不行吗？"

金得海说："你也得说出个道理来吧。"

水仙说："你，你，你，是个厉害的年轻人，你是个聪明的人，是个会做大事的男人，这道理，行吗？"

没等金得海搭腔，大家争着替他做了回答："对呀对呀，得海是个厉害的人，做大事的人，就是要先跟你喝吧！"

偏偏金得海特较真。他说："这道理说不过去，你哥哥也是个厉害的年轻人，也是个聪明的人，更是个会做大事的人。还有金涛，金波，他们个个都比我出色。"

水仙打断了他正滔滔不绝的话，说："不说别的，他们有一点都比不上你。"

金得海好奇地问她："哪一点？"

水仙问："我说准了，你喝不喝？"

金得海："说准了，当然要喝！"

水仙："好。我说了哈，你这一点比别人强，不用学游水，扔到海里都会浮起来！"

"哈哈，哈哈！对，对，对！"大家呼声再起。

这一下，金得海觉得无话可说了。赶紧端起杯，一饮而尽。

水仙给得海斟了酒，也给自己倒满酒。然后，娇憨地问金得海："还想喝吗？如果不想喝，我煮菜去了。"

金得海说："当然要喝。你想喝几杯就几杯。"

水仙甜甜地问金得海："真的？"

"当然真的！"

"那好。"

水仙双手捧起酒杯，说："现在我正式敬你三杯酒。"

这样的一来二去，两个人都喝得不省人事。

从喝酒中，水仙她娘看出了女儿的心事。但一想，心中不免颤了一颤。如何能够让他们成双结对呢？姓金和姓金不能通婚，这是十里滩千古不变的规矩，虽然不是同一个祖宗，还没有出现本村同姓之间通婚的事例。谁敢头一个做这事呢？

果然被水仙她娘猜中了。自那次金得海醉酒之后，只要金得海到家来，水仙的精神状态就特别好。没有吃饭喝酒，她总愿意坐在金得海旁边听他们聊生产或者生意上的事。要是有喝酒，水仙更亢奋，爱和金得海一来一去地喝。有两次，她娘还吃惊地发现，金得海离开后，水仙随她哥金伙送客出门，水仙单独留了金得海在门口悄悄地说了什么话，起码有几分钟时间。

一个姑娘家和一个未婚的小伙子,在门口悄声地说一件小事,究竟是什么样的一件小事呢?这让水仙娘猜了好几天。

她娘想出办法来了。

一天,她娘把水仙拉到她的房间,锁上门,直接问水仙:"你是不是看上得海了?"

水仙赶紧反驳:"哪有这事?"说这话的时候,她的脸颊早已红成一片霞光。

她娘说:"孩子,你莫骗娘。娘看出来了。你如果真有这想法,我们就找媒人。"

水仙既高兴又慌乱,说:"娘,你千万别胡思乱想。我哪敢高攀得海?这话要是传到人家那里去,会被笑话死的。"

她娘说:"你还想瞒我,不然,你干吗每次都拉得海在门外唠上半天?"

"哪有?"水仙虽然口头上这么说,心里却忐忑不安,她知道瞒不过娘的眼睛。

她娘说:"孩子,你如果想跟得海成亲,不要偷偷摸摸的,被人撞上了难看。得海这孩子是个好角色,谁嫁给他,谁都不愁吃不愁穿。要做,就走正道。只是……"

"只是什么?"水仙激动地打断她娘的话。

"怕就怕,我们都姓金的。又是第一人。如果有个人先做了,就好。"她娘把她担忧的真心话说出来了。

一听这话,水仙心底麻了一下。

水仙娘有了主意。她找到媒婆,要把水仙的生辰八字和得海的生肖拿去拼一拼对一对,看看他们有没合得的理。

媒婆照办了。第二天便来回水仙娘。她说:"你呀你,按这副生肖和生辰八字,他们是冤家遇上对头人。不但没合,连朋友都不能做的!"

听了这话,水仙娘的心底麻倒了。心想,怎么会这样?

一天,媒婆应水仙娘的约请又上水仙家里来了。

金伙家是靠码头边的,处在开门见海的位置。每天坐渡船的,总是人来人往,络绎不绝。几乎每艘船泊岸,他们家人都看得到。潮水涨满时,小船可以开到他们家门口;退潮时,家门口下面就是一片深灰色的滩涂。在十里滩,能拥有如此有利地理位置的都是有钱有势的人家。金伙算是村上经济实力派的一个人物。也许他家有这个好位置,不少朋友都喜欢上他家里来坐坐,喝茶聊天,或者看风光、天气什么的。水仙娘属于好客的人,最好家里天天宾朋满座。

媒婆对水仙说,姑娘有眼光,可是,得海的命硬得很,父母都被他伤走了。你的命也很硬,但是,在这方面,硬不过他。我们做大人的,替你想过了,你们俩不匹配。

水仙脸色骤然变得苍白如纸,一言未发,转过身,跑进房间,重力甩了一下门,"砰"的一声,房门被她关死。

水仙爬上床铺,将被子盖住头脸,兀自伤心地哭泣流泪。

怪了,此后,金得海没有再来金伙家。

不久,终于传来水仙最不愿意听到的消息,说金得海和七里滩村书记的女儿王玉花订婚了。当天,水仙病倒了,高烧39℃,不仅滴水不进,还胡言乱语,说着让人听不明白的话。她娘也陪着伤心了两天。

此后,活泼灵动的水仙仿佛一夜之间,如脱胎换骨一般,变得沉默寡言。一向丰腴的她,顿时消瘦成苗条型。金伙的老婆杨翠凤,作为嫂子,担心水仙闹出问题来,便动员家人赶紧托媒找对象,趁早嫁了,免得夜长梦多。可是,给水仙介绍的对象,至少有七个,水仙都不表态。

十里滩的敲鼓渔业正如火如荼。金伙紧跟金得海发下一笔后,在金得海的安排下,准备购买新设备,重组捕捞船队。这时,水仙的心开始回潮。

这天,得海的伯母托一个媒人上金伙家来了。

这是杨翠凤刻意安排的。

媒人当着她家人的面,报出了男方的门户,把水仙她娘吓一跳,她以为媒人故意添乱,正想斥责,当听说介绍的男子是金得水时,愣在了那里。

谁也没有想到,水仙说:"好的。我答应这门亲事。"

水仙的脸上虽然没有任何笑容,但她说得很淡定,很坚决,不容置疑。

媒人说,金得水大水仙四岁,正是黄金搭配,从生辰到八字,一一合适,没有比这个更好更合适的夫妻档了。

好在同姓之间的通婚，终于在这一年的前六个月被人破了规矩，而且一破就连续有三对。

水仙听到这些消息，只怨自己的命不好。他们三对为何不早些迈出这一步呢？后来，想了想，也许自己和得海真没有合婚的缘吧。算了，既然命该如此，不能和得海成伴侣，和他的哥哥得水做夫妻，总算是进了他们的门户。水仙同时想到，她上他们家，就是要和得海的老婆比一比、看一看，让得海后悔，为何当时没勇气要她，她究竟是哪一点输给七里滩的王玉花了？让我水仙上你们兄弟的家，我一定要把得水的家庭经营得有声有色。即使作为男人的得水可能比不过你得海，但经过我水仙的用心经营，也许能做得风生水起。她还想，无论哪一方面，她和得水，一定要做得不比你得海家差！

水仙是带着这种思想和得水订婚的。

订婚两个月后，水仙和得水一次正式的面都没见过就结婚了。

嫁过来后的水仙，精神面貌又重回到当年，意气风发，神采飞扬。家里家外，她一个人干得欢，把小家庭经营得井井有条。

有一天，在餐桌上，金得海无意觑了一眼水仙，他心跳加速，原来他的嫂子水仙可是个美人哟！嘿，怪了，水仙长得像传说中的仙女一样，为何在她娘家的那时候没有发现呢？

从此，金得海不敢看水仙了。他担心自己把控不住，对水仙有不纯的动机。

他想，看来，不能和哥嫂合灶了。

第七章

　　三个月过后,得水得海兄弟俩按算命先生择定的日子,如期乔迁到新房子来了。

　　金得海心情特别好。首先是新房子,什么感觉都是新的,还有杉木树的那种清香味,门户大,连窗户都大,光线通风实在是比旧房子强太多了。其次是,新房子有东西两架楼梯,按照大东小西的传统分房法,金得海分在靠西这一边,与他哥哥房间的距离远多了,一楼的墙壁是石头砌起来的,密封度很高,别说他哥那边讲话听不到,就是床铺震颤到塌了,他也不会听见。

　　住进这样崭新的房子,也把水仙乐得浑身都是劲,满脸都是牙。水仙暗里佩服自己的眼光,对自己选择得水为夫做了再一次的肯定。她坚信,往后,她家的日子一定会过得更好。

　　果然,搬进新居五个月不到,水仙就给得水生下了一个儿子。就是金飙。

　　乔迁新居后第二件事也令不少人羡慕。

　　敲鼓船连连发海。每一趟出海都是满仓而归。随便选一个渔场,都是金光闪闪的黄瓜鱼。原来出海一趟一般是七到十天,后来，换了稍远一些的渔场，同时为了节约成本，改为一趟十至十二天，直至捕到船舱装不下鱼才返回十里滩。

每一趟返航，金得海的家总是最热闹的。一是因为他的房子新又大。二是沾个光图吉利。人家心中明白，自从得海有了这新屋后，捕鱼量越来越大，也越来越顺，连海上的风向也由着他们似的，出海时往往来一阵西北方，将他们的船随波逐流送到渔场；返回了，吹一路的东南风，他们又顺风顺水回到十里滩。真正是乘风破浪，一帆风顺。三是因为金得海是敲鼓渔业的开拓者，他无形中成了人们心目中的领军人物，所以，一回来，大家都喜欢集中到他家里来。还有，得水得海兄弟俩没有爹娘，自由自在，人缘也好，单门独院的，大家喜欢聚在他们家谈天说地闲聊。

金得海和王玉花的婚事就是在这个新房里举办的。

这是在金得海迁到新居八个月后的一次聚会上，金波当着众人的面，对金得海说："兄弟，现在，你也该忙自己的婚事了！"

想不到，早已醉意朦胧的金得海回答得十分豪迈："好！"

这场聚会时，已近冬至。十里滩人的结婚日子差不多都选在这个季节里。由金波做主，请算命先生一算，择定冬月十三为金得海成婚的黄道吉日。日子单送到邻乡的七里滩亲家那里一看，略通这些常识的亲家没有二话，他正着急地等待这一天。因为他已经眼睁睁地误过一年多时间了。如果早成亲家，他们或许早就和得海一起合伙干敲鼓打鱼的活了。

时间飞一般地快。如花似玉的王玉花终于如期隆重地嫁过来了。

　　这一天,是十里滩人和七里滩人特别的日子。冬日的阳光将滩涂照耀得暖意浓浓。

　　金得海派去接亲的三艘轿船,装扮得鲜红艳丽,连桅杆上都挂着漂亮的五彩旗。出动三艘接亲轿船在七里滩还是第一次。接亲的队伍达到十八人之多,这也是罕见的。原来,王玉花作为七里滩书记的千金小姐,与众不同,她的嫁妆有七大抬。十里滩人称作七扛。七扛,就是由七对的人来抬着女方办的七件嫁妆。扛数越多,扛的量自然就大,或者质量越优,说明女方家越有身份和分量。王玉花她爹给她办的七大扛是:皮箱一副、一套床上用品、一副大衣柜、一对床头柜、一张新房桌、八仙桌配八张凳子、一台缝纫机。这个嫁妆立即红遍七里滩。当时最流行的只有一副装衣物的皮箱,所谓的皮箱并不是皮制的,而是用木板做成的。很有身份的女方家也只办有三样红嫁妆,即红皮箱、红八仙桌、红衣柜,俗称"三扛红"。当王玉花的"七扛红"从七里滩街道抬向码头时,一路上看热闹的人纷纷啧啧称叹!

　　彩轿船开到十里滩码头,码头边的人轰动了。一看这副皮箱不是木制而是真的皮箱时,大家全愣了。接着,一辆崭新的缝纫机从轿船抬上码头,在场的人全喝彩叫好。你可知道,当年的一架缝纫机要一百二十多元钱,全十里滩只有东沃的雪梅家才有一台。这是因为雪梅是全岛唯一做衣装的女子。她买的缝纫机是为了制衣赚钱的。人们说,别的可以不看,只需看这两样,就知道这新娘子娘家的分量了。如此，人们更加钦慕金得海，娶了这么个漂亮的女子为妻不说，还带来这么丰厚的嫁妆，这真是有福的男人呀！

几乎所有的人都为金得海喜事高兴的时候，只有一个人心里很不是滋味。

这个人就是水仙。别以为新娘进门时，她的脸是红扑扑的，手是热乎乎的，但她的心里却很难受。她身上裹着一件入厨时用的围裙，在一堆迎亲烟火中，怀里抱着小金飙，跟随看热闹的人们拥到大门口看场。她和别人一样，两眼盯着接亲的队伍不放。看他们一个个鱼贯而入，心情很复杂。特别是看到七大红扛抬进大门摆上大厅的那一刻，她肚子里好像有一堆大大小小的虫子在咬噬她的肝脏，咬得她的五脏六腑如针刺般的疼痛。她对王玉花的嫁妆只看一眼，便不愿意再看下去。她清楚得很，这一比，把她的嫁妆给狠狠地比下去了。她当时只有"三扛红"。重要的是，她第一扛的红很不理想，皮箱是木制的。再想一想缝纫机，她也难受得想哭，只是这个物件太大，当时是连想都不敢想。实话说，她这一生最喜欢的就是这个机器。雪梅是她的好朋友，她一闲下来，总爱上雪梅家，帮雪梅剪裁布料，以及做手工缝纫的活计。说是帮忙，实是想学一学使用缝纫机的技术，没几次，她竟然会用了。她曾暗里有个愿望，手头有钱的时候，一定要买一台！

她记得，金得水给她的聘金是一千三百三十三元，这是当年通行的礼金数。她娘都给她安排好了，给她添办七八套的新衣装要三百多元，置办三大红扛至少要三百元，给亲戚送些肉呀面呀的什么,也有一百多元。出门酒总要办七八桌,少说也要三百多元。给水仙一百多元留衣兜的钱总该要吧。还有其他想不到的开支,实际上没有多少余下来的钱。水仙知道她娘手头上还有些钱,人家送的贺喜钱都在娘手上,只是娘舍不得拿出来。本来她哥金伙也是个重面子的男人,偏偏遇到杨翠凤这个嫂子,所以,她深刻体会到她娘常挂在嘴边的那句话,"爹富娘富不如自己富"。她记住了,自己当家时,也要留这一手。当时,她只好忍着。她想,要过好日子,全得靠自己。不是吗,过来才多久,就住上全村最新最好的房子了。

日子本来这样平平淡淡地过下去,也没什么不满足的,可是,一看到王玉花七抬八扛的,水仙心里一下子不平衡了。她想想就来气。本来,嫁给金得海的是我水仙,不知是犯了什么鬼,还是谁造的孽,做他老婆的却成了你王玉花。

水仙不拿正眼看那一堆全红的嫁妆可以,但是,不看一眼新娘子她是忍不住的。她真想瞧瞧,这女子靓到什么程度,究竟穿戴的何种衣装。这一瞧,她还真的有点失衡。新娘子的着装还真不一样,一件红色披肩下,是一袭深绿色的旗袍。这旗袍布料上绣有紫色的花朵和纹路,还会闪亮发光。这布料可能是人们所说的绸缎锦罗吧,绵软的、有光泽,很喜气、很养眼。这是水仙做新娘时想也不敢想的。绸缎是什么东西?是古代皇宫里的人才能穿的,她怎么能有这个奢望呢?不过,此刻的水仙已经带着自己的思想感情看王玉花了。她恨恨地想,你这女子的脸色还不是跟我水仙一样黑不溜秋,还不是天天在海里来、滩里去,还不是一双腿扎在泥巴里讨鱼讨虾?还不是船上颠簸肩上扛橹?装得这么靓何用?

水仙想到这里时,很妖媚地笑了一笑,回到屋里,继续忙着她的烧火活。她手头正负责烧一桌子的菜给这对新郎新娘吃新人宴。她想,分明是看在小叔子得海的面上,她才会用心做的。要是你王玉花这般做派,看我会给你好吃?

再热闹的婚礼也有散场的时候,忙完这场婚事后的第四天,得水得海兄弟俩要开船出海了。十里滩的人都懂得,只有赚了钱回来,才能有饭吃有衣穿有房住。

王玉花虽然娘家条件优越,但她不是娇生惯养出来的女子。她念完小学后,没再继续上学,原因是,和她一起上学的女生因经济困难等种种原因都不愿意上初中。加上七里滩本地没有中学,要上必须坐船到大公乡所在地才行。她不是经济原因,而是因为没有女生跟她做伴,她才不得不放弃上初中的念头。辍学后,王玉花和她的同学们一样,扎起裤管,挽起袖子,海里的、滩上的、船中的渔活,她都做,成了一个纯粹的渔家姑娘。十三岁,她就能跟男孩一样,摇着舢板船下海。

七里滩海滩和十里滩不一样,它自然生长着一大片的乌蛉。乌蛉小,壳很薄,几乎是透明的,很好吃,一斤能卖上几角钱。十来岁的王玉花每天一大早,差不多是天刚蒙蒙亮,她第一个就赤脚到滩涂来了。她一次总能讨到十来斤的乌蛉。除了留自家吃的外,还能卖得五六元钱,这些钱都被她悄悄地积攒起来。当她积蓄到一百元时,学着大人,偷偷地借给需要借钱的人,按每月五分钱的利率计息。当然,这主要是她爹曾经是大队的生产队长,生活水平相对宽裕一些,家人不会计较她手头上有多少收入。当她出落成一个大姑娘时,不知不觉也有一笔相当可观的积蓄。

王玉花是在讨乌蛉中被逼着学会游泳的。一次,五岛湾突然来了波暴,一阵不是很猛的风,以迅雷不及掩耳之势朝她的小船压过来。她毕竟年纪小,力气弱,没支住大橹,小船在这阵风中,瞬间翻了过来,玉花被自己的船倒扣在海里。不会水的玉花,面对突如其来的大风,吓蒙了,稀里糊涂地泡在海里束手无策。好在这波暴只是一阵风,更巧的是,她船上掉下一块舱板,飘荡在她身旁。玉花鬼使神差一般伸手一把抓住这块大又厚的舱板,不一会儿,她便浮出海面。她自救了。因此,她下决心学游泳。

不学则已,学就学好。从这年的夏天起,玉花和滩上的男孩子一样,泡在海里,从退潮学到涨潮,从涨潮又学到退潮。经过四个夏天,她竟然熟练掌握了许多男孩子都很难学会的游水本领。比如,她沉在海底的时间可持续近五分钟!实在憋不过来时,冒出头来喘一口气再钻进水里,又能持续三分钟。还能一动不动地倒躺在海面上。手划不动了,她用腿脚一踢,也能前进。这折服了许多男孩子。也正是有这一招,玉花的胆子越来越大,海里的活她越干越有兴趣。除了钓鱼她不愿干外,其他的,可以说,她样样都会。

从这点看,大家便明白玉花是个急性子的人。她不像别的女子那样,爱三五结群,对某人评头论足。乡间对她的评价是,耿直,稳重,有个性,不合群。

舌头和牙齿都有碰撞的时候,何况同在一个屋子底下过日子。

玉花和水仙之间的瓜葛,始于一次偶然事件。

这一天,王玉花闲着无事,在自己的房间里开始整理、使用她的缝纫机。小金飙蹒跚着踱进她的房间。缝纫机上的配件散在地上。有剪刀、螺钻、螺丝刀、机油壶等对小孩安全有威胁的东西。小金飙一进屋,别的不感兴趣,偏偏一摸便摸到螺钻。螺钻是十里滩乡间说法,其实它就是一根杆细头尖的铁钉条,然后在它的一端装置上一个可抓手的小木头。这个用具是用来钻比较厚的布料的洞用的,它很锋芒很锐利,不熟练技艺的人很容易被它戳穿手指肉。

正专心在安装缝纫机零部件的王玉花,忽见小金飙悄无声息地进来,又一手玩着尖尖长长的螺钻钉,吓了一大跳,担心出意外,连忙放下手中的活,蹲在他身边哄他,要他放下手里紧握的螺钻钉。小孩就这样,越不让他玩,他越是偏偏要玩。玉花给他几个纸扎的彩色丝线,又给他能画字的彩色粉笔,也给他量衣的尺带子,这小家伙统统不要。他要的就是螺钻钉。玉花夺下他手上的螺钻钉,他就摸上剪刀;夺走剪刀,他又要抓螺丝刀和机油壶。按下这件,又抢起那件。玉花被弄得只能防着他,什么事也不能做。

起先,玉花很耐心地和金飙哄着笑着逗乐着玩。看见他倔强地非要玩那些对安全有威胁的小利器时,她渐渐没了耐心,慢慢地来火了。末了，一气之下，她瞪了他一眼，甩了一下他的手，又在他手背上拍了一拍。正在兴头上的金飙，被他婶婶这一拍，受到惊吓。在小金飙心目中和蔼可亲的婶婶竟然突然翻了脸，还打了他，于是"哇呀"一声，哭了起来。

在楼下晒鱼干的水仙，一听见惊悸一样的哭声传来，便朝楼上喊叫："怎么啦？"小金飙听到他妈妈的喊声，像有了坚强靠山一样，哭声越来越大，扔下手上的东西，屁颠屁颠地跑出房间，边哭啼边往楼下奔。可能是又急又气的原因，到楼梯口时，一脚踩了空，整个人便从楼梯滚落下来。这一下，他的哭喊声撕心裂肺般从屋内传向屋外。水仙立即扔掉手上的鱼鲞，朝屋里飞奔而来。她进屋时，小金飙已经滚到楼梯底。横卧在地上，哭声惨不忍闻。水仙抱起他一看，小金飙的额头上已经肿成了两个小馒头，手臂处还刮了红红的一道。玉花一听到这哭叫声，也朝楼梯处飞奔。赶到时，发现小金飙已经躺在水仙怀里了。玉花着急地问："怎么啦怎么啦？"小金飙虽然摔伤摔痛了，但神志很清楚，他用没受伤的那只手朝玉花一指，然后，又极伤心地哭泣起来。

小金飙的这一指，水仙以为是玉花将他从楼梯上推下来。她便恶狠狠地责问："你怎么这般狠心，把这么小的孩子推下来啦？"

玉花一脸惊恐，连忙答道："哎哟，天哪，我哪有推他呢？我会做这事吗？我只是拍一下他的手背，他就跑出来了。"

水仙说："你不能劝劝他吗？干吗要打他？我是一下都舍不得打，哪想到，你会动手打了他，他才从楼上摔下来的。你不打他，让他玩,或者你喊我一声,就不会出这个事了。没想到,你,你,你会这样……"

王玉花有口难辩。

第八章

　　秦三通确实有能耐。

　　他第三次来金得海家时，金得海终于表态不去青岛了。他愿意做五岛湾网箱养鱼第一人！

　　秦三通十分高兴。他心里清楚，万事开头难，只要出现第一个人敢作为，而且是像金得海这样有影响力的人物来示范引领，他的这个"海上渔村"项目就无须操心了。

　　就在金得海家里，秦三通当着十里滩支书金得铁的面宣布，村里要大张旗鼓地宣传"海上渔村"项目的意义和影响，要全力支持金得海老板所从事的这一项开拓性渔业项目。他当场对金得海说："三年内不收海区任何管理费。如果继续使用这片海域，你有优先权。你大胆干吧。如果担心我秦某口说无凭，明天你和得铁一块到乡政府，给你写个字盖个章。这样，你就放心了吧。除此之外，在生产过程中，有哪些需要政府帮助的，你尽管来乡政府，直接找我。"

　　秦三通的这番话，让金得海深受鼓舞和感动。

　　金得海说："秦书记，我这个人只懂得生产，不会说话，但是，有你这番话,我就是冒着亏大本的风险也要将这事做起来!"

秦三通早知道金得海是个憨直的汉子,你只需给他三分的鼓励,他就能报你以七分的激情。他对金得海伸起大拇指,说:"好的,兄弟! 真正的渔家人就应该像你这样!"

金得海决定留下开发五岛湾发展海水养殖业,自有他的想法。

首先,提到养鱼,金得海自然想到当年搞的敲鼓捕渔。只有他自己清楚,敲鼓捕渔实际上并不是他发明创造的,他是一次偶然的机会在浙江朋友那里听来的。

那次,就是他在外地替人开船的时候。一天傍晚,当地的一帮朋友聚餐。其中有一道水煮的黄瓜鱼,汤汁是奶白色的,味道甘甜鲜美。朋友中一个也是外地来的,据介绍是来自县里海洋科技部门的技术员,他一边吃着这碗汤白肉黄的鱼,一边笑着告诉在场的人:"你们知道不,别瞧这种鱼这么好吃,它的脑神经却很脆弱,它一离开海水,生命便结束了。即使在海里,要是听到连续性的打击声,比如打鼓的声音,它就麻木了,并开始循着这个响声赶来。"大家听了将信将疑。这个技术员说:"如果你们不信,找个时间,我随你们去试一回就是。"第二天,这位技术员真的带上一班人和一台大鼓下海去了。船还没到达真正所谓的渔场,技术员说:"可以试了。"大家一起动手敲鼓,因为只有一面鼓,有的就用木槌打击船帮,敲击了大约十多分钟后,果然看见有几条鱼闻声而来。技术员撒下渔网,一捞就是十多条。大家都笑开了。技术员说:"这个呀,我只是跟你们说说，让你们相信这个科学道理。但是，你们可不能把它当作一场产业来做。千万不要把它给赶尽杀绝了。要是那样，自然界自有它的报复方式。"

当场，金得海看呆了。

有人问技术员："那么，其他的鱼为何不会这样呢？"

技术员说："生理结构不一样，它们都有着各自不同的生存方式和生命弱点。"

看到这一幕，金得海暗自盘算，他应该去做这件事，做成了，他和十里滩人也许会因此发家致富。自这天起，他坐不住了。虽然他仍和当地的朋友有说有笑地开船跑运输，但他的心早飞到十里滩，早已经想着如何和家乡的人使用这种捕鱼法。只是他手上没有一艘渔船，不然，他有可能连夜赶回十里滩。当时，他还想过，当地的人真是单纯，靠近渔场，条件这么好，为何不做打鱼的事，偏偏要在洋面上跑来跑去做海运。

当金得海用上敲鼓法一连发海后，忘记了那位技术员交代的话，没有见好收网就此打住，而是将敲打黄瓜鱼当作了一项产业来做。后来因效益的作用影响到了五乡八里，以至于沿海有船的人几乎都步他的后尘。如此打捕法，还能有留种的黄瓜鱼吗？几年之后的渔场，黄瓜鱼已经濒临灭绝。他的渔船后来打不到黄瓜鱼就是明证。

金得海想，哥哥金得水和自己一样，一副好身体，打鱼前，体力和精神状态多好，自敲鼓打鱼后，哥哥竟然莫名其妙地不正常了。

奇怪的是,哥哥到了医院,一切却是正常的;一回十里滩,又变成神经兮兮的。这不是报应又是什么?他突然记起那位技术员说过的那句话,自然界自有它的报复法。由此想来,他哥哥是遭到报应了。但是,他又想,如果自然界真要报复人类,首先遭报复的应该是他金得海,因为这项目是他带头做的,为何却选择他的哥哥呢?他又想,也许暂时只是对他哥哥先报复一下,真正找他算账的时候还没到呢。

这样想着,金得海认为,上级要搞"海上渔村"建设项目,大公乡的领导三番五次动员他养鱼,这是不是冥冥中真有什么因果关系?非要他养一批鱼来补偿他以往的过失?这不就是"将功补过"吗?如果自然界真有这种法力,看来,自己不能不做这个项目了。那么,要是真有这样道理,可以推理,他养的鱼一定能成功。因为这样养鱼,从迷信上说,是还债来了。

还有,侄儿金飙正处在长身体长思想的年龄段。在金得海初始的意识里,只要金飙愿意读书而且能读好书,花多少钱他都乐意。因为金飙是他哥哥唯一的希望,同时也是他应尽的责任和义务。他哥哥走的那一刻,没有哪个人能理解他的内疚和悲痛,他不会哭,只是落了几滴泪。他即使会哭,但是哭又有何用呢?因此,金得海也一直自责,这个敲鼓打鱼真做得过火了。

金飙就学的事,他曾烦恼过。为了金飙能好好读书,他找了金伙,想通过他舅舅的力量一起来调教改造他。金伙苦口婆心说了一个晚上,金飙满口应承一定要听舅舅的话好好上学。可是,一到学校,早把舅舅的话抛到九霄云外,他依然做着他乐意做的事,打球、玩弹弓、学跳高和跳墙。特别是留级的这一季,他玩得更上心,一有机会不是溜出学校和一帮同龄人学着大人样划龙船,就是和严肃管教他的老师逗着玩。好几回将老师用的粉笔弄湿,还时不时把老师的课本藏起来,故意为难老师,老师被他捉弄得又气又急。几次三番反映到校长那里,校长曾专门做过家访,结果来了两次都碰不到水仙,更找不着金得海。当金得海后来知道金飙戏弄老师的这些事情后,气得脸色青一阵红一阵。他只能用自己的拳头捶打自己家的桌子。他明知道金飙和水仙都在家里,他很想当面训斥金飙一顿,可是,他又不敢。金飙是侄儿,再亲也不是自己的孩子,何况还有他妈妈在。骂他,声音小了,一定不管用,连老师都敢捉弄,叔叔算什么? 声音大了,水仙怎么想,会不会说,金飙又不是杀人放火了,用不着你当叔叔的这么粗暴。那样,就是吃力不讨好。金得海的气只能憋在自己的心底。他也知道,水仙就是溺爱金飙,对金飙几乎是百依百顺,生怕谁欺负了她的孩子,总担心金飙是不是比哪个孩子少吃了什么。金飙常常带一班他的伙伴,比如狗胆、大鹏、小乌鸦等出入家门,不是玩打狗捉猫的事,就是模仿大人搞聚餐吃喝。金飙张口要钱,水仙口袋有钱,要多少给多少。这些,金得海不是不知道。看在眼里,急在心头,却毫无办法。王玉花看出金得海一个人干着急,觉得既可恨又可笑,有时只好拉一把金得海的衣襟,劝他说,各人的孩子各人家长管,你瞎操心没用。你气得再狠,人家看不见摸不着。金得海明白这一点,有时只能气急败坏地对玉花说:"要是自己的孩子这个样子,不将他们打死才怪呢!"

金得海记得与金飙很逗人的一次对话。一天,金得海听了校长通过别人传达给他的关于金飙在校表现的消息后,趁着晚饭后水仙不在家的时候,他将金飙拉到他的屋子里。问金飙:"你真的还想不想读书了?"金飙做调皮状,歪着头回他叔的话说:"不想。"

金得海问:"不读书,长大后,做什么去?"

金飙:"学你的样,你做什么,我也做什么。"

金得海:"叔叔这辈子很辛苦,东奔西忙,都难得混一碗轻松的饭吃。你再跟叔叔学,不怕苦和累吗?叔叔我现今这般辛苦地干,这般辛苦地劝你上学,把书读好,目的是让你以后的日子过得比叔叔好一些,轻松一些,不再像叔叔和你爸爸那样,年年月月为了生活,风里来浪里去的。"

金飙:"这个我不怕。我很怕读书。叔叔你可知道,我到教室,一打开书本,就头痛了。"

金得海听了不停地摇头。

金飙:"叔叔你摇什么头,我听我妈说过,你和我爸跟我一个样,读到三年级的时候,也读不下去了?"

金得海再次摇头。

终于,留级的第二学期还没完,金飙自己辍学了。

辍学时的金飙才十一岁,能做什么呢?有几条路让他挑。一学木工;二跟他妈妈学织网;三学打铁;四当石匠;五学钓鱼,或者像他爸和他叔年少时一样,学捕小虾讨小海去……

　　一听这些,金飙头大了。他说,这些好像比读书还要难。你们能不能让我玩几年后再说?

　　这时候,水仙哭了。她知道她溺爱过了头。

　　一天,金得海对金飙说:"这个不做那个不干,那就跟我到外地跑推销海带吧。"

　　金飙听了这话,精神为之一振,连忙答道:"好的。叔叔,我就跟你去学跑推销。那样,我既能随你学到做生意本领,又能看一看外面的天下。我听人家说了,外面的世界可大啦!"

　　金得海真的带上金飙跑世界了。

　　正如金飙所言,外面的世界不仅大,而且还好玩。

　　金得海带金飙外出的第二站是上海。一到上海站,金飙魂不守舍,禁不住连声说:"这地方真是大呀,这比我们十里滩强多了。"他问金得海:"叔叔,上海这么漂亮,我们什么时候搬过来住吧。那样,我一定听你的话。"

　　这时候,金飙对金得海表现得特别亲热。

　　金得海说:"你不读书,搬到这里干吗?"

　　金飙说:"叔叔,不读书,我可以做别的吧。"

　　金得海:"不读书,你会讲普通话吗?"

　　金飙:"叔叔你不读书,不是也能来上海做生意?"

　　金得海:"叔叔年纪大了,你还小,以后的路长得很,没有文化,出门闯天下,很难。不信,你慢慢就懂得了。"

　　金飙感觉跟金得海出外很舒服。住在招待所里，一人一个床铺。招待所的床铺比家里好，软软的，又白又净。吃在招待所，他叔叔掏钱，每餐都问他要吃什么，食堂里可吃的东西远比家里多。他爱吃什么，只要说一声，招待所的服务员就会把食物送到餐桌上来。早上，他爱吃咸蛋和油条，一次能吃进两个咸蛋，两根油条。吃了早餐，金得海特意先带金飙到他们所住的招待所附近兜一圈，让他熟悉一下环境，又带他逛了几家大百货商场，也让他见识一下大城市的繁荣。金得海问他："是上海好，还是我们的十里滩好？"

　　金飙说："这还用问，当然上海好！"

　　金得海："上海好是好，但是，要有钱啊！"

　　金飙："叔叔你不是有很多钱吗？有你在，我不怕。我以后也要去赚钱。"

　　金得海："你怎么赚钱？"

　　金飙："所以，我要跟着叔叔出来学赚钱哩。"

　　金得海听了，觉得好气又好笑。

　　金飙成了一个恋外狂。他爱坐车，更爱坐火车。自从坐过车后，他厌恶坐船。在他的意识里，船是个很危险的东西。十里滩也是个危险的地方。自己这辈子一定要到外面去生活去发展。外面的世界不仅大而精彩，更令他向往的是，和他叔叔在一起，比在家里更自由自在。

　　就这样，金得海去哪里，金飙都要跟到哪里。不知不觉跟了五年多，金飙长成了十六七岁的小伙子。跟随金得海的日子里，他学会了许多,也慢慢觉得他叔之前讲的话有道理。但是,迟了,想读书已不可能了,性格和兴趣被定性了。金得海认为,带金飙出来的目的,是让他独立自主,走出一条适合他的路子来。

金得海第一回跑青岛,原想采购一批干品海带。因为他在四川和安徽两省定下两个大单,十里滩,包括整个五岛湾地区的海带都集中起来,仍然缺口两百多吨,所以,他想走一趟海带苗的原乡,应该可以收集到这个量。哪想到,青岛,却给了他一个意外的收获。

这个收获就是,当地朋友开始转型投资高效益的网箱养鱼了。

忙完那一单海带后,他被青岛朋友留在那里。金飙听说要长期在那里吃住,心里乐翻了天。可是,在岸上只住了两个晚上的招待所后,就搬到养殖区的海上渔排来住了。住渔排和住招待所当然不一样。渔排上,床铺底下是大海。这大海和自己十里滩的海水不是一个样吗?涛声潺潺,浪花飞溅。这本来是很诗意的东西,金飙不喜欢。睡在渔排上犹如睡在船上,随着起伏不定的海浪,哪能睡得香?这还不要紧,白天没有电灯可以,晚上也没有电,电视没得看了。这也不要紧,更致命的是,不仅白天干活,有时夜间也得忙。忙什么?要给鱼撒饲料,给鱼换渔网。鱼和饲料都是腥臊的味道,又全是湿漉漉的,连渔排的板块也水溚溚的,一不小心就会滑倒掉到海里。这是多么可怕的事情。金飙怕了。金得海说:"你已经长大了,要做些事,吃些苦,不然,怎么生存?"

不管金得海怎么说,金飙都听不进去。他闹情绪,想回家。金得海问他怎么回事？他说："在这里做这种事，不如回到自己的十里滩做。在这里晚上睡不着，肚子又痛得难受。"

真的吗？

好吧。那就回家里养鱼吧。

第九章

九月,金秋时节,大公乡和江东县其他乡镇的气候似乎不一样,别处已经早有凉爽的秋意了,大公乡依然热火朝天,到处弥漫着夏日的气息。这可能就是温带海洋性气候最显著的特征。所以,入秋以来,大公乡的天格外湛蓝;大公乡的地,格外沸腾;大公乡的水,格外清澈;大公乡人的精神面貌,格外意气风发。

这一天,大公乡政府所在地的大公村,彩旗猎猎,锣鼓喧天,鞭炮齐鸣。

乡政府机关从大院到门口处,依次排满了十多部大大小小的车辆。大院的埕地上,人流熙熙攘攘,一帮张罗着队伍排列的人,前前后后地奔波着,忙得满头大汗,却不亦乐乎。

何事这么热闹?

看热闹的人一打听,原来,秦三通今天要高升进城当副县长去了!这是大公乡有史以来第一任由书记直升为副县长的乡书记。所以,大公乡要异常隆重地欢送一番。

有人说,秦三通当县长了,江东县一定还有大的动作。

有人说,秦三通是个事业型的干部,他不做事还坐不住呢。

随着一阵更为嘹亮和响亮的锣鼓声和鞭炮声,载着秦三通的车辆和欢送的队伍,缓缓离开乡政府大院,向县道慢慢开去。

应该说,秦三通在大公乡当书记,当得很顺利很舒心,各村的书记、村长大部分都是他亲手提上来的,而且越处关系越铁,甚至都成了铁杆兄弟。就说十里滩的书记金得铁,被秦三通提名当上村书记后,始终视秦三通为亲人甚至恩人,唯恐秦三通不张口让他做事。秦三通布置给他的任务,不管是公的还是私的,金得铁都将它当成是私人的事来办。每件事办得都让秦三通满意。所以,当金得铁一听说秦三通将要被县里提拔重用的时候,既喜且忧。喜的是,他的好领导、好朋友将要官升一级到县上去了,日后县上有什么需要他帮忙的事,可以高枕无忧了。因为之前金得铁孩子到县城读书的事就是秦三通一个电话帮忙解决的,连他小姨子当教师的亲戚调动的事,也是秦三通帮忙办成的,而且每件事,他一提出,秦三通从不推辞。这令他很感动。所以,秦三通一旦当上县领导,以后的事不是更好办了吗?忧的是,秦三通一走,会不会变心,会不会像人们常说的,人一阔脸就变,连兄弟之情都不顾了。同时,他也担心,乡书记一换,村书记也要换。这书记不知是谁来担任,要是乡的新书记将他换下了,自己不是又成了普通群众?

秦三通提拔上调的事,金得海不以为然。他说,秦三通到哪里去当官,跟他有何关系呢?秦三通当再大的官,他还是渔民,还是十里滩上的人,还是要养鱼的。所以,当人们热热闹闹欢送秦三通时,金得海正在他的渔排上等待饲料。

这时候,五岛湾海域的渔排规模已经达到一百多排近一千三百个网箱了。金得海养殖量最大,共有三十多个排,占了三分之一还多。这是秦三通给他特批的一百排的海域,留给他充分的发展空间。秦三通当时制定的这个政策起很大作用。十里滩人一看见大片海域被金得海留用,又亲眼看到金得海真的养起了活鱼,而且养的数量一天比一天多的时候,坐不住了。不仅金伙、金波、金涛等一批人跟随金得海同期养鱼,连没有资金的人也开始蠢蠢欲动。

和金得海相邻的姚兴杰,看见金得海的渔排一个个矗到海里,就像一根根铁钎插到他心底一样难受。他又看见金伙几个人也做了网箱,心想,要做得趁早,不然,等有了钱再做,海域没了到哪儿养?姚兴杰原来是海带生产队的老队员,一年下来,赚不到两三千元,即使后来放开自由养殖,他养了十多亩,什么都算进来,收入也达不到万把元。量一多,价就贱。再就是养海带的辛苦度只有干过它的人才能体会和理解,实在是太苦太累了。姚兴杰专门到金得海的渔排参观过,一看,傻眼了。这哪里像生产场,简直是海上花园。一筐连着一筐,一排中又搭建起一座木屋子。木屋里有厨房,有床铺,还有茶桌。外面还铺设了一个大阳台,餐桌、茶桌一应俱全。最忙时,除了投放苗种后,还要投放饲料。投饲料一天只需两次,在渔排上走来走去地投。看着脚底下网箱里一条条窜来窜去的鱼儿,再苦再累心情也是舒畅的。养鱼多好!

姚兴杰还注意到,金得海渔排上的伙食安排得很好。每餐都有七八道的鱼虾海鲜。鱼是各色各样的。金得海在买来的当饲料的杂鱼杂虾中挑选出大的能吃的鱼鲜,拿来当下饭的菜,吃不完的,将它们制作成鲞,没有菜吃时,可拿它来当下酒的菜。金得海的渔排一天到晚总是很热闹，很多人围在他木屋前的平台板上，不是喝茶，就是喝酒。这些人还帮金得海一起投饲料。在姚兴杰的感觉里，投饲料不但一点也不累，好像还很轻松舒坦。这样的日子，哪像养鱼，简直是在享受生活。瞧，有太阳的日子，住在渔排上，从早到晚都有阳光做伴，冬天温暖如春。夏天呢，处在海水之上，一点火热感觉都没有。下雨天，躲在木屋里，透过窗户看海上风景，一滴滴雨水仿佛如天上掉下的丝线一般，直入大海。听说，雨天气，鱼儿也不出来吃饲料，你看，连投饵的工夫都免了。这不知要比养海带舒服多少。在海上过这样的日子，寿命也会延长。

姚兴杰打定主意后，连忙到五里滩找他亲戚借了一万元钱。这钱是三分半月息借来的。当姚兴杰买回鱼苗时，金得海的真鲷鱼已长成一斤三两，接近成品。真鲷鱼煞是好看，整个体型像鲫鱼，但它头部呈橙色，鱼鳞是金黄色。这鱼在五岛湾的天然海却极少见到，据说只有在太平洋的深海才有，但它养殖的成活率很高，几乎达到百分之九十多，离开海水半天还能存活。

当金得海将真鲷鱼养殖成功的消息告知给青岛的朋友时，对方竟然不信。他们以为金得海开玩笑，便专程来五岛湾眼见为实。他们说来还真的来了。一看，服了。这批朋友说，看来，五岛湾的海域更适合养殖真鲷鱼。他们那边的真鲷鱼养两年多了，才长到一斤多一些，而且颜色还没有五岛湾海域出来的好看。他们当场敲定，要全部吃下金得海养成的真鲷鱼。

五岛湾网箱养鱼引起轰动的，是金得海第一次卖鱼。

起鱼的这一天，五岛湾海域特别热闹，金得海的渔排上站满了人，比城里的菜市场还要闹腾。拉网的拉网，打捞的打捞，称秤的称秤，记账的记账，装篓的装篓。从大清晨一直忙到太阳下山。十里滩人第一次看见自己家门前的海域里捞出这么多活蹦乱跳的鱼儿，每个人的心情各不一样。对于金得海、金飚、金伙、金波、金涛、赵太锦们来说，当然痛快淋漓；姚兴杰等几个刚刚投苗的养殖户，则恨自己为何慢了一拍，如果早养，现在也能变钱了；仍在观望的一些人，心里的滋味则是复杂多样，有的羡慕，有的妒忌，有的开始盘算去哪儿借些钱投资一下，也来开发几箱。还有本来就不想养鱼的人，他们看了，只有赞叹，这真好。原来敲鼓打鱼，打了那么多黄瓜鱼回来，没有一条是活的，你看，如今养殖的鱼，轻松自如地从海里捞上来，却没有一条是死的。真是不可思议。

放下秤杆，结算统计时，大家听了价格，全傻了！

单价多少？一斤一百三十八元！

哇——有人当场激动地伸出了长舌头。

青岛的朋友真是金得海的好朋友。结完账，当场给金得海开了支票。开完支票，连晚餐都顾不得吃，开着他们有保活装置的海鲜船离开了五岛湾。

客人走后，帮忙的人，以及看热闹的人围坐在金得海的渔排上吃饭喝酒，所有人不仅为金得海网箱养鱼旗开得胜喝彩，更佩服他的胆识和魄力。

客人不在，全是乡亲，金得海也不隐瞒大家，大家问什么，他全如实作答。

姚兴杰："得海老板，你能不能告诉我们，一条鱼的成本需要多少？"

金得海："大约三十来块吧。"

旁人一听，又咋舌，一条鱼成本只有三十多，而一斤能卖到一百三十八，这一条鱼要赚下多少？

金得海发财了！

这一消息差不多像一颗原子弹一样在五岛湾、大公乡，乃至江东县爆炸开了。金得海再一次成了十里滩的名人，不，这一回，他成了大公乡的名人了。

金得海这次渔排养鱼获得成功产生了犹如一颗原子弹爆炸一样的效应，全十里滩人坐不住了。

原本空空旷旷的五岛湾海域一夜之间也像五岛湾垦区那样，名声大作。有钱没钱的，有劳力没劳力的，开始抢占海域。

之前，有人对五岛湾海域做过测算，除了船只必须留置的航道外，用于养殖的海域大约可投放一千个排一万两千个网箱。

一天，金得木和金如竹因为争占海域的事吵起来了。

原因是，金得木要占十个渔排的量，金如竹也想占十个排的量。他们俩合起来总共才二十排，这本来不算什么，可是，他们纠葛的焦点在于，想占好位置，都想要风浪小的地方。他们占领海域时，都是使用传统的楸桩定位法，然后在海面上挂几个固定的各有自己标记的东西，比如，红色或蓝色或黑色的绳子、布条等。

金得木说："挂红色标记的这条绳子是我那天亲手系下的。"

金如竹说："得木你简直没口德，系记号索的那天，下着大雨，分明是我系的，怎么会成了你得木系的呢？"

"谁没口德？你如竹才没口德呢。"金得木顿时翻了脸，"谁要是乱说，谁全家死！"

金得木更不让步："对！谁乱说，谁全家死！"

金如竹："这样谁都没法证明究竟是谁系的。不然，敢做的，就跟我一起捧香线火，到半山庙诅咒去！"

金得木连忙回应："不去诅咒就是婊子生下的！"

他俩的渔排板一块还没买到，就吵嚷得不可开交。旁人笑着说："你俩，还能养鱼吗？"

一根小记号索在外人看来是小事，无所谓是谁，但是，这个时候，不一样了。因为这不单单是一条绳子，这个绳子关系到他俩所占海域的方向和数量问题。这根记号线如果是金得木，那么，就意味着靠南部分的海区属于金得木，而且整整多出了两个渔排的数量。如果是金如竹，同样的，这片海域则归属于他。不知道他们俩的一方是真的忘记了自己所做下的标记，还是有一方存心多抢多占，反正一闹起来，谁都不肯让步，而且谁都无法站出来替他们做证明人。因为他们做记号的时候，现场只有他俩，他俩也不是同时一起做的，是一前一后做下的。这样，麻烦就大了。一方不让步，双方都不服软，在乡村，最后解决的办法只能看谁的人多力量大，或者哪方心狠手辣，谁敢死谁就有可能赢过对方。

于是，金如竹和金得木就这件事都很头痛，谁都不想退让一步。退让和妥协，意味着自己输了理。

这样，他们只好想方设法找村干部评理和断案。

金如竹故意要找他所瞧不起的村长金得银。

金得银为当上村长,除发动家族的人之外,还动用亲戚朋友关系,终于如愿以偿。他原来以为,村长的权力仍然像当年的大队长一样,可以呼风唤雨,上任后才知道,这村长是空的,全村的权力放在支书一个人手上还不够用。人家分得海区,购买了船只和渔网后,生产上的事情完全可以自己做主。生产出来的海带爱卖谁就卖谁,爱多少价就多少价,别人管不着,大队干部更管不了。只有违反计生政策,超生超育的,或者想多占地建房的、其他想找关系走后门的,找书记一个人足够了。村长连培养年轻人入党的权力都没有。

村长本来是管钱的,旧体制时,村里集体核算,公家有大几百万积蓄,大队长一支笔,签下的都是钱。他当村长时,村里要靠收缴管理费维持村集体的日子。这些管理费很有限,仅勉强够发工资。发完工资,别的事情就别想做了。既然当村干部就要替村里办一两件事,比如,修建码头,盖学校,建卫生所,或者改造菜市场,建公厕等,只要随便办一件事,那么工资就发不出来了。他只好跟着金得铁,不顾脸皮到上级管钱的部门去要钱。上级部门有钱,但必须有项目,他和金得铁两个人像演戏一样,编写各种各样的项目,新建码头啦,扩建菜市场啦,加建三座公厕啦,等等。每个项目都多多少少能拿到一些钱,但项目只做一两个,甚至故意猴年马月地拖着,再变花样向上级要钱。金得银当村长后,最大的受益是,多认识了几个外面的朋友,比如乡政府机关里各个口的干部。还有,请客送礼时,多吃喝一两顿好酒好饭。此外,最多就是趁着送礼的时候,悄悄多买一两份海产品送给自己关系好的人做人情。

　　村上不知情的人，跟当年的金得银一样，以为村长大权在握，可以管海管滩管船舶，还管人家计生的命；盖房子要批地，还有公家的一大堆工程，他爱给谁做就给谁做。他的字一签下去，全是钱。有人很想攀附巴结村长。他们的目的和动机各种各样。

　　雪梅这女人就是这样想的。当年十里滩只有她一个人有缝纫机，她制衣的技术三乡五里有名气，生意好得忙不过来。后来，女子出嫁基本上都有缝纫机作嫁妆。没多久，缝纫机几乎成了每家每户必备的日常用品，她的生意随之渐渐冷清。她老公金开来，当年因为有雪梅这台缝纫机赚钱可依赖，没有像别的男劳力一样下海生产劳动，养尊处优习惯后，不想做事。在雪梅一再催促之下，才和外地的朋友合伙搞珍珠养殖。养了三年时间，不但没赚到一分钱，连投资的两万元钱也血本无归。后来，为了扳本，金开来学金得海，借款收购海带，打算运到省外去卖。因没有门路，到山西太原后，压仓时间长达一年还卖不完，导致既耗费了仓库租金，又烂掉了不少海带。这一单又亏损近两万元！遭到这两次经营失利后，金开来知道自己几斤几两，不敢再轻易涉足生意场上的事。一天，他听说村里要盖卫生所大楼，一下子来了兴趣。他早听人家说过，建筑工程最能来钱，又不需花大本，只要能拿到工程就等于赚到钱了。一听这消息，他高兴得几天睡不着。他决意一定要拿到这个工程。那么，怎么拿呢？金开来想起来了，雪梅和金得银村长的老婆玉香是十分要好的姐妹。想到这里，还是半夜时分，金开来迫不及待将雪梅推醒，兴致勃勃地对雪梅说："老婆，有救了！"

　　雪梅稀里糊涂地问："什么有救了？"

金开来说:"你不是要我赚钱吗?听说村里准备盖卫生所大楼,你趁早找你好姐妹玉香跟她家得银说一说。你就告诉玉香,拿下这工程,赚到的钱,与她家对分。她一定答应帮忙。"

雪梅正为金开来两场投资欠下三万多元的债务而头痛,一听说有这么个能赚大钱的工程,便答应去试一回。

第十章

金得海养殖的鱼吃的不是加工生产的袋装饲料,而是活鲜的饵料,这些全是天然的小鱼小虾,甚至还有小带鱼、小目鱼之类的海鲜,十里滩人将它们叫作杂鲜。吃杂鲜饵料长成的鱼,有自然鱼一样的味道。

金得海的杂鲜生意是由他的内兄王必昌来做的。内兄,在五岛湾一带被称做"大舅"。

王玉花娘家的七里滩人,在五岛湾垦区没有围建起来前,和十里滩人一样,大部分干养海带和讨小海的活。后来,垦区建成后,他们村分得一片池塘,劳动力开始向池塘养殖转移。特别是池塘被利用养了对虾后,七里滩人重点转向讨小海捕杂鲜。他们捕杂鲜何用?原来,五岛湾垦区里养殖的对虾需要杂鲜做饵料。这时候,他们村的捕杂鲜已经形成规模,船上装了机器,载重量都在一百吨以上,不再是一个人单打独斗,而是由兄弟、表兄弟或者一帮朋友合伙结成团队,开出五岛湾到外海打捕。

王玉花的大哥王必昌是五岛湾最有名气的赶杂鲜大户。

王必昌脑袋瓜好用,看到有如此之好的发展前景,买下一艘大船,专门装杂鲜,叫做杂鲜船。船上雇佣两个人,再派出他弟弟共三人,专门到五岛湾外的洋面收购杂鲜。外面的杂鲜便宜得很,一斤只卖一角钱,甚至八九分。收购后,他用自己原来的小船将杂鲜运回来卖给虾农。一转手,一斤就赚上三四角钱。他们一天销售量都在二三十吨以上,你说,王必昌三兄弟一天要赚下多少钱? 只是对虾养殖只在夏天的六、七、八、九四个月。入秋,对虾必须清塘,不然,秋凉的风一来,虾儿就活不下去了。

王必昌忙好虾塘里的饵料,一接到王玉花的消息,马上转过来做渔排的杂鲜生意。

这时,五岛湾网箱养殖区出现许多新情况。金得海三十个渔排下水后,金伙、金波、金涛、赵太锦等几个紧跟金得海的人的渔排,也相继下水。当人们看见金得海的真鲷鱼养得一天比一天好看时,在金得海渔排周围,竟然不知不觉地多出了许多个渔排来。如果把空占的渔排也算进去,整个五岛湾海域差不多塞满了一半。这样一来,王必昌的生意做得比虾塘更火。因为鱼的食量远比对虾大,一个渔排正常每天都要投放五六百斤的杂鲜。像金得海的渔排,一上就是十多个排,饵料的量,一天要达到五六千斤,仅他一户,差不多就占了王必昌一艘杂鲜船总量的三分之一。加上和他毗邻的金伙、金波、金涛,还有赵太锦等几个大户,王必昌的一整艘杂鲜船等于是他们几户的专用船。这样,其他的养殖户只能等到他们几个大户用满用足之后,看看有无剩下的。如果有,他们才能买到一些;如果还不够供应几个大户,那么,别人就甭想买到杂鲜。没有杂鲜喂鱼怎么办? 有的养殖户只能靠自己打捞,但是数量很有限，最多只能保障几个网箱的鱼儿。这个办法之外，就是讨好金得海，或者金伙，挂在他们的名下搭买几百斤。还有一种情况是，当王必昌的杂鲜运到金波或金伙的渔排时，刚好他们的人不在那里，那么，王必昌也不管了，谁需要谁拿现金就卖给谁。因此，养鱼的人每天不敢擅自离开渔排，一旦离开，杂鲜船来了，碰不上人，买不到杂鲜，想要，只能等第二天了。别人遇上这事很正常，连金得海也碰上了。那天，金得海去大公乡所在地的银行办事，王玉花刚好上她娘家送月饼，王必昌的杂鲜船到了渔排，喊了几声，没人响应，再兜了一圈网箱，发现大部分网箱是空的。隔岸渔排的人明白王必昌的意思，正着急地等待杂鲜的到来，便大声对他喊话："得海的鱼卖出去了！"王必昌一听，原来如此。立即下船，掉转船头，开到喊话人的渔排，将留着给金得海的杂鲜卖了出去。

王必昌并不知道，金得海卖出的只是真鲷鱼，他网箱里还有鲈鱼、海鲫鱼、鮸鱼等其他几种鱼，而且鮸鱼的食饵量很大。当金得海回到渔排，听说这事后，又气又急，却毫无办法，只好心疼地看着他的鮸鱼等几千条半成品鱼，活活饿了一天。

前面说过，金得海的真鲷鱼卖了个好价钱，轰动效应不亚于当年的敲鼓打鱼。敲鼓打鱼，要到远方的海域去打捕。网箱养鱼，近在家门前，装好网箱，放下鱼苗，人在渔排上看养，仿佛过着神仙般的日子，还能收获这么高的效益，谁不想养呢？这种局面使得大家坐不住了。

本来，十里滩的村干部是没有多大权力的，如今村民们都想养殖几箱鱼,为了争海抢海,村干部们的权力就来了。

于是,村里发布公告,还没有做网箱养殖的村民如果想养鱼必须立即到村委会登记。仅一天时间,就登记了七百个渔排。限定三天之内缴费有效的养殖户有四百九十个!三天时间,村里一下子增加了二十多万元的收入。

村财政有钱,村长就好当了。金得铁担心这些钱被村里使用不当,又开了两委会,研究决定将这钱用来盖一座村的卫生所大楼。

这消息一传出,金开来最灵敏,反应最快,连夜动员他老婆雪梅赶紧找金得银的老婆玉香。

雪梅为这事反复琢磨,犹豫不定。她担心,玉香虽然跟她关系好,但不一定会帮她这个忙,再说,即使玉香会帮她在得银跟前说好话,得银肯出力吗?可是,一想到她家负了债,眼下又没钱做网箱养鱼,想还债翻身,也只能硬着头皮甩一次脸面了。

雪梅明白,在乡下,就是到朋友家里望望风、叙叙话什么的,也不能空手,何况又有事求他们。

雪梅问金开来:"我们该带什么东西去?"

金开来说:"弄两盒茶吧。"

十里滩没有茶庄茶馆,金开来专程到县城买了两盒上好的铁观音,要雪梅送去。

雪梅提这么贵重的东西送人还是第一回。她担心礼送出去了,又拿不到工程,到时怎么跟老公交代?因此,一路上,她心情紧张,忐忑不安,生怕被熟悉的人看见。金开来的家与金得银的家距离又远，要拐三个弯，下坡六十多级台阶，还要穿过三座旧大厝。还好，没被熟人碰见，一下就见到了金得银和玉香。

玉香和雪梅感情不一般，玉香没结婚前，是跟着雪梅学制衣的。严格说来，雪梅是玉香的师傅。不过，她们俩相处得跟姐妹一样，平时并未以师徒相称，玉香一直只把雪梅当大姐看待。结婚后，她们都忙着自己的家务事，联系越来越少，只是哪个姐妹家偶尔有婚丧嫁娶之类的事，相互间有走动，虽然同一村，见面机会也不多。玉香看见雪梅出现在她家门口，吓了一跳，反应过来后，赶紧兴奋地大声问道："呀，这是什么风，把我的姐给吹来了？"

雪梅不善言辞，又有些不太自在，迟疑一会儿后才回答说："是呀，很久没见到你了。怪想念的。"

玉香热情地拉着雪梅的手，赶紧请她进门。

雪梅带来的两盒茶，包装精致，玉香一眼扫过去，以为雪梅给她送新款式的女装。她笑嘻嘻地问："姐姐今天给我送样装做广告来了？"

雪梅说："不是的。你现在还用我送样装？是两盒茶，开来说了，让你们尝尝铁观音的味道。"

玉香说："哎呀，姐姐，我哪敢收开来的茶叶。常言道，无功不受禄，何况，你还是我的姐姐和师傅，岂能收你的大礼？"

雪梅说："你当村长夫人后，变得能说会道了，我说不过你，反正，你喜欢就留着自己泡着喝，若感觉不好，再通知我领回去就是。"

在旁的金得银笑着说："没想到雪梅也会来这一套。"

玉香说:"雪梅姐,我看出来了,你今天来,一定有事找得银,是吗?有事,你尽管说来。能做得来,我一定催他办到,办不到的,我们也帮你想办法。你就把得银当你的妹夫。"

雪梅听了很感动。犹豫了一会儿,终于壮了胆子开口了。

雪梅说:"玉香你真是厉害,被你猜着了。我今天来确实有事,是开来非要让我来一趟的。不知他听谁说的,村里要建一座卫生所大楼。最近,他一直找不到事做,闲在家里心慌,所以,要我找得银帮个忙,看看能不能将这个工程交给他来做?"

金得银和玉香一听,愣了。他们没想到雪梅张口要办的是这样的大事。在金得银脑子里,他以为一定是有关网箱养鱼的事。

金得银愣过后,很快反应过来,问雪梅:"开来有工程队吗?"

雪梅听了金开来的吩咐,早有准备,回答说:"开来他在大公村的三个表弟都是做工程的。听说,乡里的很多工程都是他们干的。"

金得银:"有工程队的话,好办。我再想想办法。"

雪梅听了既激动又兴奋。她想,得银能想办法,就有戏了。接着,她又将开来交代要说的话赶紧说出来,她放低了声音对金得银和玉香说:"开来说过了,这个工程所赚下的钱,我们各一半。"

金得银故作无所谓,说:"这个不重要,重要的是能不能拿到工程。"

玉香从旁助力,她对金得银说:"得银,你是知道的,雪梅姐是我最好的姐妹,就是没有平分所赚的钱,你也要想方设法将它弄到手。"

雪梅看了玉香一眼，说："那一定会平分所得的。"

金得银说："明白了。我一定想办法。"

听到此话，雪梅非常满意地从座位上起来，说："那要先感谢你得银了。我就不多打扰，先回去了。"

玉香客气地说了几句留她的话后，就送雪梅出门来了。

金得银提着两盒茶叶随她们俩出门，到路口时，他一把拉住雪梅，说："雪梅，这个你要带回去。"

雪梅不接。她说："你们嫌我的东西不好是吗？"

金得银说："你跟玉香亲如姐妹，你还是玉香的师傅，哪有徒弟收师傅的礼物呢？"

雪梅很着急，生怕他们真的不收东西，因为金开来说了，不肯收东西就没戏唱了。既然送来了，再将东西退回去，一是浪费了钱财，她自己家肯定舍不得喝这么好的茶；二是一路再提回去，既难看也没面子。她只好说："得银啊，你别说这些话，正因为我和玉香是姐妹，所以才大胆送东西来的。"

不知为何，金得银坚决不受。他拒绝的态度有点生硬，说出的话也有点难听。

他首先说："雪梅，你的事我还没帮着办，实在不能收。收下了，我心情难受，压力很大。"

雪梅说："你别把这东西当作一回事就好。你如果不想喝，就算我送给玉香好了，行吗？"

金得银说："不行的。我不在场没看到，玉香收了，是她的事，我明明在场，怎么敢这样做呢？"

雪梅说："哎哟，你这人当了村长后，变得真快，连朋友都不认了？"

金得银说："不是这样的，我说话从来都是很实在的。你听我的，今天的东西要带回去。如果一定要放在这里，好的，你的事我不帮了。"

说这话时，他的脸阴沉下来了。

雪梅见他不像假装正经样，连不愿帮忙的话都说出来，说明他心意已决。末了，她只好说："好吧好吧，你既然这么认真这么客气，我就带回去了。"

金得银见雪梅真的把两盒茶带走，脸上又绽放出了些微的笑靥，对雪梅说："这就好。往后，可以多过来走动走动，说说话什么的，千万别带东西来，那样才是好朋友。"

雪梅一路回去一路想，不收东西，看来完了。只是金得银有一句话她记下了。他说，他不在场没看到，玉香收了他不管。那就再选个得银他不在家的时候悄悄送来。

三天后的中午时分，金开来不知从哪儿获得消息，从外面急急忙忙往家里赶，一进家门，便大声对雪梅说："去，赶紧去，现在只玉香一人在家了。"

雪梅一听，二话不说，立即到自己的房里换了套衣服，提着两盒茶，急匆匆出了屋门，直往玉香家奔去。

玉香家的门像往常一样敞开着。雪梅打算悄无声息地溜进去，趁玉香不备，对她恶作剧般地偷袭一下，像她们年轻时常玩闹的把戏。

雪梅蹑手蹑脚踱进屋里，只见穿红色毛衣外套的玉香伫立灶前，像在认真地择选空心菜什么的。她轻轻放下手上的茶叶，闭了眼睛，一步上前，将双手伸向玉香的脸部，以迅雷不及掩耳之势，将玉香的两眼紧紧遮住。

"谁呀？！"一个清晰的男子声音吼叫起来。

这一吼，雪梅立即将手松开，霎时慌张起来，怯怯地应道："是我。"

雪梅的脸膛涨得通红。她感觉糟透了，心脏紧张而剧烈地跳着。这分明是金得银，自己怎么慌里慌张地把他看成玉香呢？这下完蛋了！

果然，金得银回头一看是雪梅，嘻嘻地笑了一声后，反过手来拉住了雪梅的手。雪梅更加紧张，想抽回被金得银抓住了的手，却反被他抓得更紧了。他轻声说："雪梅你不用紧张，玉香今天上县城了。我们好好说话。"

雪梅说："不是说她今天在家吗？"

"我不骗你的，她一大早就上县城去了。"说着，金得银又把雪梅往自己跟前拉近一步。

雪梅开始喘息，用哀求的声音说："得银，求你不要这样。不能这样的。"

金得银说："雪梅，你放心。我会保护好你的。你不是想要那个工程吗？只要你从了我，这工程你做定了。"

说这话时，雪梅已经被他拥住了。她想哭，但不敢哭出来，只是用哭腔求救："放了我吧，得银。你不要这样。真的，你不要这样。你这样做,对不住我,也对不住玉香的。"

金得银说:"别担心,这事完了,船过水无痕,你不说,我不说,谁又会知道?再说,你又能拿到工程。实话告诉你,想要工程的人很多,求我跟她们干这事,我都不想干。"

雪梅一听说可以拿到工程,心软了下来,哀求声也小了下去。她的这点犹豫被金得银看出来了。

这时,雪梅才骤然感觉到问题的严重性,禁不住号啕起来。

第十一章

一个陌生女子突然出现在金得海的渔排上。

女人戴一副浅红色墨镜,穿一条紧身牛仔裤,凸显出女子两条丰硕的大腿,黑色夹克衫外套内是一件纯红的内衣。女子红唇撩人,一头波浪式的卷发散发出一股沁人心脾的香味,在海湾上空飘荡。不,好像这女人身上还有一种难以抗拒而好闻的秘醇之香,在渔排上空弥漫蒸腾。

王玉花就是被这种从未闻过的香味吸引而注意到这个陌生女子的。她感觉这味道特别香,特别清醇好闻。

当王玉花正为这香水恍惚时,陌生女子已步到她跟前。陌生女问道:"请问,这是金得海先生养的鱼吗?"

王玉花被这一问,心情陡然紧了。这个从未谋过面的女人怎么知道这里是得海的渔排?难道……难道什么,她也说不清楚。

王玉花反问她:"你找谁?"

陌生女子回答她:"我找金得海。"

王玉花从紧张变成警惕:"你是哪里的?找他有什么事?"

靠近这女子时,王玉花看得更清楚一些。原来这个洋气时髦的女子已经不再年轻,眉角上的一排鱼尾纹清晰可见,只是这副墨镜遮住了这些。再细瞧,好像她的皮肤也不再细腻,露出粗糙样。她想,自己要是化妆一番,可能比她还滋润些。看来,这女子远看有年轻样,近瞧却老气横秋,分明是靠这身妆扮来掩饰老态的。这时,她恨不得上前将她的墨镜摘下来看一看真实容貌。

王玉花警惕地问道:"能告诉我,你找得海有什么事吗?"

陌生女子开始端详王玉花。

这是一个晴天烈日,王玉花穿得很少,连草帽也没戴,裤管扎得很高,刚投放完饵料的她,汗水正挂在赤褐色的脸庞上,欲滴未落。

王玉花:"你卖鱼苗的?"

陌生女子未置可否。她反问玉花:"您是金得海的家属?"

王玉花没听明白家属是何意思,也未做答复。

不过,这时候,王玉花已经明白几分,她大概是来买鱼的,是个做生意的女人。

买鱼的人对养鱼的人来说,是特殊的客人,他们来了,卖鱼的人都要接待。

王玉花将手伸进海里洗了一把,擦干后,热情地招呼陌生女子,请到屋里来坐坐。接着,她开始烧水,准备泡茶待客。

这时,陌生女人断定,她一定是金得海的老婆。

王玉花进屋烧水,陌生女子没有跟随进去。王玉花听见这陌生女人在说话:"这地方山清水秀,海大浪小,风光独特,真是个难得的好海湾。我很想多看看这里的风景。"

王玉花见她不进屋子，便将烧开的水壶提到屋外的平台上。她边泡茶边问客人：“你是怎么找到这里来的？”

陌生女子说：“我生意场上的朋友多，一问就问到了。”

王玉花对陌生女人一直保持警惕。她担心遇上骗吃骗喝又骗钱的。这女人看起来白白嫩嫩的，像个买鱼的人吗？但从她的话中听出来，她和金得海好像之前有过交集。要是这样，更不能对她说实话。她说，得海忙别的事去了。

其实，金得海就在十里滩的海岸边上。他和金伙几个人正在寻找一处可供建场的地方。他们打算合伙办一个苗种培育场。这个苗种培育场，金得海已经想过多年了，也就是说，自从五岛湾开始做网箱养鱼后，他就有这个想法。这么大的海水养殖区，需要各种各样鱼苗几亿尾，可是，所有的养殖户都要依靠外来供应，而且非常麻烦。首先要派人到外地联系苗种，再联系运输船只。从苗产地的北海运到十里滩，少说要五天五夜。这期间还要考虑苗种的安全。五天五夜，不管如何先进的增氧技术，到家时，存活率只有百分之七十多，运费却高得惊人。如果自己能有一家育苗场，既方便自己，也能为五岛湾养殖区提供苗种服务。同时，在减低成本中获得效益。这事，王玉花不想告诉眼前这位陌生女子。她担心多嘴走漏消息，说不准七传八传，被人破坏了，建不成损失就大了。

王玉花还要往下想时，陌生女子喝了杯茶水后开腔了。她问：“您现在可卖的都有哪些鱼？”

王玉花的普通话是典型的福州腔普通话，又夹有十里滩的口音，被称作闽江口的水半咸淡，她回答说：“有命鱼、鲈鱼、精鲷鱼。”

陌生女人听后愣了一下，问道："命鱼？让我看看，哪一种鱼叫作命鱼。"

命鱼，其实是鮸鱼。福州话读作命鱼。当地人说习惯了，把鮸鱼说成命鱼了。

王玉花以为陌生女人不相信她所说的话，就在平台前方的网箱拉开网罩，手指着里面快速跃来跃去的鱼说："这就是命鱼。"

陌生女人一看，就替玉花作了更正。她说："这鱼叫鮸鱼，不叫命鱼。你说的精鲷，应该是真鲷吧？"

王玉花被她这一说，脸唰地一下红了。她知道自己普通话说得不行，没想到连鮸鱼也说错了。这时，王玉花想，看来，别瞧这女人斯斯文文的，对鱼蛮通晓的。从这点上看，像是个做鱼生意的。

陌生女人又问："你这鮸鱼，也就是你刚才说的命鱼，有多少量，什么价钱？"

问到数量和价钱，王玉花又警惕了。这些她不能随便说。她明白一个浅道理，报多了，买方可能会压你的价；报少了，又嫌量不够，不想买。还有价格，她真的拿不准。所以，这些事情，她很佩服金得海，不管什么人上渔排来，他报的价格一说一个准。能做到对方杀不成价，而且还要买方非买不可。

据此，王玉花只好说："等得海来了，你问他去。"

陌生女人从小木凳上起来，提着小红包，在渔排上独自逛荡，像逛商场一样，这个网瞧瞧，那个箱瞅瞅，不时还蹲下来翻翻网罩，对着网箱里的鱼吹吹口哨，抖抖渔网，惊吓得箱子里的鱼儿东奔西突四下逃窜。

陌生女人对着五岛湾海域东张西望，一眼望过去，她发现这里的渔排量远比青岛的那片海多出许多。她估摸一下，如果没有一万箱，起码也有九千箱！她还暗中算了个账：一斤鱼如果平均按七十元卖出，那么，这里已经是个亿万鱼城了！不得了啊！想来，金得海一定是大户！

想到此，陌生女人莞然一笑。

陌生女人兜了一圈渔排后，猛然抬头向北面的海岛遥望。她现在所看的这个岛正是十里滩，十里滩原来是纯海岛，五岛湾垦区形成后，它的西端因被垦区的堤坝连接起来，变成了半岛。但是，陌生女人在渔排上所处的角度看不到被连接的地方，在她的感觉里，仍然是个四面环海的岛屿。海是蓝的，天是蓝的，眼前的这个海岛就夹在海与天之间，简直就是一幅写意画。驻足海面的渔排上，阳光暖乎乎地照在她身上，舒服极了。有海有水的地方就是不一样，很灵动，你瞧，一切都是活的，都是流动的，流动得充满灵气。一艘机船从东边开过去，如飞燕一般，荡漾起层层涟漪，直向她所在的渔排涌来，整个网箱摇了摇，晃了晃，很像坐摇篮，感觉太美妙了。她心情一下子飞扬起来。这地方怎么这么美？美得这般清澈，美得如此洁净，美得这样纯粹。看，海里的水，蓝得如一张薄薄的纸，又像一块软软的绸布。还有，那个波澜简直就是能说话的天籁，一波一波地拍打渔排褐色的木板和白色的泡沫球，潺潺有声，訇訇作响，还飞溅起一串串银色的花朵。圆圆的金黄色的太阳，在海面上熠熠发光，仿佛天上有一个太阳，海里有一只圆盘。若是在月光初照的夜晚，这里一定是月亮的世界，满江满海月光遍布。四处是水,海天相连,弄不清哪处是天上,哪处是海边。这广阔的大海呦,要是能让我踏上去,更美!

　　船越来越近,机器声小了下来。陌生女人看见船上至少有五六人,她还听见船上的人说话声很大,像在吵架。他们说的话她全听不懂。很快,船靠上了渔排。他们一个个飞一般地跃到网箱的木板上。其中一人的身影她很熟悉。没错,这人就是金得海。她摘下墨镜,远远望去,她想细看一番这个海生海长的渔家人。她发现,金得海变了,脸色变得黝黑,人也变得苍老许多。她禁不住在心里感叹,真是岁月不饶人。不知不觉,转眼之间,什么都变了,变得亦真亦幻,变得沧海桑田,变得似是而非。自己也已跨入了人老珠黄的年龄,只是自己不愿也不肯承认老罢了。

　　那年的峨眉山之遇再一次从她心头闪现。

　　那天,峨眉山下来后,她主动邀约金得海一块儿住下来。因为当她了解到他是个生意场上的人之后,惺惺相惜的感觉油然而生。当夜,她请他吃火锅。火锅是老土式的,中间是一根矗立的烟囱,底下装满了菱形的小木炭,烟雾迷茫了他们的双眼,熊熊燃烧的火焰,把他们的脸庞熏得红扑扑的。他们一杯又一杯喝着当地的黄酒。他们越喝越清醒,话语也越来越多。她开始叙述她的经历。她这次上峨眉山,是因为她彻底摆脱了她老公的纠缠。她老公吃喝嫖赌,是个五毒俱全的人,她再也不想继续忍受下去,费尽周折,终于来到南方,并找到了她的娘亲。她很想在南方找一个可托付终身的男人。没想到,一到峨眉山,便遇见了金得海。她还在心底侥幸地想,离婚的她,难道……当然,当她确认了她比他年纪大了几岁的时候,她死心了。但她认定,做不成夫妻,可以做朋友,可以做相互关照,相互帮助的知心姐弟!

那夜,她问他:"得海,我们真是有缘,你就做我的弟弟吧。"

金得海的脸庞顿时红了起来。他说:"我配不上。"

她说:"你别低看自己。在社会上走,一个人的人品最重要。你虽然还给我的只是一个钱包,但我看到的,是你可贵高尚的人品。不取不义之财,就凭这一点,你可以走遍天下了。"

这话也把金得海的心说热了。他的普通话很蹩脚,表述得很慢,有些吞吞吐吐,甚至还有些前言不搭后语,但在她看来,都是憨厚纯朴的表现。

当她得知金得海做的是海带生意时,她说,这生意是小打小闹的,要赚大钱,靠这些很难发达。

金得海说:"我只熟悉做这些,而且家乡盛产这些东西,不求赚多少钱,只想把家乡滞销的海带推出去就好。这样,乡亲们,特别是亲朋好友,来年才能再发展。不然……"

很朴实,很真挚,很义气。这是他留给她的第一印象。

她告诉金得海,她也是生意场上的人。在老家的小城里经营三家珠宝店铺。为了摆脱老公,她关门歇业。手上也有了一些积累。她算过了,眼前就是什么也不做,这些钱财,也足够她花销一生。自己又没有生儿育女,因此没有任何牵挂,像一只大海里的鱼儿,真正是自由游弋。遇上好人,她可以交个朋友;摊到好事,顺便做上一两单。生意,或者赚钱,对她已经无所谓。

她故意问他:"听说,你那里的报纸很好弄到。你可知道,报纸,在一些地方很值钱的。如果你有报纸,或者有心想干这事,我可以帮你。"

金得海一听,面色凝重、肃穆起来。他说:"这事,我是不会做的。"

她又故意问他:"你怕被抓?"

他说:"不抓,我也不会做。"

"为何呢?"

"我没读过书,不识字,但是,我明白,报纸是有关国家大事的,是政府的秘密,不能透露的。做这事,是违法的。即使一张一万元,我也不干。"得海严肃地说。

她笑了。心想,这家伙还真是个质朴良善之人。

她禁不住扑哧一声笑了出来,说:"放心,我只是瞎说的,你以为我是干这行业的什么人?"

那时,她真想和他合伙做些什么生意,哪怕做一单也行。可是,做什么呢?

金得海说:"我能做的只有海产品之类的东西。你如果需要海产品,尽管说来。"

她说:"我熟悉的只有珠宝,对海产品之类,完全陌生。"

金得海说:"是的。你的珠宝都值钱,我们乡下人,首先管的是吃饭,先填饱肚子,然后解决穿衣,哪有钱买那么贵重的东西?再说,我的家乡流行的只有金项链、金戒指之类的,别的,好像听都没听说过的。"

她说:"是呀,你要我说海产品,我只能说海蛎好吃,鱼丸好吃,但却不知道如何交易。哈哈，真的是隔行如隔山。”

"但愿有我们合作的那一天。"她又说。

她向他要了地址。

她记得很清楚，金得海写他的地址和名字时，"金得海"三个字写得特别大。"金"字写得特端正，"海"字写歪了，"得"字的中间一横漏写了。看了他写的自己的名字，才相信他真是没读过书，至少是个没好好读过几年书的人。她想笑却不敢笑出来，担心这一笑伤了他的自尊，只是在心底窃笑。他的地址写得不完整，只写福建省大公公社十里滩大队。她问他电话。他说，全大队只有一部公用电话，装在大队部里。通信员不会给人家喊电话的，打了白打。她还问他，如果去他的十里滩怎么走。这个他倒说得很清楚，从哪里到哪里，先坐什么车，再坐什么车，到哪儿再转车，转来转去好像要转好几个，最后要坐船。坐船，她记得最牢。

她告诉他，等她手上的这批货处理后，一定会上十里滩找他。她还说，会带上几件玉器去。

金得海说，非常欢迎你来。如果能提早告知，他一定要到县城的车站接她。

她也给金得海留下地址和电话。

谁能想到，她的那一批珠宝竟然被人坑骗了。这一单，她至少损失五十万元人民币！这五十万着实伤了她的元气，她病倒了。

那时候，她真的很想见一见她的义弟金得海。他们在车站分手的那一天，已经确认了他们之间的义亲关系。那阵子，她给他写信，连续寄了五封，均无回音。但她始终往好处想，也许金得海仍在外地出差，信是他的家人收下了。凭金得海的为人，只要他收到信件，一定会回的。他虽然不会认字，不会写，但是，他总是有朋友的，朋友总会帮他写几个字的。或者，他带着她写的信件找她来了，也许正在寻找她的路途上。别急，他会突然出现在她面前的。不管怎么样，她都不愿意将金得海往坏的方面猜测，最多只是怀疑，是不是地址不详，或者邮路不通。

多少年了过去了，她始终没有把金得海从心上放下。手机出现后，她仍然无法得知金得海的消息。人说了，江山易改，脾性难移。吃上生意这碗饭了，让她换做别的，已经无法适应。她又不算老，更是坐不住闲不下，改来换去，万变不离其宗，还是捧了生意这个饭碗。只是，她终于改行做起了海产品生意。一次，在青岛跑一单虾干生意时，从一个朋友那里得知，金得海曾经在青岛和他们合伙养过鱼，如今在他的老家已是一个养鱼大户了！得悉这消息时，她喜出望外，并下定决心，一定要找到她的义弟！一定要当面问问他，离别后，他为何杳无音讯，失踪了吗？是真的把她忘记了，还是刻意回避了她？同时，她还做了决定，一定要和他合作一次海产品的生意！

这个主意打定后，又整整等了半年，她才终于拿到一个大单，而且这个大单可直接将鱼货销往台湾。

所以，她才信心满满地从东北往闽东匆匆赶来。

她记不住大公乡，但十里滩的名字，一直刻骨铭心。

金得海，终于在她眼前出现了。

她兴奋地举起双手，做喇叭状，对着前方的渔排，欢呼："嗨！我的得海弟弟——"

第十二章

这一声呼喊，让在场所有的人都愣住了。

陌生女子发出这一声喊后，快步向他们所在的渔排飞奔而去。

王玉花懵了。眼前这个打扮时尚的女人，怎么对得海称呼起弟弟来了？他们之间究竟有何瓜葛？难道早有隐情？自己为何一无所知呢？

大家蒙的蒙，迷糊的迷糊，连金得海也发呆似的愣在原处，定睛细看，啊，这谁呀？她的头发怎么是棕色的？

女人摘下墨镜，这下金得海终于看清楚了。他激动地喊道："方姐，你怎么来了？"

说着，他快步朝方姐迎了上来。

金得海反应得快，他说："方姐，十多年过去了，难得你还记得住我。你是从哪里来的？怎么不通知我一声，让我到县城去接你？"

在方子燕的感觉里，十多年过去了，金得海的普通话还是那个腔调，还是那个土腔土味，或者海腔海味。听他说话，她就想笑。

方子燕说："你让我怎么通知你？我给你写的信不下十封，给你大队打的电话不下十次,我正想问你怎么回事呢?"

金得海十分惊讶道:"真的?我一封信都没收到,也没有谁通知我接什么电话。要是收到信件,我一定会请人帮我写几个字回过去的。别说了,现在终于见上面了。"他转身带着方子燕往建有小木屋的这个网箱走来。

金得海对王玉花说:"玉花,你认识一下,这是南方来的方姐。十多年前在峨眉山认识的,你赶紧先给方姐煮一碗鱼丸来。"

王玉花微笑着对方子燕点了点头,表示友好和欢迎。

金得海对方子燕说:"方姐,这是我的爱人玉花。"

方子燕说:"我早跟你的夫人认识上了。你没出现之前,她已经接待过我了,还给我泡了茶。你夫人真是个勤快的女人,什么活都会干。找这样的媳妇,你很有福气!"

说着,方子燕对金得海伸出大拇指。

在旁的几个男人一听说这方姐来自南方,全提了神,以为"南方"是一座城市。他们发现这位来自南方女子的打扮就是不一样,她身上穿的一条牛仔裤,就将她美妙的体形全展露出来了,再加上她有些暴露的着装和身上浓郁的香水味,一下子吸引了渔排上那些男人的眼球。

他们的目光一同向方子燕聚焦而来。

方子燕对金得海说:"得海弟,我要不要回避一下,你们先忙?"

金得海摆了摆手,说:"不用的。我们天天在一块,经常打打闹闹的,像脚底下的海水一样,流过来流过去,还是这个水。"

方子燕听他说的普通话,又看到他所做的手势动作,禁不住笑了一笑。旁边的人，包括王玉花，明白了方子燕的笑意后，也扑哧扑哧地笑作一团。

笑声在渔排上荡漾，在五岛湾的海空回响。

在一片笑声中，一碗热气腾腾的鱼丸被王玉花端上了桌。

金得海和金伙等一班人这天是为办育苗场的事聚在一起的。

金得海按照技术员的意见，暗中勘察半个月后，终于看中十里滩北面的三虎潭。这地方离村比较远，是北面海滩中比较避风的港湾。礁石成堆，潮汐影响不大，水位常年都固定在三虎潭的三块巨石线上。也就是说，不管水涨水落，无论晨昏晌午，船只都能在这里靠岸。这是育苗场必须首选的。这地方也是金得海最为熟悉的。自他三岁那一年起，就一直和他的哥哥金得水在这里讨海谋生。拔苔菜、找海螺、捉螃蟹、练泅水、捡舶来品等。他自己说过，不知有多少根脚腿毛脱落在这里。他不仅知道三虎潭的掌故，连有几块礁石，礁石之间有几条石洞，哪个礁石苔菜长得葳蕤，他都了如指掌。但这里地处十里滩的背面，少有人光顾。特别是当金得海这个年龄段的人长大后，后辈的孩子没有了钩鲟找螺的习惯，这里变得荒芜起来。那些礁石常年长满苔菜，由于无人所需，那些长出的苔菜不再像当年那样葱绿，而是变成了黑紫色，而且粗糙得像绳子。再后来，村上的人常常把脏东西和垃圾往这里扔，一个本来很美的景点，因为少人问津，成了废地，而且还有些阴晦。久而久之，小孩如果哭闹不止，大人只需说一句，再哭啼，就把你送到三虎潭去！孩子们便不敢乱哭了。

这么一块被遗弃的废地,在金得海眼里却大有可为。

金得海和金伙一起找了书记金得铁。

金得铁问:"要那地方干什么用?"

金得海:"建育苗场。"

"需要多大海滩?"

"整个三虎潭。"

"要用多久?"

"只要养着鱼,就办下去。"

金得铁说:"得海你是知道的,你的事,村里一定会支持。我和得银商量后,尽快往上面申报。"

金得海感到意外,他以为,只要村里同意就行,哪有什么上报不上报的。

金得铁说:"不像以前了,现在用地用海,哪怕是一寸一尺,都需要报批的。你也找一找得银,听听他的意见。"

金得海觉得他的话有道理,又和金伙找了金得银。

金得海和金得银是自家人。严格意义上说,金得银是金得海的堂哥,虽然不是一个爷爷下来的,但他们是一个祠堂的,平常家族中所有婚丧喜庆活动,他们都要参加。大部分情况是,要么金得海是组织者,要么就是金得银当组织者,有时两个人同时当组织者,他们之间的相处就免去了很多表面上礼节性的套数。

金得海一看见金得银,直奔主题就问:"得银,我要用三虎潭那地方,有没问题呀?"

金得银却很认真很严肃:"你怎么看上那个鬼地方了?"

"我就要这个鬼地方呀。村里给不给？"

"关键是，你要它做什么用？"

"我要盖房子。"

"骗鬼！"

"就是盖房子呀。盖育苗场不是盖房子吗？"

"盖育苗场差不多。你就实话实说吧，何必跟我绕弯弯肠子呢？你又不是不知道我这人直。"

"你这人直？有什么那么直？有没有你自己身上的那根子东西那么直？"

说着，在场的人都哄然大笑。

金得银知道金得海在开涮他，举起右手像要揍他的样子，骂道："你这短命仔，吃到一百岁都当不成家长公！"

金得海说："你自己说自己直，我问你直到什么程度，拿你身上最现成的东西做比喻，有错吗？"

金得银从心底惧怕金得海。金得海在家族、乡亲中，说话比他管用。在票选村长的时代，金得海一句话基本可以决定村长人选。所以，他对金得海无可奈何。他想，只有等自己不当村长了，可能腰杆会硬一些，敢和金得海平起平坐。但是，他也细想过了，即使不当村长了，照样没法和金得海相提并论。自己村长没了，基本上也什么都没了。金得海呢，他有这么多的财产，仅渔排板的本钱就能抵他目前所养殖的鱼类了。就是没有这些，金得海人缘好，号召力强，一发动，十里滩起码有百分九十的人听他的。而自己呢？一旦脱掉村长这张皮，可能没人听他没人找他了。但是，他觉得自己这个村长,在金得海面前,似乎没有村长应有的权威。有时候好像他金得海更像一个村长,想怎样就怎样。如果只他两人在场还好,在外族人跟前,你金得海也这样耍我,分明是扫我的威风,这样做,我金得银哪有尊严可言?他想过了,兄弟虽然是兄弟,自家人虽然是自家人,但是,我金得银毕竟是全村人选举上来的十里滩村长,你怎么能如此不把我放在眼里?好了,今天你金得海终于有找我求我的时候,那么,我也使使手段,让你瞧瞧我的这个村长手上还有权没权?你还敢不敢对我随随便便?

金得海不知道金得银此刻的复杂心理。他说:"哎,得银,玩笑归玩笑,育苗场的事,你要当真放在心上,帮我运作一下,看看应该怎么办。"

金得银故作认真样,说:"我还不懂得你在跟我开玩笑?我说呀,你这人有通天本领,只要找秦三通一人就够了,找我何用呢?"

金得海:"你别给我扯远了。"

金得海和金得银都不晓得,金得铁也是这样想的。

金得铁两个儿子和一个女婿都养鱼,养的数量也大,仅两个儿子就养殖了五个排六十箱。另外还空占着三个排,正是因为去年买不到鱼苗,一直空挂着。他的情况和金得银一样,鱼苗船到了,他被两个儿子叫到渔排帮忙。他儿子叫他去的目的,一是请他占个先;二是看一看卖苗的人能否看在他是村老大的面子上,不要久等,不要短斤少两。卖苗的人本来也想尊重一下当地的"地头蛇",可是,争购的人实在太多了,他们忙得哪里还顾得上去照顾谁的面子。去年,金得铁和村长金得银一块到渔排上买苗,一看人挤人那阵势，他们俩好尴尬，既轮不到他们插手，也轮不上他们说话。场面太乱了。人们还以为书记和村长到渔排维持秩序，险些打起来的时候，有人才大喊大叫："哎，你们可别吵，大队的书记和村长都在这里哩!"这时，大家才想起他们。场面稳定下来后，他们继续忙着抢着争着，唯恐自己买不到鱼苗。这经历，金得铁印象太深刻了。他早就想过，鱼苗要是自己能够培育出来就好。只可惜他一直只是想想而已，连说出来的勇气都没有。在他的感觉里，十里滩这地方没法培育鱼苗。金得海和金伙找他时，他仍然不相信鱼苗可以在他们手上育出来。所以，他出于好奇表示支持。但是，当他答应金得海他们时，心中却有了投资入股的想法，只是不敢张口而已，他怕当面遭到拒绝丢面子，也担心他们将他看成是一个什么钱都想赚、什么好处都想捞的人。

就这个育苗场的事，金得海早在半年前放过风声了，可村里到乡里始终没有动静。自秦三通调离后，余有山一次都没来找过他，更没有上过他的渔排。金得海还心有余悸，难道政府的政策变了，不搞"海上渔村"建设了? 或者又变得不关心不重视群众生产上的事了? 酒可以不喝，生产不能耽搁。节气很重要。就像过了清明节的海蛎一样，烂肚的不能吃，过了端午节的海带在海里全成了碎片一样。技术员说："鱼苗培育的最佳期也只有春夏之交的一个月，过了这个时间节点，产出的苗种就如发育不全的侏儒一样，甚至会缺腿少胳膊。"日子飞快过去，可育苗场"八"字未有一撇，半年里，仅仅选中了地址，要在三虎潭这个石头旮旯的海滩上建成一座能育苗的场所，不知要花费多少时间。为此，金得海急了。既然要建,动作就要快。误一季就误一年。金伙比他更急。金伙告诉他,自从他们商定要办这个场后,他整天兴奋着睡不着觉,一想到办场一大堆的事,连梦里都在忙这些活,他还看见鱼苗从三虎潭流出来了。所以,他天天催着金得海,干,要趁早。

在金伙的坚持下,金得海就育苗场用地的事,又找了金得铁。

金得铁说:"本来就是个无用之地,你们开发起来,废地可能成了宝地,多好的事,我不支持,行吗?"

金得海和金伙听了这一席话,一股暖流穿透胸膛,绵软而舒坦。得铁书记的意思,再明白不过,他们的育苗场可以先斩后奏。金得海想,如果这样,明天就动工。此刻,金得海很后悔自己小看了他,是小人之心度君子之腹。他想,得铁如果这般得力支持,他不用入红股,到出苗的时候,一定送他一批免费苗。要是他客气又认真,至少在价格上给予最高的优惠。

金得海这样想着,便大胆提出了他的请求。他说:"能这样再好不过了。那么,我想,电源的事,能不能麻烦你出面跟电工交代一下?"

金得铁一听这话,一副笑脸顿时消失。他回答道:"这事,我能出面吗?一出面,明显暴露了我和你们暗里合着干。你说,我和你们有合着干吗?你们怎么做,我不反对,也不要让我知道。这样,万一上级知道了这事,追究起来,我也许还能帮个忙。要是我什么都参与,没合伙成了合伙,你们说,上级会怎么看我?我不是成知法犯法了?"

金得海听此,刚才那个高兴劲也瞬间像断了绳的小船,被一阵大风大浪冲走了。同时,他和金伙一下子明白了金得铁的司马昭之心。言下之意,不和他合伙,他是不会管的!

金得海的脸马上沉了下来,本来就黑的面色,此时显得更阴沉。他说:"这个场,我办定了。政府同意办也好,不同意也好,我金得海一定要办起来。哪怕被抓走判刑枪毙,我都要干!谁要是中间作梗,让我知道了,我是不客气的!"

说完,他气呼呼地站起来,对金伙说:"走。我们走。什么报告不报告的,我们不管了。做生产,你以为搞走私、卖毒品。我不相信政府会反对育苗的事。要申报,你们村里申报去,我们就动工了!"

金得海拉了一下金伙,便跨出得铁家的门槛,走了。

金伙赶上金得海后,看见金得海依然怒气冲天。

金得海说:"这家伙如果善意支持,或者干脆大胆提出入股,我们也爽快些。就是不让他们入股,成了,赚了,我们也会给他送些钱,表示一下。哪能跟我来这一套?不找得铁了,看他能翘到哪里去!"

金伙说:"你别气。你没当干部,当了,你可能也会这样说话。他们站在自己立场上,想搞两面光,既不得罪我们,也保住他们自己的位子。你懂吗?"

金得海:"我才不当什么村干部。如果一定要我当,我绝不是这个样子。有话明说,有屁明放。明人不做暗事。金伙,你找得银,就说我请他来一下。"

金得银听说金得海找他,不敢怠慢。他马上打消了本来要去一趟渔排的打算,回头跟金伙来到金得海的家。

"大老板找我,有何吩咐?"金得银一踏进房门,对着正在埋头泡茶的金得海开玩笑地说了一句。

金得海抬起头,扫了他一眼,说:"你是村长,是个官员,我敢吩咐你吗?"

金得银:"你还跟我客套? 你一句话,我提着裤子跑来了。 有话尽管说来。"

金得海说:"别的事,我暂且不管,办场的事,你给我一个明确的态度,让我干,还是不让?"

金得银说:"我没有权力表这个态。你的事,我早就说过,肯定要支持的。你要我怎么样? 我只是村长,村里的事,要书记拍板才算。"

金得海脸色沉了下来,拍了一下茶几,喝道:"你不为村发展生产着想,你当什么干部?"

这一拍,把隔壁的水仙和金飙惊动了。水仙以为金得海跟谁吵架,穿着睡衣,走了过来,伸进头望了望,发现并非吵闹,看见金伙在场,对他打个招呼后,转身离开了。

金飙也以为他叔叔跟谁吵架,揉着惺忪睡眼,跑了过来。

金得银说:"你看你看,搞得这个样子,你嫂子和金飙以为我们在打架。"

第十三章

方子燕的到来，成了十里滩的爆炸性新闻。

首先引人关注的仍然是女人身上的香水味。她跟着金得海和王玉花踏上了十里滩，一路投来的尽是惊诧的目光。听说这女人是来自南方的城市之后，大家的心情复杂起来了。原来，那里的女人就是不一样，穿戴得这么性感开放。在许多老人眼里，简直就是伤风败俗。十里滩人都不禁在心里想问：得海怎么会领个这样的女子回来？但对十里滩的女人来说，感觉却是多种多样的。雪梅几个喜欢新装的女子，一听说这女人的裤子有特色又好看，马上赶来看究竟。一瞧，还真的不一般。大腿丰腴的女人穿这身裤子，神气！比起她们平常穿的松松垮垮的黑布条裤子来，不知要美上多少倍！雪梅马上有了想法，她要弄清楚这种裤子的布料哪里有卖？如果能买得到，她要重操旧业，说不准她的手艺又派上用场了。男人喜欢女人露胸，可是，十里滩的女人看见方子燕这身打扮，一方面觉得好看，一方面又抵触得很。连王玉花和水仙也这样认为，女人穿露胸衣，夏天一定凉爽，透气舒服。但是，这么暴露，男人的眼睛总是不守规矩的，一直盯着瞅，不好意思且不说，要是有人非礼，可怎么办？姑娘们一见这身装扮，眼睛顿时亮堂。她们想，这女子的衣装究竟哪买的？下回进县城，一定得留意类似这样的衣装，要是撞见了，非要买下一两套，要抢先在十里滩亮相。

也有人替王玉花想了很多，这种穿戴的女人敢带到家里来，不是引狼入室吗？敢穿得这么暴露的女人能好到哪里去，说不准还是婊子出身，多硬汉的男人也经不住这种女人的引诱。你以为金得海不好色？你得提防着点，不要一边招待这女人，一边让这女人钻了空子，一不小心就和得海勾搭上了。你闻一闻她身上的香味，别说男人喜欢，女人也觉得舒服。金伙老婆杨翠凤从看到方子燕起，就叮嘱金伙，小心些，别掉到这女人的井里去。再说，这女人是得海的，你也碰不得，不要因为这个满身香味的女人而伤害了朋友的感情。金伙白了杨翠凤一眼。

杨翠凤说："金伙，你信不信，这个女人，会给十里滩惹麻烦的？"

金伙说："你想到哪里去了，人家是做生意来的！"

方子燕真是做生意来的。

第三天的傍晚，血一样红的夕阳把五岛湾渔排渲染得霞光辉煌，海面上闪烁着的红色波涛，犹如簇簇渔火，欢快地跳跃着。这样的风景，谁都会感到愉悦。

金得海准备在渔排上宴请方子燕。

自方子燕来十里滩的那天起，因为吃了金得海家自制的鱼丸后，喜欢上它了。她说，在这里，我可以把鱼丸当饭吃。

开席前，方子燕问金得海："得海弟，你知道我这回来，除了看望你之外,还有什么目的吗?"

金得海听了,吃了一惊,还有什么目的?难道要请他一块到她南方城市或者别的大山大川旅游?难道她生意遇上麻烦,或者亏损了,向他借钱?要是借钱,眼下还真没办法。因为他们几个人正合伙筹办育苗场。粗略算了算,从基建到投产,需要三百六十多万的资金。按七个股东分,一个股至少要五十万。谁都知道,金飙这一股的投资资金肯定是他承担的。凡是投资的项目,金得海有的,金飙都要有。不然,水仙就会哭一场,闹一场。还有,金飙的这一股,不仅不用花钱投资,赚了,人家分多少,水仙也领多少;亏了,水仙不会拿钱出来,连问一句亏了多少也不会。所以,实际上,育苗场投资的钱他至少要准备一百万。他正为这一百万发愁。因为他的钱全投在网箱的鱼里面。鱼卖了才有钱。他也算过了,网箱里的鱼,能够现卖的,满打满算也只有一万多条。问题是,网箱里现卖的不是真鲷鱼,只是价钱不高的鲅鱼和鲈鱼,价格稍高些的海鲫鱼量不多。不过,实在凑不足投资款,他也要向王玉花她哥王必昌借高利贷。宁可三分利息,他也不想向银行贷款。把能卖的鱼先卖了,哪怕价格低一些,方姐的面子要给足。她张口要钱,又是从老大远的地方跑来,说明已经到了万不得已。有了这个心理准备,金得海的心情不再慌张了。

他抿着嘴,有些羞赧地笑了笑,说:"不知道。"

方子燕说:"我是来买鱼的!"

金得海:"真的?"

方子燕:"对别人,我可能会闹着玩。对你,我的得海弟弟,能撒谎吗？"

金得海："方姐你什么时候开始做起鱼的生意来了？"

方子燕："偶然的机会，一个合作伙伴向我要鱼来了。为了鱼，我还跑了两趟大连和青岛。在他们那里才听说到你。"

金得海很感动，双手作揖："多谢多谢！"

方子燕："得海弟，你可能都小看方姐我了。在别人眼里，我可是个大名鼎鼎的方总啊！"

满桌都是海鲜，跳跳鱼、虾蛄、石斑鱼、斑节虾、八爪鱼、比目鱼、海蚯蚓、龙头鱼、鲨腿、青蟹，足足十道。大部分是方子燕没见过的，或者见过没品尝过。她喜欢海鲜。

方子燕说："这一单订的量大。我打算分批分期来。第一次准备先要下一万条真鲷。你们有吗？"

金得海和金伙本来热情高涨，一听说要的是真鲷鱼，心头立马凉了大半截。

金得海问："只要真鲷，别的不要吗？"

方子燕："东方豚也要，不过要一斤以上的。难道你们没有真鲷鱼了？"

金得海："有是有，成品的量不多，全村合起来，估计也不到几千条。大部分是半成品。"

方子燕："东方豚呢？"

金得海："一条也没有。"

方子燕："真是太遗憾了。你们不晓得，东方豚，日本市场需求量特大，有多少要多少。而且价格由你开，一斤至少在两百元以上。我的朋友拿到订单后,四处找不到东方豚。"

金得海和金伙几个人听了,瞪大了眼,相互看了一眼。这眼神一瞧就明白,是因为没有现成的东方豚感到惋惜。

方子燕:"不要紧,东方豚好养得很,你们赶紧投养,明年我还要来收。现在有的真鲷,我先全要了。"

金得海和金伙,还有王玉花再次面面相觑。他们几个所养的成品真鲷鱼早就出手了,如果非要不可,只能向别人要了。

金得海问方子燕:"三四千条够吗?如果三四千条也要的话,我们帮忙收购。"

方子燕说:"我这次的目的,主要跟你合作,想把你们的鱼买下来。不巧,你没有真鲷。那么,我问一问,对方可否要些杂鱼。"

说完,方子燕起身,当即从包里取出大哥大,背着他们,边走动边摁号,把电话拨了出去。

大约十分钟过后,方子燕带着微笑回到座位。大家看得出她的兴致勃勃样。她举起酒杯,对在座的人说:"敬你们各位了!"

方子燕一饮而尽。

她喝下酒后说:"得海弟,告诉你一个好消息。你们的杂鱼,我们也要了! 为了你们的杂鱼,这次先不买真鲷,你说,咋样?"

金波和金涛激动得一起欢呼:"太棒了!"

金得海郑重地举起酒杯:"方姐,先感谢你了!"

说完,仰起脖子,一大杯啤酒一口吞下。

方子燕笑着说:"别谢我。我作为你的大姐,应该做的。"方子燕对金伙他们说:"你们可能不知道我和得海弟的交情。那年的那件事后，我一直惦记着他。人，真是有因缘际会的。我当时就想过了，我这辈子应该可以再见到得海弟。再次见面时，我应该可以帮他做些什么。"

在旁的王玉花正想知道她和得海之间关系的由来，因此，她的神经被方子燕的这句话牵引住了。

方子燕当着王玉花的面，把峨眉山之行的奇遇全盘托出。

方子燕说："从这事我看出了得海弟的人品。他捡了钱包，不但没有占为己有，我给他的酬金还分文不取。那是什么年代？是大家都需要钱的年代，他竟毫不犹豫地拒绝酬金。如果不是我多情多义，走了，也许我们就没有今天在一块的机会。偏偏我放不下好人。我认为，好人就该有好报！"

话音未落，除金得海外，在场的人拍起手掌。这掌声有点爆，在五岛湾海空激荡、回响。这掌声，为金得海喝彩，同时，也为方子燕的真心喝彩！

宴会过后的第三天，一大早，五岛湾的天才露出鱼肚一样白，两艘大机船已开进五岛湾的海港里了。金得海和金伙，还有金波、金涛兄弟的渔排上已经热闹起来了。

和往常起鱼一样，所有的鱼工都穿上了水衣。打捞的打捞，装篓的装篓，扛篓的扛篓，称秤的称秤。场面看似紧张混乱，却有条不紊地依序行进。金得海网箱里一箱一箱的鱼被捞进网篓，过秤后，两人一扛，抬到泊在渔排边的保鲜专用船上。

方子燕只需要鮸鱼一万条。金得海网箱里的鮸鱼刚好是这个数。但是，金得海只卖掉五千条，剩下的五千条指标，他让给了金伙、金波和金涛，金伙两千条，金波和金涛各一千五。金得海为何要这样做呢？养鱼的人都知道，鲍鱼容易养，长得快，个头大，分量重，一条一般都在三斤左右。这鱼和真鲷比起来，肉质没有真鲷鱼那么嫩，口感也不如真鲷鱼，这种鱼用来打鱼丸好吃，如果用来清蒸或者干炖，感觉很粗糙、生硬。因此，买的人相对少。这样，价格就自然低下来了。可是，方子燕完全是出于对金得海的关照，一次买下一万条，而且价格出乎意料，一斤二十元！本地鱼贩子开价只十三元。你看，一斤差价七元，一条三斤算，就多卖了二十一元！一万条就多收入了二十一万！这是天上掉下的馅饼！不少人连一斤十三元钱的价格都愁卖不出去，金得海却让出五千条给他的伙伴们。得海的行为令金伙他们异常感动，他们心中有数，这是得海对他们的让利。

和其他大客商一样，秤杆一放下，鱼账一清，数字一明，方子燕的现金支票当场开给了金得海。

方子燕也随这装满了鲍鱼的两艘大船，离开了五岛湾。

金得海、金得银、金得铁，还有金伙、金波、金涛、金飙，以及王玉花、玉香、雪梅等几十个人依次伫立在渔排上，目送两艘渔轮徐徐离开。

方子燕对送行的人们挥了挥手，大声喊话："得海弟，我还会来的！你把东方豚早早养起来嘞——"

金得海也挥了挥大手，大声回应："好的，方姐！"

方子燕离开了五岛湾。但是,关于她的议论却越来越多。

金得铁因为金得海没把卖鮸鱼的指标分给他,极为不满。在他看来,这不仅仅是卖鱼的问题,而是得海的心目中,根本没有他这个书记的位置。金得银呢,自从他遇见方子燕的那刻起,就关注上这个在他看来十分妖里妖气的女人了。他第一眼撞见方子燕性感的着装时,便有些心旌摇曳。他自以为是地推测,像方子燕这般开放的女子,是什么事都可以干得出来的。金得银见到方子燕的当天,就当面提出要请方姐吃饭。他对金得海说:"你南方来的客人也是我们村的客人,村里也要安排宴请。"

方子燕和金得海都没有理会他。

赵太锦呢,心里也不是好滋味。他想,这是怎么回事呢?以往金得海有好事都会想到他。赵太锦在十里滩是单门独户。他跟得海做敲鼓渔业赚下一笔后,就将自己原来的旧房拿来改建。原来只有二层,他计划改成三层楼。这一来,隔壁的东南西北四户金氏人家因忌妒他的发财,决意联合起来反对他加层。什么道理呢?他们四户一致的意见是,他楼层加高了,那么前后左右四户人家的采光变弱通风变差了。别说四户人家合起来对付他,只要一户金氏人出来阻挠他就吃不消。怎么办?材料都备下了,不做材料浪费且不说,还不知道怎么处理这些东西。因此,他只好强行施工。结果,工人一上三层脚手架,他们四户人家马上出来,不但打骂赵太锦,还恐吓施工人员。一个年轻的石匠还被南面的邻居硬从脚手架上扯拽下来。无奈之下,赵太锦求大队金书记来帮忙协调。可是,他们四户根本不把书记的话当一回事,说不让就不让。赵太锦这才终于认识到，他们四户人家分明就是要联合起来欺凌他单主一姓。他想，要是他也是金氏家族，或者对方也是赵氏人家，就不会如此对待他了。一想这，赵太锦哭了，哭得很悲伤。这事被金得海知道了。第二天，金得海来到赵太锦的施工现场，大声对赵太锦说："请师傅上工。谁有什么想不通的，找我说话！"赵太锦担心金得海引火烧身，被这四户不讲理的人围攻承受不起，对他说："不用你操心，我自己解决。"金得海说："这事不让我管，我偏要管。哪能这样欺负人！有本事出来和我说话！"没想到，金得海一到场，四个邻居没有人出来了。赵太锦的房子终于改建成功。因了这件事，赵太锦对金得海更是信赖又依赖。只要金得海干的项目，他都会跟着干。网箱养鱼，金得海开始做网箱时，他也动手了。之前，金得水神经错乱的几年时间里，他总是主动上门帮忙。几次都是他开船送得水到乡政府所在地，又全程护理到医院，送饭端菜伺候。他把金得海兄弟当作自己的亲兄弟。金得海对他也是够兄弟的。可是，这回怎么啦？一条鲍鱼的指标也不给他了？得海又不是不知道他养有大量的鲍鱼，他正为卖不动而忧愁烦恼，他和大多数养鱼人一样，欠下一屁股饵料债，如果不按时还掉一部分债，往后能不能买到杂鲜饵料都是个问题。怎么啦？难道自己哪一点哪一处不小心得罪了得海？看来，再亲密的朋友关系都抵不过他们金氏至亲。为此，赵太锦惶恐不安。

　　方子燕买下一万条的鲍鱼，在十里滩引起各种各样的反应，每个人的想法几乎都不一样。连各自分得一千五百条指标的金波金涛兄弟俩，也有想法。他们想，为什么他们比金伙少了五百条呢？

这不是明摆着金伙要比他们兄弟俩亲密一层吗？

这些都是金得海所没有想到的。

但是，几乎全十里滩的人都得到了一个意外的信息，就是方子燕离开十里滩挥手与金得海告别时说的那句话："得海弟，你们快快把东方豚养起来！量越多越好！我全收的！"

第十四章

五岛湾的海依然是湛蓝的,五岛湾的海水依然随风而动,五岛湾依然潮落潮起。

自方子燕来过之后,五岛湾和它的垦区一样,顿时成了众人抢夺的黄金海域。不仅十里滩的群众想多抢多占,连毗邻这个海湾的七里滩、八里滩和三里滩人家也把目光觊觎到这里,总想从十里滩人手里分得一杯羹。这时,在大公乡人的感觉里,好像占下一片海域就是藏下一瓮金一样。可以说,此时五岛湾海域的热度远远超过了当年的五岛湾垦区。

"一斤东方豚的价格两百元以上!""有多少要多少!""快快养起来哟得海弟!"这三句话一时成了十里滩人耳熟能详的口头禅。但是,他们没人从嘴里道出,而是一直在心里念叨着,并暗地里较着劲——要把东方豚养起来! 养,要趁早!

所有十里滩的人从方子燕的三句话里看到了商机。原来养殖海带的人,一想到海带养殖的艰辛和价格持续低迷状态,再看一看金得海一夜之间,五千条鮸鱼卖得近五十万元的现实,决意也要像金得海他们一样,定要在网箱里捞取一桶金来不可。

就说金得铁的大儿子金山和二儿子金明,那天,他们俩也在卖鮸鱼的渔排现场。不过,他俩没有到金得海的网箱,他们知道金得海根本不把他们的爹放在眼里,那么,他们也得替爹要些面子,不上金得海的渔排看热闹。他们俩去的是金波和金涛的渔排。金波、金涛兄弟俩跟他们处得不错,他们两对兄弟养殖的海带区毗连一块。常常相互照应。有意思的是,渔排造起来后,他们两对兄弟的海域又在一起。

方子燕买鮸鱼的这一天,金山兄弟他们正在自己渔排准备给鱼儿喂投饵料,看见起鱼,便来帮金波他们拉拉网,摆摆鱼篓,抬几扛活蹦乱跳的鱼,算是邻里之间的情谊。这是渔家人相互之间不成文的规矩。只要关系好,又闲来无事,都可以来帮忙,帮个忙,请你喝酒你就喝酒,请点心你也吃点心,没有吃喝招待,甚至没有言谢,相互之间也从不放在心上。今天你帮我的忙,说不准明天我也会替你做些什么。反正,只要相互之间没有红过脸面,吵过嘴的,都可以来插一手,哪怕来看热闹也算是给当事人面子。金波兄弟俩起鱼量不大,各自只有一千五,二三十号人,不到一个小时就完成了。金山兄弟俩亲眼看见金波兄弟的鱼每斤以二十元来定价,当场让金山和金明羡慕死了。心想,要是自己的鮸鱼也能按这个价位卖出,至少也能进账十七八万。同时,他们俩也亲耳听见方子燕在隔海的船舶上喊出的那三句话。因此,他们俩当时就有这个念头了:真鲷鱼要抓紧养大,东方豚要率先投养!

金山和金明回家和他爹商议时,金得铁很犹豫,他对金山兄弟说,方子燕这女人说的话会不会是个陷阱?按理说,她不会当着这

么多人的场合公开喊话的。商业的东西往往讲究保密。她如果只
想给金得海发财的话，只需悄悄对金得海一人告知一声即可，何必
当着大家的面大喊大叫？金山则认为，方子燕的话不会有陷阱，理
由是，她离开的那一天，很激动，心情舒畅得很，看见渔排上那么多
的男人女人对她既仰慕又尊重，她很有成就感。她笑得甜甜的，遮
掩不住她得意的神色。金山还亲眼看到，方子燕登船时，几乎和站
在网箱上的每个人握过手，不停地说着感激道谢的话。她的三句
话是情不自禁脱口而出的，一定不是伪装的。金得铁说，如果你们
这么有信心，那就你们自己做主吧。反正渔排上的事，以你们
为主。

　　几乎所有的十里滩人都在想方设法谋划如何占领更多的海
域，做更多的渔排，把真鲷鱼养大养好，如何争取最早弄到东方豚
苗种的时候，方子燕又来了！

　　这一回，不仅十里滩的人对方子燕不再陌生，方子燕对十里滩
的人也像遇见老朋友一样，自然而亲切。无论在岸上还是在渔排，
她见谁都会主动与对方打招呼。大家更想和她接触，哪怕是聊上
一句也好。因为人们知道，这个女人不是一般的女人，能不能把鱼
卖出，能不能卖个好价钱，全靠她。

　　如今，方子燕对十里滩人而言，成了复杂的载体。百分之九十
以上的养鱼人不仅喜欢更是盼望着她常常来。她来，十里滩就热
闹了。因为她能带来激动人心的生意，一有生意，滩上的生机和活
力就来了；少部分的人则认为，她来了，如果还是不买他们的鱼，来
的意义也不大。这女人的到来，至多是给十里滩制造一种紧张而

轰动的效应。但总的说来，还是希望她来。她来了，虽然不买别人的鱼，能把金得海等大户的鱼买走了，剩下的量少了，价格自然也会涨上来。

这一次，方子燕还是为买鱼而来。

和上回一样，关于买鱼的消息，是方子燕到来的第四天才告知金得海的。

依然是傍晚，依然是在金得海的网箱平台上，依然是金伙、金波、金涛、金飙几个人在场的时候。

也是在吃饭的餐桌上。不一样的是，这天的气候不像两个月前的那个傍晚，有夕阳余晖挂在西天，把湛蓝的海水映照得如火如血，整个五岛湾美得仿佛一幅写意画。这一天，从早上到傍晚，一直都是这种天象：云层黑沉沉地压在半空，天与海之间的距离好像伸手可及，几块乌云就在他们所在的网箱上空，动又不动，掉又掉不下来。在海上生活的人很关注气候。天象对他们的心情有着直接的影响。非常明显，有太阳的日子，他们对渔事充满激情和热情，似乎有着冲天的干劲。天阴了，他们的心情也随着阴霾，脑子仿佛空荡荡昏昏然的。下雨了，他们不但没有好心情，连力气也不知丢落到哪里去，人变得慵懒，什么事也不想干。瞧，因了这种不晴又不雨的天气，他们一个个都变得连话都懒得说，连喝酒都没劲了。所以，这个傍晚，他们没有上酒，只有几盆鲂鱼、鲩鱼、河豚、鱿鱼等鱼鲞。另外还有几只大虾干。因为方子燕爱吃盐蒸海蛎和海蛎滑汤，王玉花专程上岸买了这两道食材并依方子燕的口味来烹饪。吃到半途时，赵太锦送来一大盘的虾蛄和三只青蟹。这些，都是方子燕爱吃的东西。也许是来了虾蛄和青蟹，她脸上的笑容又来了。

方子燕对得海说："这回我不需要鮸鱼了。你有真鲷吗，有鲈鱼吗？有多少要多少？"

金得海一听说这回不要鮸鱼，他预感到是不是因上次鮸鱼价格太高，使她亏了大本，不敢做了。便问她："鮸鱼怎么啦？"

方子燕笑着说："这个嘛，你别问，反正这一回不要鮸鱼了。我们老板说了，要东方豚，还是那句话，有多少要多少。价格可以上浮到一斤三百元。如果个头大的，五百元也要。"

在场的人听了，都在心里暗暗惊叹。这东方豚啊，这么值钱，哪里有苗种啊？

这时，金得海有些后悔，觉得自己对东方豚的反应太慢了。他以为方姐可能是说说而已，没把她的话当作一回事去落实。再就是他也确实忙，两个月里，把大部分精力耗在育苗场上。他想，这真是不应该的。

方子燕说："我早就说过了，东方豚最好养，最多一年就能长成一斤多。苗仔才多少钱？"

她继续说："现在我不说这个，后天，我要真鲷和鲈鱼。真鲷三万条，鲈鱼一万条，黄瓜鱼三万条。"

真鲷要三万？鲈鱼只需一万？这怎么回事？黄瓜鱼，哪来的黄瓜鱼？

金得海很清楚，真鲷鱼，全五岛湾网箱合起来也达不到一万条。鲈鱼呢，几乎每家每户都养。成品的，合起来起码有五六万，可是，偏偏只要一万？

方子燕似乎看到金得海他们心里去了，说："这是老板定下的合同。哈哈，我只能依此办事。"

又是一个蹊跷，金得海渔排上的鲈鱼刚好是一万多条。可是，如果只买他一人，他的好朋友好兄弟一条都没法卖了。这回呢，金得海心中很快有了一个分配方案。自己的要更少一些，卖两千条；赵太锦上次没给他，那么这次安排他三千。剩下的五千，金波兄弟俩各两千，金伙一千。金伙只给一千的理由是，上回多给了。当然，怎么分配，给谁多少，都是金得海一句话，不存在研究和商量的余地。谁要是不满意或者不乐意，你只能在心里想不通，想告状都没门。

金得海当场把他的想法说了。金飙的脸霎时阴沉下来，接着黑得和天上的乌云一样黯淡。一会儿，他终于忍不住，对金得海说："叔叔，我不同意这样做！"

金得海问他："不同意什么？"

金飙说："我们自己卖得太少了！上回的鲍鱼，如果一万条全给自己，现在就不必为鲍鱼烦恼了。你想想看，当时希望的是，方阿姨来的时候，能够再买走鲍鱼，可结果，要的却是鲈鱼。你怎么只给自己两千条呢？你打算留下八千条卖给谁？再卖不出去，我们还得花钱买饵料，还不知等到何年何月。"

金得海说："这不用你担心。叔叔我有办法。"

金飙说："我知道你有办法。你的办法是吃亏的办法。我可是受不了的。"

端着饭碗站在桌后吃饭的王玉花,听了金飙的这番话,连连摇头。大家并不明白她摇头的意思。是反对金飙的先己后人观点,还是反对金得海先人后己做法。

金得海说:"不然,这两千条鱼全算你的量,总可以吧。"

金飙说:"叔叔,你理解错了。这不是你和我的问题,就算两千全给我,这数又怎么算?我意思是,这回,一万条全给我们,先把自己的鱼处理了。下回,就全给别人。"

金飙这句话,大家全听明白了。

在十里滩,金得海的话谁都不敢顶,只有金飙敢顶撞。

金伙听了这话后,觉得这外甥的心胸实在有些狭隘。说难听些,金得海的渔排将金飙拉进来,分明是看在他爹的份上,金飙自己没有投资一分钱,渔排上的事,金飙爱来就来,没投一分钱,分红时,一捆一捆的钱领回家,正像乡亲们所议论的,金飙的肚子是放在他叔叔的饭锅里,什么都无需忧愁。有人甚至说,金飙也是个命好的人,虽然死了爹,遇上个好叔叔,替他挡风遮雨,替他顶身赎罪。能做和不能做都替他做到了。

金飙着实令金得海头疼。骂不敢骂,打更不敢打。由于水仙的怂恿,什么时候成了十里滩上新马鞭刀帮的头目他都不晓得。要是没有出现砍杀人被抓的事件,估计连水仙也不会知道。那回,要是金得海不拿出四十万元,金飙的刑期至少在七年以上,要在监狱里关上七年,金飙的青春也完了。真是那样,如何对得起死去的哥哥啊!金得海常常为金飙的不成器苦恼。

其实,金飙早在未满十岁时就已经出现问题的苗头了。金飙爱和狗胆、黑狗、旺伙、依圣几个年龄相仿的小伙伴相处,喜欢惹是生非。比如,他们一伙人,好好地玩在一块,他却突然恶作剧似的用木头敲击狗胆。狗胆必然要反击。这样,俩小孩就打闹起来了。金飙赢了,就开心得哈哈大笑;输了,被两个或几个人联合打痛打伤了,立马就哭丧着回家向他娘告状。这时,水仙不问青红皂白,带着金飙上别人家,哭泣抹泪,说你们有爹的孩子欺负他没爹的儿子。骂他们是没天理的人,是丧尽天良的人!非要他们的家长认错赔礼不可。有时明明是金飙无理,水仙却强词夺理。对方如果死不认错,水仙就要无赖,一口认定人家是在欺负她和她家金飙。不少人看在金得海份上,图省事少麻烦,只好委屈认了错。有家长不服气,当面不言语,拉着孩子回家后,一边痛打,一边教导孩子不能再与金飙为伴。还扬言要是发现再跟金飙相处,一定要打断孩子的腿脚!孩子毕竟是孩子,记恨归记恨,几天过后,又和金飙玩到一块去了。

这些孩子为何喜欢和金飙一块玩呢?原来,金飙手里有钱,可以给跟随他玩的小伙伴提供零食,比如糖果、油饼、馒头,甚至汽水等饮料。狗胆最典型,家里穷,缺衣少食,爱在金飙那里蹭些吃的。金飙手里有油饼吃,狗胆就像狗一样马上粘上来。金飙呼唤他干什么,他都愿意。狗胆当马驹让金飙骑一次,金飙就给他五角钱。呼他召集几个人当金飙的兵,狗胆一下能唤到七八人。久而久之,金飙自然而然成了他们的头目。小小的金飙对这些与他年龄不相上下的一班人,可以呼风唤雨,还能发号施令。金得海看在眼里急在心头,难道水仙没注意到金飙吗?不可能!她分明熟视无睹。

金得海担心,这样下去,金飙一定走向邪路! 可是,谁敢管他呢? 对金飙的管教,金得海既怕水仙,又怕王玉花。他只好找金伙。金伙和金得海一样,听到外甥的这些事,很着急,找了水仙三次。水仙说:"算了,老实的孩子会吃亏。得水就是太老实才冤枉死的。不必强求读书,让他自由发展。金飙又不呆不傻,不会有问题的。"金伙一听,当母亲的是这种心理,外人还能说什么呢?

金飙砍人的那一天,金得海还在北海,一听到被抓的消息,两天两夜的车程火速赶回十里滩。

水仙像是预感到金得海此刻要到家似的,得海刚刚推开家门,她就"哇"的一响用哭声迎接他了。

半夜,当水仙听到金得海对金伙说的这句话时,感动了。

金得海对金伙说,只要金飙不被关押,多少钱他负责。

金伙说:"对方要价太高。既要赔钱,还要金飙收监。"

金得海说:"官场,我不会跑动的。你金伙跑吧。还是这句话,只要金飙不关押,多少钱都行。"

听了这话,水仙的哭声当场止住。一双久违了的含情脉脉的目光顿时向他射来。

金伙理解金得海。第二天,他发动了他的所有关系,上下打点,对方终于松口同意商议,一口价,四十万! 一次性解决问题。

金得海认了。四十万就四十万。只要对方撤案就行。

金飙回家的那一天,水仙真想一头扑向金得海的肩头,好好哭上一场。

像金得海这样当叔叔的,十里滩有几个人?

偏偏金飙既不知感恩，还处处跟他的叔叔较真。还敢顶金得海。一想这些，金得海气得想吐血又吐不出来。

为此，金伙看不下去了。

金伙呵斥道："金飙，你不能这样！"

金飙："要是按我叔叔这个套路做，我永远赚不到钱！"

金得海："放肆！"

金飙："我不干了！"

说完，金飙怒气冲冲地跳上小船，架起橹，回岸上去了。

第十五章

王玉花和水仙矛盾的白热化，是在整个五岛湾网箱养殖区出现了鱼类养殖普遍性的亏损之后。

这大约是在方子燕来到五岛湾买下整整一船的东方豚这段时间。

方子燕说话算话，买鱼的价格一次比一次高，但品种却不停地变换。基本上是只买金得海渔排上才有的鱼种。她的做法，谁都心知肚明，她完全是为了关照金得海而来的。十里滩的人都说，金得海这一辈子遇上这么一个多情又有能耐的南方女人，死也值得了！

方子燕另外帮忙的一件事，让王玉花难以忘怀。

金得海创建育苗场时，资金出现严重的短缺。原来设计的投资总额是不超过三百万。可是，仅主体工程的实际投资量就超过了两百八十多万！这样，在七大股东中，金得海实际要承担将近一百六十万！

别看金得海是个大老板，其实他手上并没有多少积蓄。尤其是网箱养殖做起来后，他的口袋里几乎没有一万元以上的现金。

他的钱全部投到渔排上了。如果都按方子燕的价格收购他的鱼，金得海网箱里的鱼至少可值三千万。问题是，他卖掉一次鱼，还清所欠王必昌的杂鲜饵料款和投资所借贷的款项外，所剩的钱又投资到鱼苗和渔网的添置上了。因此，金得海手头紧张得很。但他始终不把他的实际情况对任何人道出，包括他的老婆王玉花。育苗场工程一上马，投资款摆在了他的面前，他不愿意到银行贷款，这样，只能到民间借高利贷。民间借贷首先要有很铁的关系，即使能借到，按十里滩的惯例，一万元每个月必须按百分之三的利率计息。什么概念呢？如果借一百万，一个月的利息要支付三万元。如果按这百分之三十六的年利率，要做什么产业才能有效益呢？这是可想而知的。再说，在十里滩，谁都在投资养殖东方豚的时候，别说借一百万，借一两万元都难！

其他股东的投资款都能到位，反而是金得海的资金得很艰难。他是法定代表人，又是发起者，一个大老板，如何能落后别人呢？十分重视面子的金得海只好放下架子，几乎用央求的口吻请老婆王玉花出面找她哥哥王必昌。之前，钱和生产项目的事情，他是从来不跟老婆商量的，更不会开口要老婆帮忙借钱。这一回是万不得已了。他想，王玉花如果肯开口，王必昌应该会借钱给他，何况也不是白借，利息该怎么算由王必昌来定。

王玉花从来是支持金得海做生产项目的。以前，她只知道埋头干活，不管钱的事，没想到，金得海却要她向她哥哥借钱，她一时转不过弯来。她记得，这一天的清晨，太阳刚刚从大公山那头露出红脸，他们夫妻俩就在网箱里渔排上忙碌开了。两个人正一块拉网检查时，金得海开口了。他说："等会儿你去七里滩找一趟你哥，向他先借一百万。下回方姐买了鱼，就还他。"王玉花愣了一愣，问道："我哥哥会借吗？"金得海说："你告诉你哥，请他放心，我们照样给他算利息的。"王玉花说："高利息，我们付得起吗？"

金得海重重地叹了一口气。王玉花明白，他算是被逼上梁山了，不然，他既不会叹息，更不会要她去求她哥哥。但是，她心里有气。气什么呢？她气金得海太不替自己想，如果方子燕第一回买鱼时的一万条鲍鱼指标全给自己留着，就能少借几十万元，第二次，如果不分给别人，负担也会轻一些。难怪金飙看不过去。同时，王玉花也想不通，为什么金得海你对水仙和金飙母子俩这般呵护，合股就得出资，可是，他们既不出钱还不出力，金飙反而像大老板一样，天气好了，高兴开心了，才来渔排上走一走，不动手只动口。如果说要养他们俩也行，干脆每个月支付他们母子多少生活费算了，他们俩也许会感恩你金得海一辈子的。

金得海又说一句："你走一趟吧。"王玉花仍然不应声。但她的心是软的，她理解金得海，她要是不找她哥，估计没路可走了。所以，十一点时，她不言不语地解下身上的围裙，走进小木屋换了一套衣服，然后，下舢板，启动了马达，向七里滩开去。金得海看见她不声不响地换装下船，心里有些感动。他特意伫立渔排平板上，看着王玉花的小机船艉部激荡而起的浪花，感觉很漂亮，心中有一股暖流穿肠而过。此刻，他心中禁不住升腾起对王玉花的一种敬意和感激之情。他想，看来，老婆的话还是要听上一两句的。

半小时后，王玉花的小机船回来了。她机敏地跃上渔排，系上船索,脸上阴沉沉的,比刚才出发时的脸孔还难看,好像和谁吵了一架似的。金得海对她很有信心,脸色越难看越有希望。这天他本来要到三虎潭育苗场工地现场督工的,因为钱的问题没解决好,心里不踏实,所以安排金伙督促施工,自己专门留下来落实王玉花借钱。王玉花进小屋换了工装后,准备生火做饭烧菜。金得海问:"怎么样?"王玉花终于沉重地回答说:"我哥说了,他手头上没多少现金,如果应急需要,只能给三十万。不算利息的。"金得海既感动又不安。感动的是,这个小气鬼的王必昌还不错,竟然不要利息借给他妹夫三十万!不安的是,这三十万有些少,如果能借七十万,余下的三十万还好办。偏偏是倒过来了,这七十万到哪里想办法呢?

渔排有些晃荡,一波又一波的浪涛接二连三向网箱汹涌而来。金得海抬头一看,一艘崭新的小机船正向他的渔排靠拢。定睛一看,却是方姐方子燕来了。金得海喜不自禁,兴奋地喊道:"啊,方姐,你是怎么来的?"

方子燕笑嘻嘻道:"我是从海底冒出来的!"

金得海想,方姐来就有戏了,要是能把他网箱里现成的几十箱鲈鱼或者鮸鱼买走,问题就解决了!他像以往一样,赶紧一边请方子燕坐,一边动手烧开水,准备为她沏一壶茶。方子燕落座后,王玉花说,方姐,这回买鱼你一定得帮个忙。方子燕觉得奇怪,问她要帮什么忙。王玉花说,如果你收的数量少,先把我渔排上的鱼解决了下次再买别人的,好不好?方子燕听了更是诧异。又追问,怎么了,你们?王玉花说,得海这人爱面子,让人家卖鱼,自己却留着不卖,这边又要建育苗场,缺钱啊! 一说到这里,金得海连忙制止,但是,方子燕已经明白他们的处境了。

方子燕说,得海弟人缘好,朋友多,重情义,大家都看好他,愿意跟着他干。这是好事。不要紧,得海弟你缺多少钱,尽管说来。

金得海摆着手,连声说,不用不用。

方子燕:"我们是姐弟,你跟我客气什么? 你不认我这个姐姐了? 再说,借钱给你再放心不过了。网箱里尽是鱼,一两百万的钱,拿一两次的鱼不就有了?"

金得海:"方姐,不麻烦你,我自己想办法。"

方子燕:"唉,我想出办法来了。我还不用自己掏钱,只要你与我公司签个合同,我公司就能以预付定金的方式给你一笔。你为什么不用呢?"

金得海和王玉花同时把目光集聚到方子燕身上。他们想,这确实是个好办法。养的鱼都得卖,方姐也要买鱼,既保证了所养的鱼有销路,又能够解决眼下的资金周转不力问题,一举两得,多美的事? 王玉花热情地给方子燕端上一杯茶,说:"如果能这样做,就好。那我要感谢方姐的!"

方子燕笑着说:"自家人,不必客气。我能办到的事,一定要办到。你们放心。"

王玉花说:"那请问方姐,你这次需要什么鱼?"

方子燕:"这次不买鱼,行吗? 这次主要来看看你们所养的东方豚现在怎么样了?"

金得海:"还不到半斤。"

方子燕："不要紧，它长得快。几个月就上斤了。你有多少量？"

金得海："大概是五十箱，一万五左右吧。"

方子燕："很好。这回我帮你做主，先买走你自己的。其他人下回再说。"

王玉花十分满意地对着方子燕不停点头。

方子燕："得海弟，你大胆告诉我，需要多少钱，我就以预买你们东方豚的名义给你定金。"

王玉花看出了金得海的尴尬，想代他说又不敢，她只好憨憨地对方姐笑着。

方子燕说："得海弟你从来干脆利索，今天怎么变得优柔寡断呀？我问你，一百万，够不够？"

王玉花一听，激动地对方子燕伸出大拇指说："方姐真是神哪！"

方子燕说："一百万有什么呢？你算算看，一万五千条的东方豚，就按一条一斤，一斤三百元价格，就值四百多万了！就这样，先付一百万定金。"

王玉花连忙向她道了谢，接着说，得海呀："他心肝门大，钱没到位，却想办这个场那个场。还好有方姐。今天他正为育苗场的工程钱款愁苦得不知如何是好！"

方子燕哈哈大笑："这么说，我来得正是时候？"

王玉花说："你不来，他又要进城找朋友帮忙去了。"

有了这一百万，金得海又威风神气了。

他的育苗场以飞一般的速度进展。两个月不到，主体工程全面完成。几个人经过商议，一致决定，这个场就以"得海"来命名。

做出决定的当天，得海育苗场的机器声轰隆轰隆地响起来了。两个大型锅炉同时开始升腾起白色云烟，颤悠悠地向蓝色天空弥漫。从此，寂静了千百年的十里滩三虎潭不再宁静。从此，这个快要出鬼的地方，一时成了十里滩，甚至五岛湾和大公乡的一道特殊风景。

金得海东方豚尚未养成，已收下方子燕一百万定金的消息，又是一条爆炸性新闻，迅速在五岛湾扩散开来。所有养鱼的人全都相信，只要有渔排，只要买得到东方豚的苗种，赚钱是完全不成问题的！短短半个月，东方豚立即成了五岛湾网箱养殖区里的主打鱼。

十里滩人有句俗话："顺境时斧头扔进海里都会浮起来，退势时煮水会粘锅！"

在人们眼里，这时候的金得海可能正是斧头能浮水的时期。他育苗场一炮打响，长毛对虾苗和真鲷鱼苗同时培育成功！这下，全村轰动，全乡轰动，连县里的领导也吃了一惊：海里海气的十里滩人，居然默不作声地培育出了两个苗种！了不得！

分管全县大农业的秦三通获知得海育苗场成功育苗的当天，便下十里滩来了。

秦三通是由余有山陪着来的。

金得铁对秦三通说："得海要发大财了！"

秦三通："发也要让他发。他敢投资不容易。万一亏了，也只能靠他自己。"

金得铁："这当然。不过,我们村里很支持,没要他们一分钱,也不要求他们办任何手续。"

秦三通："你们做法也对,先上马后规范。等他们有效益了,再补办也行。像得海这种人,他要是有钱,让他拿些钱出来做公益,他也不会拒绝的。"

说着,他回头对站在他身后的余有山说:"余书记,你说对不对?"

金得海看见秦三通来,对旁边的一个人做了交代后便赶过来了。

秦三通迎上前去,主动和金得海握了握手,说:"得海呀,没想到,你又跑出了个大项目! 可喜可贺!"

金得海谦卑地笑了笑,说:"我这个人是蛮干的,想到哪儿干到哪儿。"

秦三通："怎么样,能赚钱吗?"

金得海："对虾苗是作为试验品来做的,只求收回投资。真鲷苗还没出来。正常情况,应该可赚些小钱。"

秦三通："你还有什么打算?"

金得海："初步想法是,真鲷苗出产后,接着研究黄瓜鱼苗和东方豚苗。争取所有鱼类品种的鱼苗全部实现人工培育。这样,五岛湾养殖区用苗就不必到外地采购了。"

秦三通高兴地说:"这想法非常好。大胆做。县里准备把你的做法来个总结。生产场上的事,大胆闯大胆干。有什么需要县上帮忙解决的,尽管来找我。"

说完,秦三通转身补了句:"好了,你先忙着。我们回去了。"

方子燕又来了。

她是在得海育苗场第一、二批苗种全部出场之后来的。

她算过了,半年时间,金得海养殖的东方豚该成品了。

刚好一斤!她来的当天就迫不及待地要王玉花捞起一条东方豚上秤。

方子燕说:"好!先来一万条吧!"

第三天傍晚,天色将暗未暗时,装有一万条东方豚成品鱼的专用船,徐徐离开金得海的渔排。和往次一样,一批人马伫立渔排,目送一脸笑容的方子燕,挥手告别。海水也不例外,机船启航时,波浪滔滔地向渔排打来,把网箱打得颤颤悠悠的。

只是,这一回方子燕的告别词不一样,她说:"得海弟,把东方豚养得再大一些。我会尽快再来!拜拜了!"

果然,金得海一万条东方豚卖得三百万现金!这实实在在的事实,和风来了必然要起浪一样,对五岛湾的养殖业起到了推波助澜作用。所有养殖户都在心里盘算自己的明白账。就说这次没有买他东方豚的金波,他养了一万三千多条的东方豚,只比金得海少养两千条,他算了算,按照金得海的为人,方子燕下回来收购东方豚时一定会将他的鱼安排上去。不说收他一万条,三千条总该不成问题吧。那么,三千条,也按一斤成品和一斤三百元的单价算,他一下子就能收入九十万!他算过了,一万三千条东方豚的成本总共才三十多万，你看，一下子不但能收回成本，还赚下六十万元，网箱里尚有一万条待卖。这实在是一本万利的投资。有方子燕这样的大老板，又有金得海这样的好兄弟，看来，这辈子在十里滩做人，没白做了！

可是，一个月过去了。又一个月过去了。再一个月过去了。

方子燕没有来。大家的心不免有些虚。都在想方子燕还会不会来，究竟要什么时候才会来？为何一点消息也没有？有人说，方子燕上回是隔了半年才来的。但是，立即有人反驳，那是因为当时的东方豚还没成品。现在呢？早已成品，而且超过一斤了。金得海的东方豚差不多达到一斤半，大的甚至已经接近两斤。

所有养殖东方豚的人开始焦急了。连金得海也有些心慌。

这时，从五岛湾口岸外的德宁县传来一个惊人的消息：他们那里的黄瓜鱼苗培育成功了！而且开始大规模就地放养！

十里滩的人似乎恍然大悟，他们真鲷鱼卖不动的原因是被那边发展起来的黄瓜鱼替代了。

金得海专程到那里走了几天，终于相信了这个传言。

黄瓜鱼的价格一斤是一百六十多元！

金得海和金伙几个人合伙商议后，果断决定，要清掉旧鱼，趁早养殖黄瓜鱼。不然，亏损会越来越重。那一天，他们终于以平均一斤四十三元的价格将东方豚卖给了小鱼贩。得海几个人心中有数，这个价格出手勉强保本。要是再不卖出去，养得越大越难出手，那时，恐怕连本都保不住。

金得海他们以这么低的价格出手东方豚，整个五岛湾震动了。金得海是全村养鱼人的标杆，别人看到他居然低价售鱼，可见风险性大了。

没过几天，人们又亲眼看见金得海的渔排从外地进来了一艘鱼苗船。一问，金得海实话告知，这就是黄瓜鱼。这就是当年要敲鼓才能大量打捞到的黄金鱼！

十里滩人开始惶惑。这个金得海怎么搞的，自己有育苗场，却要到外地购买黄瓜鱼苗？他自己都不愿意养殖自己培育出来的鱼苗，能让别人有信心吗？

第十六章

金飙跑了。金飙失联了。

金飙这一次失联与十年前的那一次失联不一样。

确切地说，那一次失联，他是躲躲闪闪怕被抓而逃亡的。也算是他年幼无知，不知天高地厚地犯下天条而逃离家园的。那一次，他叔叔金得海前后花掉四十多万元，才把事件摆平。

这一次呢，他是公开的，带有挑衅性地和他的叔叔金得海不辞而别，这次出走仿佛还有明显的分道扬镳的意思。

那一天，整个五岛湾养殖区的人都郁闷得不想说话，连海里的水，也懒得流动，仿佛静止了似的，整个平坦的海面黑得犹如一块牡蛎色的水泥地。同样，一群群、一伙伙、一班班站在渔排上的人们，他们的心情和天上如铅般重的云层一样，沉沉地压在心底，堵在胸中。

金伙老婆杨翠凤第一个打破了宁静。

她很突兀地抛出一句："金伙，我不早说过了，你信不信，方子燕这女人不是好东西，她来这里，十里滩会遭殃的?! 你偏偏不信，还瞪了我一眼，顶了我的嘴。好了，现在好了，等她来吧! 十里滩变成这样，都是这害人精栽下的祸根！下回，要是她还来，我要当面撕她的脸皮！"

没人应声。

站在不远处的金得海和王玉花，脸色特别难看。他们俩听得出来，杨翠凤这话好像是说给他们听的。言下之意是，要是没人把这方子燕领进村来，五岛湾养鱼业可能还照样地做下去。被她这么一搞，结果是全线崩溃。有脑子的人一想，便晓得里面有套。这女人分明是有预谋的，使手段的，捉弄人的。你看，五岛湾什么养多了，她不要，偏要少的，还特意开高价要没有养的东西，害得大家举债而且是东拼西凑养起了东方豚，结果呢，养成了，她不来了。

这是金飙出走前一天的事。

大家都在渔排上闲坐，正说着闲话的时候，突然，坐在小木凳上的金飙呼地站起来，对金得海说："叔，我不干了。你给我五万块钱，这里的鱼和财产全归你了。我说话算话。还求你，给我钱的事不必跟我妈讲。"

王玉花听了这话，非常恼火。养鱼亏本了，大家全亏了，别人背后埋怨得海，睁一只眼闭一只眼算了，你金飙有什么资格向你的叔叔要钱呢？她本来想当场质问他，你，或者你妈养鱼投资了多少钱？你有什么理由向你的叔叔要五万块？

金得海的脸黑得很沉。他看见王玉花要跟金飙吵嘴，用手摆了摆，示意不用她管这事。王玉花到嘴边的话止住了。

"得给我五万元。"金飙又说了一句。

金得海问金飙："干什么用钱？"

金飙:"我不做了不行吗？难道这里面的财产和鱼,还有育苗场,不值得分给我五万元吗?"

要是别的人用这种口气对金得海说话,早被他骂得狗血喷头,甚至要挨他一顿揍,就是金飙,他不能用硬法。金飙,在他最初的梦想中,培养他读书,脱离生产一线走上职场,这是最理想的目标。如果走不通这条路,那就让他像个地道的渔民,做有技术有能耐的新型渔民,至少也得像他哥哥一样,当个踏踏实实的生产者。可是,从他厌恶读书的情况看,金飙前一条路已经走不通。这是金得海认为他无法强加给侄儿的东西。因为自己本身对书本就有抵触,他认为在这一点上自己没资格对侄儿严厉。但是,既然不想读书,那么,当一个有模有样的渔民,总应该可以做到的吧。从当前的现实看,也已经基本无望。金得海也责怪自己,只顾得埋头做项目赚大钱,只想用自己的行为来影响和带动侄儿,忽视了平常和金飙的交流沟通。也不想让他干重活,结果让这孩子成了自由散漫的人。没想到如今竟然走到了这一步。一心一意关照,到头来却几乎变成了恩将仇报。难怪王玉花和他提起金飙时,不是哀声,就是叹息。

金得海:"再没钱,我也不差五万元。你真的只想要五万元了?你说话算数吗?"

金飙:"我当然说话算数。我不是要这个五万元钱的问题。实话说,叔叔,我不想和你一起干了! 跟你干,没有前途!"

这话让在隔壁网箱上忙活的金伙听见了。金伙立即从那边奔过来,问金飙:"你怎么可以这样跟你叔叔讲话？ 你叔叔什么都替你想着，难道你不晓得吗？我问你，跟你叔叔没前途，跟谁干有前途？"

金飙横了他舅舅一眼，恨恨地对金伙说："不用你管！"

王玉花忍不住了。她走到金伙跟前，摇了摇头，对金伙说："你瞧，这孩子越来越胆大了。你当舅舅的今天如果不在场，他和得海怎么理论我也不管，你在，我就说上几句。你是知道的，这大片的渔排，金飙他投下一分钱吗？他一个小伙子，来网箱的次数比我多吗？换过几张渔网？撒了几次的饵料？卖鱼分钱的时候，来帮忙一阵子。钱到手没人影了。我和他叔叔，没有对他说一句不满的话。现在，一亏本，他就这样的态度对待自己的叔叔？这事抖出去，人家只会笑话他叔侄俩。人说了，出手不给别人亮丑相。回头讲，我真替得海抱不平，他对别人总是心轻心软的。得海被人家说长道短，我无话可说，金飙也来指责、拆台，太没良心了！"

金伙说："这孩子不知世。能逢到得海这样的家叔，算是前世烧高香了。换一个人感恩都来不及。真是牛犊不知苦！"

金伙回头对得海说："别理他。晚上我跟水仙讲，怎么这样怂恿孩子，爬到家叔头上拉屎了！"

金飙："这跟我妈没关系。主要是我不想再在这渔排上待了。在这里待一辈子都不会有出息。我要自己到外面闯一闯！"

金得海："你到外面闯，我不反对，但是，你要让你妈知道这件事。"

金飙："好的，叔叔，你不给我钱，我有办法。我照样离开这里！"

说完,他转身解了船索,跳下船,启动机器,开船走了。

王玉花和金伙看见金飚这种做派,同时摇头。

金伙自言自语:"怎么会变成这样呢?"

方子燕已经一年没来五岛湾了,人们也渐渐地把她淡忘。

问题在于,她没来以后,没有大的鱼贩子上门来买鱼。连那个开最低价买了东方豚的人,上这里收购三次东方豚后,也没有再来。这样,当时大家普遍看好的东方豚,马上成了养殖户身上的沉重负担。这鱼有点怪,膘长得快,但饵料也吃得多,而且越大越能吃。这边是再低的价格也卖不出,那边杂鲜饵料需求量越来越大。王必昌是个精明的商家,狡黠得很,一看见五岛湾的鱼卖不出,担心赊出的饵料钱难以收回来,干脆不做这边的生意了。别人不说,仅金得海渔排的杂鲜就欠下一百多万了。积欠的越多越难全数讨回欠款。因为养鱼人也有他们的道理:鱼没卖出去,哪有还饵料的钱呢?

不久的一次,也就是在临近中秋节的时候,王必昌几个人到金如竹渔排上讨杂鲜款。金如竹因鱼卖不动,借下的高利贷钱天天长息,正火烧火燎地急在心头,王必昌来了,他没好口气,反问王必昌:"你的杂鲜又不是我如竹吃下去的,是网箱里的鱼吃的。鱼又没有卖掉,哪有钱还你呢? 你急,我更急! 不然,要钱没有,要鱼,你起走吧!"如果是在鱼好卖价格高的前一段,金如竹说这句话,那么,王必昌肯定不客气,立刻拉一艘船来,把他的鱼给起了。可是,现在不一样,他们即使把如竹的鱼起走,运到哪儿去卖呢? 吃又吃不完,送人又太多。放到冷冻厂更掉价,还得支付冷藏费用。比烫手山芋还烫手。怎么办呢？他只好跟金如竹好言好语商量，如竹反而逼王必昌使硬法，请他起鱼。逼急了，他就说要钱没有要命一条。你毫无办法。那么，这种情况下，在王必昌看来，唯一的办法就是停供。

说到做到，五岛湾养殖区的杂鲜饵料立刻全部停供。连金得海也停供了。

冬天，停供五六天甚至七八天都行，因为鱼正处在冬眠状态，可食可不食。秋天呢？是鱼长镖的关键阶段，一天不进食，忍一忍还行，饿上两天，鱼开始退瘦。第三天开始，鱼饿一天要瘦掉半两。第四天，网箱的鱼开始相互残杀互食，进入弱肉强食状态。这是金得木亲眼看到的。他的鱼饿到第三天就已经受不住。他的心比网箱里的鱼更疼痛更揪心。这天，他呆呆地坐在网箱旁，两只脚伸进网箱里，一群鱼以为杂鲜饵料来了，飞快窜过来，扑向他的腿脚，拼命撕咬。鱼和人一样，饥肠辘辘时，什么都想吃。鱼儿似乎担心主人的腿脚会逃走一样，牢牢粘住不放。不到三分钟，金得木感觉疼痛，好像鱼嘴已经咬噬到他的筋骨里去了。他本想让自己的腿给他的鱼好好享受一下，可是，从痒痒开始，到皮肤疼，最后一直痛到神经里去了。他实在受不了，赶紧用力从网箱中收起腿脚。一看，他傻了眼，两腿的某些部位已经看不到原来的皮肤，两条小腿鲜血淋淋。

有人劝金得海给方子燕打电话。金得海摇头。他不明白方子燕究竟在玩什么名堂。他还替方子燕想过，难道她真如那个鱼贩子所说的，她的生意亏大本了？亏本就亏本，不做鱼的买卖就是，何必无声无息断了联系呢？这里面明摆着有什么不可告人的隐情？唉，这女人，是不是像人家所说的，害人精？

五岛湾网箱养殖区变样了。过去，养殖户在渔排上相互走动，常常是笑脸相伴，笑语连篇。闲下来在渔排上晒太阳时，天涯海角地侃天说地，什么故事和笑话都有。吃饭时，他们捧着饭碗，相互送来稀罕的食物，热热闹闹，弥漫着喜气洋洋的气氛。难怪不少人喜欢在渔排上住。特别是夏天，大家赤膊上阵，躺在水湿的板台上，可以看夜景，赏月色，听涛声，很惬意。金得海的渔排，人气总是最旺。到了半夜，还有人来人往，络绎不绝。谈话声、拼酒声，甚至还有唱歌声，源源不断地传遍五岛湾，直至十里滩。有人说，连七里滩的人也能听得到。这歌声、笑声，让七里滩的人，特别是年轻人心里痒痒的，怨他们那里没有像十里滩一样，有一片广阔的海域。如果有，他们如今也可以养鱼哩。

如今，来金得海渔排上走动的人也渐渐地少了。人们虽然对金得海心存着一层莫名其妙的不满，但不敢声张。几乎所有养鱼的人，他们现在脸膛上展露出的不是怒容就是愁容。这脸色，让金得海看了，准以为对方对他有成见。万一有一天，方子燕还来买鱼，你还敢不敢找他？所以，他们干脆少来，或者不来了。连隔壁排的金波两兄弟也少来了。

金得海有些孤独。停供第三天，他趁着没人注意他的时候，像往常一样，把自己的腿脚伸进网箱，没想到，这一幕被王玉花看到了。她飞快地从小木屋里冲出来，对他吼道："得海，你是不是不想……"她哽咽得说不出下面的话，飞速赶到他面前，将他从板台上拉起来。好在，鱼儿还没扑上来。王玉花将金得海扶起来，挽起自己的裤脚，露出小腿，对他说："你看，昨天，我的腿刚伸进去，便被鱼咬得不像腿样。这腿，多像麻风病的那个病腿。"

这一天起，金得海坐不住了。他整天在渔排上兜过来兜过去，这个网箱看看，那个网箱瞧瞧。他发现，网箱里的鱼和人一样，开始骚动和烦躁。鱼和鱼之间开始相互攻击。如果把网罩拉开，它们可能会跳出来和人拼命。在中间那一排的三个网箱里，他看见已经出现六条鱼开始漂浮，鱼肚已经翻天。但是，一群鱼没有放过这几条鱼，仍然紧紧围住，像啃噬人腿一样，拼命撕咬它们的身子。金得海不忍心看下去。他知道，这样下去，必定是大鱼吃小鱼，小鱼吃虾皮。可是，小鱼吃不到虾皮。秋天，虽然气候开始转凉，但五岛湾属海洋性热带气候，白天的气温依然都在三十三度左右。气温越高，鱼的食量需求越大。傍晚，是鱼生命的关键期。太阳下山前，要是不给食，鱼儿就会在网箱里捣乱。当金得海正为自己一大片缺食的鱼揪心无奈的时候，从北面传来一阵喊叫声："完啦，得海兄弟，你赶快想法子。我的网箱浮头了！"

浮头，什么意思？浮头就是鱼因缺食乏力沉不进水里。不用多久，浮头的鱼便会死亡。

喊话的人正是金如竹。他边喊边往金得海的渔排跑来。

金得海看见气喘吁吁的金如竹，边拉他看网箱边说："有什么法子呢？你瞧，我的鱼早就浮头了。"

金如竹的脸色十分难看，几乎是哭样。他说："得海，你该想个法子来呀！我们都是跟着你才养鱼喔。你不能没有办法。你如果也说没办法，我们这些人没路可走，只能跳海去。只可惜我又会游水，跳了也白跳哪！不然……"说着，他用满是腥臭的手背擦拭被泪水模糊了的眼睛。

金如竹可怜地央求金得海说："你给那个南方女人打个电话吧，价格低就低一些，卖出去算了。被她骗一回，等于被蛇咬一口，明年我不养鱼就是了！"

金得海："如竹呀，打了也没用。她手机早关机了！"

金如竹："这个女人真是孽婆灾母，害人加害世！下次再来，我如竹不当场把她剥了皮才怪！"

说完，金如竹悻悻地走了。边走边不停地骂着什么。

王玉花听到金如竹的这番话，心里替金得海难受。赚钱了，人家不会感恩，一出麻烦，人家都认为是得海的责任。她对金得海说，这样下去不是办法。我去找找我哥哥。

金得海："别找了。他就是怕我们再赊欠才故意回避的。找也白找。"

王玉花："不然，难道眼睁睁地看着一条条活鱼就这样……"

王玉花在抹眼眶。她说："看着鱼这模样，不如把它捞上来，剖了，制成鲞，可能还能卖些钱回来。"

金得海正想回答王玉花的话，北面传来一阵吵架声。

有人喊，快去劝劝，如竹和得木打起来了。

渔排上的人立即向他们的渔排聚拢。

金得海也往那边赶，却被王玉花拉住了。王玉花说："如竹刚才的话你难道没听明白，他就是生你得海的气。他埋怨我们只管养,不管卖。你还要过去,想挨他的骂是吗?"

金得海横了一眼,说:"他敢骂我?"

王玉花说:"他不敢骂你,但他放话给你吃。这不是骂吗? 你不用管,他们吵架,有村干部管着!"

第十七章

正是五岛湾渔排上天天有人吵架闹事的时候,金得银以跑项目的名义,上县城去了,而且还在天利宾馆开了房。

这天,金得银就渔排上杂鲜断供的事,与金得铁商议后,专程上县城来找秦三通求助。

秦三通一听情况报告,心为之一紧,便说:"怎么会出现这种事呢?"接着他问金得银,你说:"你现在需要我帮你们解决什么问题?"

金得银一听这话,高兴得心花怒放。他想领导问得直接,他也无须绕弯弯肠子了,他立即回答道:"不瞒书记说,最需要的就是钱。"

"钱,干什么用的?"秦三通问他。这时已是县委副书记的秦三通正是分管全县大农业的领导。

"鱼要吃杂鲜啊。"金得银说。

"需要多少,你说吧。"秦三通问。

金得银约略算了算,说:"全五岛湾海域里的鱼一天要吃掉五六十万元的杂鲜饵料。十天就要五六百万,一个月呢,就是一千八百万左右。"

秦三通听了，变了腔调，说："你开什么玩笑。给你们这么多钱，不变成政府养鱼了？现在只能帮你们救急。哪个最需要给哪个，不是撒胡椒粉。给你们三十万吧。回去和得铁几个好好安排一下，尽量不死鱼少死鱼。如果有可能，还要尽量争取把这笔钱给收回来。你明白我的意思吗？"

金得银听说一下能给三十万，心里也欢喜开了。不管给的钱多还是少，哪怕只给八万十万，总算自己没有白跑，总算所开的房间没有白费。这样，他报销差旅费时，腰杆也硬朗一些，不然，宾馆的发票那么多，没钱拿回来，人家背后也会说闲话的。

这是他真正单独出山的第一笔进账。他兴奋得浑身都是劲。他不想这么早把这个好消息透露出去。他要等自己回家后好好地和金得铁商量一下如何安排这笔钱。

他从秦三通办公室出来时刚好是中午十二点。这时，天阴沉得要下雨，但他的心情，是晴朗的灿烂的和充满激情的。他决定今天不急着回去。古人都说了，皇帝日子百姓工。不急，要住下来，放松放松。运气这么好，说不准下午出来，再找一家单位，也能像找秦书记一样顺，主动给钱。别多想了，午餐简单些，随便吃些什么，赶紧找个女人来。

找谁呢？不找雪梅了，也不找月桂和叶娟。这几个女人都放不开，好像我金得银还得跪下求她们似的。这一回，也冷落她们一下。这一笔款项就是不给她们家的男人，也让她们上门来求我一回，让她们尝尝求人是什么滋味。

不找她们，找谁呢？金得银打开手机屏幕，翻来翻去，跟他有染的好像就那么几个女子。他边想着心事边狼吞虎咽地吃他最喜欢的海鲜锅边。这碗锅边是特制的，加上两只九节虾和三条龙头鱼，还有十多粒的海蛎，花了三十元。三十元就三十元。你以为什么年代？三十元算什么，一天进城的补贴就有五十元。晚上要是有请客，两三千元都得花，开票时将这三十元加上去不就得了？如果能和一两个有姿色的女人一块儿吃，真是好呀！只可惜一时也找不到。

嘿，这是谁？影子怎么这般熟悉？这不是水仙吗？

金得银顿时激动起来。他立即放下筷子，朝着已经从他身边过去了的那个女子大声呼喊："水仙，水仙！"

女子回头了。果然是水仙！在金得银看来，水仙实在是个漂亮的女人。一双丹凤眼，黑溜溜的眼珠动起来，如水一般，看得他心虚发怵。她脸蛋正是人们所说的瓜子脸。身材呢，不瘦也不胖。看胸部，挺挺的，很诱人，只是不晓得是真胸还是假胸，自己老婆那个胸部是假的。水仙应该是真的。再看她的大腿，很肉感，和那个南方女人方子燕的腿一样好看。自从方子燕的牛仔裤出现后，全村的女人不管老小，几乎都跟风似的穿上牛仔裤。还别说，腿上有肉的女人穿了牛仔裤，不但感觉年轻还真的养眼。让人看了，总想上去摸一把捏一下。那一年，在水仙家，因为上门替她办医保证的事，曾试着在她的屁股后摁了一下，她没有什么反应，他想接着来个大动作，准备在她挺耸的胸部前触一下，手刚要靠过去，哪想金得海回来了。得海这个误人的要是没有出现，那次也许就成功了。

水仙见有人唤她,回头一看,却是得银,愣了一愣。得银与得水是同宗的堂兄弟,还是村长。此刻,她心中涌起一层老乡见老乡的亲切感,脸上自然露出了一圈笑容。这一笑,更加妩媚,更是把金得银深深地迷住了。

此刻,金得银感觉有一股巨大的幸福和舒坦正入肺入腑而来。

水仙笑着说:"你也在县城?"

金得银:"来,一起来吃锅边。我给你煮一碗特好吃的。"

水仙向小食店的方向走近一步,金得银立即起来,从桌子底下拉出一张凳子,请她坐下。

水仙说:"我已吃过了。"

金得银:"吃了不要紧,再来尝一尝这里的锅边。"

金得银所在的这个小食店,就是路边的小食摊。与县政府大门只隔一条路。坐在小食店门口的餐桌上,可以看见县政府大门口以及大路上来来往往的人流。未遇到水仙前,金得银正希望路边能出现几个他相识的女人,水仙出现后,他又希望千万不要碰上熟悉的人,尤其是女人和十里滩来的乡亲。

在金得银的反复动员下,水仙终于羞答答地坐了下来。金得银想,女人肯听话坐下,有戏了。

说着,专门为水仙做的海鲜锅边上桌了。老板说:"这碗加了两粒鲍鱼,要六十元。"

金得银兴致勃勃地回老板的话说:"只要好吃,多少钱没关系。"水仙听了有些感动。她出门在外,还从来没有哪个人请她吃过一碗饭和点心的。这次,偶然遇到村长,村长竟然请她吃这么好的点心,感觉真是不一样。

金得银心想,这老板傻,这时候,要是开价一碗一百元,他也会答应的。

金得银对水仙说:"赶紧趁热吃了。"

水仙说:"唉,真的吃过了。"

金得银说:"煮了不吃,你只能打包。不然,可惜了。"

水仙觉得也是,就拿起了汤匙。但她明白,这一大碗肯定吃不下,就捧起碗,对金得银说,你得吃掉一半。说这话的时候,一双温柔的目光看向金得银,把金得银电得麻麻的,酥酥的,像喝足了酒一样,迷醉了。

金得银赶紧收回自己的目光,担心一直盯着看把水仙看反感了。他转了话题,问她:"你今天什么事上城里来的?"

水仙笑着说,没什么大事的。闲也闲着,好久没进城了,随便上来走走,看一看有没有满意的衣服。还有,就是那张医保卡,好久没用了,顺便抓些感冒备用药回去。

金得银说:"下次进城,一定先给我打个电话。如果有急事,我可以替你打专车。"

水仙笑了笑,不作答。

金得银说:"水仙,你知道我这次上县城来办了什么事吗?"

水仙:"你不说我怎么知道。村长的事情多着呢。我肯定想不到的。"

金得银:"不过,钱跟你没有关系。反正你不需要钱。"

水仙:"谁说的,我不需要钱?你看,村里的人要是没遇到鱼卖不出的情况,都开始进城买房子了。你以为我那么有钱?"

金得银像突然记起似的问水仙:"唉,金飙究竟在哪里,情况怎么样?"

水仙:"金飙说他在上海,发展得不错,告诉我不用担心他。他会回来的。"

金得银:"这样好。孩子大了,就应该自己出去闯,绑在大人身边长不大。金飙这孩子别看他顽皮了点,蛮有思想的。我相信,他一定有出息。"

后面的这话,金得银完全是出于讨好水仙才说的。其实,在他印象里,金飙是个不可救药的后生。渔民不像渔民,老板不像老板。正像人家所评价的,是个不狼不兽没料中截的角色。小小年纪已经几进宫,要是不思回转走正路,迟早要走到那条不归路上去。

很少有人在水仙面前肯定她家金飙,连她哥哥金伙不但没在她跟前说金飙的好话,反而都是挖苦和讽刺的话,让她听了心里很不好受。好像金飙沦落到这步,又逃离家乡,全是水仙她一手怂恿造成的。金得银这一句表扬话让她听了,比吃下这一碗六十元钱的锅边还舒坦。她的精神一下子好了起来。

说着,他们的锅边都吃完了。金得银说:"走,到楼上喝一杯茶再走。"

水仙吃惊地问他:"什么楼上,你买了房子了?"

金得银:"我干吗要买房子? 你上来看一看,就知道我住的地方比自家的房子要漂亮得多。"

出于好奇,也由于水仙一个人大半天地逛来逛去,多少有些疲乏,便跟着金得银走进了天利大酒店。

从电梯上来,很快就到七楼。水仙活到了五十来岁,还是第一回坐电梯,按了电钮,一下子蹿到七层,她觉得很神秘而新奇。笑着说:"哇,这真是有意思,一步不用走,就到七楼了?"

金得银得意地说:"你看,这世界多好。你不能老待在十里滩。有钱不懂得享受有什么用?外面的世界精彩着呢。你到大城市看一下,才知道我们在十里滩白活半辈子了!"

水仙一脸稀奇,跟着金得银一路走过铺了红地毯的走廊,感觉好像在当新娘子。

房门开了。金得银先进屋,然后伸手将水仙拉进房间。水仙激动得又露出两排好看的牙齿,说:"这房间漂亮。"金得银回头迅速将门反锁。一转身,立即将水仙紧紧抱住。水仙被他这一抱,吓了一跳,喊道:"你干什么?"

金得银说:"水仙,我说句实话,我实在想死你了。我做梦都梦着和你在一起过日子。你可知道,昨晚我又梦到你,果然,今天解梦了。"

说着,金得银将水仙抱得越来越紧,嘴巴伸向她的脸庞。

水仙拼命挣扎。她喘着粗气,异常吃力地说:"得银,你不能这样对我。我是你的嫂子。自家人哪有这样不要脸面地乱来。这样做,会遭天打五雷轰的!"

金得银装出一副可怜相,几乎用哭着的声调说:"水仙,算我求你,好吗?我这一辈子还从来没这样求过人,我就求你。我真的太爱你。你从了我，你开个口，要什么，我全给你。这世上，只要你跟我好，我做牛做马都值得了。"

说完，金得银松了两手。对着水仙扑通一声跪了下去。他声泪俱下，说："水仙，你要是不信，你把我肚子里的肠子挖出来看看，我是不是真心爱你？"

水仙看着他真的对她下跪，又一脸可怜样，动了恻隐之心。她说："你一个村长，怎么这样说跪就跪？我值得你来跪吗？"

金得银听到水仙说了这句话，非常激动地扑上前去，再一次抱住水仙。哭着说："仙子，不知怎么的，我对你就是这样不争气。村长算什么，有你，我不当村长了，连县长也不当了。真的求你，仙子，你可以骂我，打我，还可以杀我。随你便。我只求你相信我的一片真心。我说话算话，你和我好，你要什么，我全满足你。好吗？"

水仙因他这一番又哭又诉，心软了许多。她不知如何是好，只是感觉心脏像石头与石头碰撞似的"怦怦怦"地响着、滚着。

一会儿，床上传来此起彼伏的呻吟声，不知是水仙，还是金得银。这声音很响很刺耳。

她想从床上起来，被金得银按住。

金得银说："我想起来了，对你而言，最大的事是，让金飙成为一个人物。你叫金飙回来，我把村长的位置让给他。"

提到金飙，水仙的精神来了。

水仙开始穿衣。她本来想说什么，但出口的却是："得银，我不会让你替我办什么。我只要你对我有一颗真心。"

金得银闻此,从床上下来,扑通一声再次跪倒在水仙面前。他双手合抱对着水仙说:"苍天可鉴,我如果对我的水仙有半点不真之心,天诛地灭金得银!"言毕,正想叩头时,被水仙拉住。水仙将他扶了起来,说:"有真心就好。不必这样。"

金得银异常激动,顺势将水仙紧紧搂住。他发现,水仙的两只手也紧紧地拥住了他。

金得银说:"别人我不怕,就怕得海。得海那双目光一扫过来,我会心虚。"

水仙:"他算什么,他不也是个人吗?他能把你怎么样?"

金得银:"不知怎么的,我看见他,做贼心虚一样,所以,以前只敢在心里想你仙子,不敢上门找你。连想你都是在梦中。今天有你这句话,我定神了。只要你爱我,我什么都不怕。"

水仙:"刚才你说你今天办成一件大事,什么事呢?"

金得银兴奋劲又上来了。他说:"县领导看在我的面子上,给村里特批三十万,作为饵料应急专款。这个三十万吧,我有权安排。你说要不要给得海?"

水仙:"这事我不管。总共才三十万,都给得海也解决不了大问题。"

金得银:"你别开玩笑,这钱是无偿的,也就是不用还的。给多少得多少。不过,正像你说的,都给他,他还不一定瞧得起。何况,绝不可能只给一个人的。听你的话,就不给他了。我想,看在你的面子上,给你哥哥金伙安排两万元,行吗?"

金得银当天深夜回到十里滩，当即找了金得铁，把三十万专款专用项目的事向得铁做了汇报，并当场做了商议。

金得银："能拿到这笔钱，秦书记分明是看在你我两人的面子上。到目前，只有你我二人知道。所以，我想，不必把这笔钱全部安排下去。象征性地安排三四户就行。"

金得铁："怎么安排呢？"

金得银："我的意见是，得海这个人大进大出，看不起小钱，不必安排。金伙作为大户的代表，安排一个。另外安排如竹和得木两户。分别给他们两万或者三万。"

金得铁："那剩下来的钱呢？"

金得银："暂时留着。我们不是正急着用钱吗？技术员要工资，苗母需要钱，还得买一部抽水机，这钱，我们可以先挪过来救急一下。不然，这时候，再向人家借钱，不但借不到，名誉也不好。以为我们十里滩的书记村长整天只懂得借钱，不懂得赚钱。你说呢？"

金得银接着说："留下这笔钱，万一上头查下来，我们可以这样说，对急着需要补助的对象正在调查中。只要我们两家人一分没拿，什么也不怕。不过，我认为有必要给乡财政所商酉葩所长留万把块，好让他替我们办得顺一些。"

金得铁听了，明白了得银的想法。他想，这家伙当了几年村长，长见识，有水平了。

第十八章

十里滩人常说的一句话是，鸡蛋再密也会孵出仔来。

何况世上也难寻不透风的墙。水仙和金得银两人常出双入对，形同夫妻，哪能不招人耳目？

让人想不到的是，他俩的事并不是被玉香跟踪发现的，也不是让金得海或者十里滩的人盯上的，更不是因雪梅等其他女人吃醋出问题的。连金得银自己都不会相信，问题竟出在宾馆的服务员身上。

在县城，金得银最常住的宾馆就是天利宾馆。天利宾馆距离县政府近，门前又有一条热闹的街道，什么店铺都有。有锅边的吃食店更多，价格也便宜。金得银喜欢住这里。住久了，便和七楼的一个名叫丽英的女服务员混熟了。丽英来自本县山乡，读过初二后，因为家庭经济原因辍学了。二十岁那年进城在天利宾馆当了服务员。从二十三岁结婚一直到三十七岁，还是当服务员。成了天利宾馆的金牌"老服"。丽英家庭条件不好，但人很聪明，身材匀称，长得也有几分姿色。因为是天利宾馆的"老服"，自然也见识了各色人等。有时，她想不通，自己一个月才赚多少钱，却替那些偷情的男女打扫房间,洗刷马桶,自己的日子一直过得猥琐不堪。正如老人所说的,是被秽污了的人。一想这些,她心里就不平衡。有时,她还做过猜测,自己的老公长年在外打工,手里也有钱,常常几个月不回来,他在外地,也许和某些人一样,隔三岔五也会到宾馆寻欢作乐一次。

金得银住了几次天利宾馆就和丽英混熟了。有一回,丽英故意挑逗金得银,说:"老板,最近为何不请我吃锅边了?"金得银说:"请不动你呀!"丽英说:"老板,你没有诚心。我是很想去的。做女人,不是一请就去,你才请我几次呀? 一请就去的女人是正经的女人吗?"金得银觉得有理,便说:"那好吧,我再请你一次。"丽英说:"不过,我对老板说实话,吃,我是看不重的。我是很想和有身份的人交朋友的。你我认识这么久了,到现在我还不晓得你是做什么的,我能随便跟你去吗?"金得银听了,顿时心花怒放。他想,这服务员可能看上他了。如果真是这样也不错,要是有时找不到满意的女人,可以让她当替补。同时,他认为这女人的话有道理,对方是什么身份都不懂,如何敢跟你交朋友? 于是,便在服务台和丽英聊开了。

当丽英知道他是十里滩的村长时,来劲了。她说:"啊,村长,十里滩是个好地方,在海边。听朋友说,那里有吃不完的鱼和海鲜。你不用请我吃东西了,再说,我值班也走不开。你是知道的,我最喜欢吃海鲜,下次来,如果方便,帮我带些海鲜来就好。"说着,丽英给他投来一个妩媚的眼神,这让金得银觉得很舒服。他连忙答应,一定一定。说这话时,他的一只手放到丽英的胳膊上,趁机摸了一把。这是夏天,丽英的整个手臂都是肉,白白嫩嫩的。他见丽英没有反对,想得寸进尺,来点大的动作。可是,丽英笑了一笑,走开了。她说:"带海鲜来后再说吧。"

可能是忙的原因,也可能是瞧不起当服务员的丽英,每次上县城时金得银总是把带海鲜的事给忘得一干二净。到天利宾馆开房时才恍然记起,但已经来不及了。每次他都一再跟丽英又是道歉又是保证,结果每一次都落空。但不要紧,在七层一遇到她,看见丽英裸露的臂膀时,他总是很自然很随意地伸出手,抚摸一下。丽英则会娇媚地瞥他一下,或者瞪上一眼,说一句:"你这人不长记性,只记得女人!"金得银并不懂,其实,丽英对他已有好感。他只要随便给她带上一两次海鲜,哪怕是普通的海带或紫菜,她都愿意跟他上床了。她打算,等上床后,再见机行事,争取从他口袋里抠出几张钱来。要是不给钱,她干脆追到他的十里滩去,看他给不给。

丽英因为心中有了他,开始留意他的行踪。这是金得银没有想到的。

出事的这天,金得银依然没有感觉到什么异常。中午,他开门时刚好撞见丽英。丽英笑吟吟的,一脸阳光,还跟他开了个玩笑,说:"今天怎么只有一个人啦?"金得银回答道:"我哪里天天都有人做伴?"丽英说着话,提着拖把就走过去了。其实,金得银就担心被丽英碰到,故意让水仙晚他几分钟上楼的。

没过几分钟,急不可耐的水仙匆匆上楼敲门了。这一切全被丽英看得一清二楚。她想,他妈的十里滩村长,你一边调戏我,一边还想哄骗我！看老娘怎么收拾你！她咬紧牙关，在离金得银房间不远处的服务台静候着。

和以往一样，水仙一进屋，两个人便搂抱在一起，然后倒在床上，紧紧相拥，开始着一场火辣辣的情话。

今天的这场情话有些特殊和反常。

欲火燃烧到难以扑灭时，金得银问水仙："你最近怎么变得越来越疯狂？要是没有我，你能活下去吗？"

水仙喘着粗气说："你不懂，哪个女人不想生活，不想有一个男人在身边呢？我呀，我一直在等一个人出现。"

金得银急切地问她："你等哪个人？"

水仙眯缝着眼睛，说："你猜猜看。猜准了，今天，我就让你……"

金得银："我？"

水仙笑了，笑得很诡异。她说："你能不能再猜猜？"

金得银咯噔一下，这人难道是金得海？他不愿意说出来。说出来怕影响了现场的情爱效果。

果然，水仙抱他的手松开了，从他的怀里挣脱出来，抓起金得银的一只手，说："我们现在的关系都到这个份上了，我也不瞒你。这个人就是你最害怕的那个人——得海！"

金得银一听这话，心头一沉，好像他的肠胃里被一条巨大的虫兽咬了一口一样，异常难受。最直接的反应是，他身下的那个东西知趣地疲软得像一张皱褶的废纸皮。

水仙问他："你知道我为何要嫁给得水吗？得水，我真的看上他了吗？不是。我看上的是得海。我和得水过日子的目的，是让我能够天天和得海在一起。尽管我和他没有发生这种关系，但是，看到他，我有一种说不出的舒心。这个吧，我自己也莫名其妙，正像老人家说的那样，是不是犯鬼了。得水走后，我为何哭得死去活来？我就是哭着让得海看的，我想用这种方式获得他的同情。哪想到，他只答应给我经济上的满足。我哭得水的时候，实际上，只差一句话没哭出来了！"

金得银问："哪句话？"

水仙："就是——我是为了你得海才嫁给得水的！"

金得银："哦。"

水仙："你知道吗，后来，我看出得海这个人有问题，他是个蛮汉，不算男子汉！我一有机会，也就是王玉花不在时，我给他递眼神，请他进屋喝杯茶，他居然理都不理我。我生气，我只能哭泣，我只能埋怨我的命运。我只能以不管甚至溺爱金飙的方式来报复你这个金家！人家以为我水仙懒惰不做事，谁都不懂我的心。刚开始的几年，就是得水刚走的一二年，我真是度日如年！我多么盼望得海能够坐下来单独陪我说几句话。可是，一次都没有。后来，我干脆就让金飙传话，无休止地向他要钱。钱，他倒是一次不缺地给我的。你说，钱，能解决我的心病吗？"

听到这里，金得银给水仙倒了一杯水，索性让她把真心话说透说完。水仙接过水杯，没有喝，随手放到床头柜上。

金得银问："你能不能告诉我，那时候，有没有别的男人对你好？"

水仙："能没有吗？不用说别人。你得银就对我动手过。两次摸了我的屁股。你以为我没感觉到？那时，我想，这个动手的人要是得海就好了。"

金得银的脸霎时红了。但他马上随机应变，说："水仙，你看，那时起，我就想你了。要是没有得海这个人，那天，我早把你抱住了！"

金得银将嘴唇贴向她的耳朵，动情地说："仙子，现在，我求你，把我当做得海吧。"

水仙笑了。此刻，她的脸笑得像一朵绽放的花朵，甜甜的，艳艳的。

水仙说："对。自从我跟了你以后，我就把你当成得海了！"

水仙仿佛真的和得海在一起似的，疯了一般，使力喊叫："啊，得海，得海，你快点来！"

她一遍一遍不停地喊着，呼喊的声音越来越大。金得银怕了。这喊声，正如金得银所预料的那样，真的惊动了四周的人们。在外人听来，这喊声完全不像来自性爱场上发自内心的呼唤，也不像孤独的行者走投无路时崩溃的呐喊，而是凄厉得难以苟活的哀号，让人听了心凉直至心寒。这声音，分明昭示着，这人身处险境，却难以逃脱。听见这呼喊声，谁都会为之动容。

喊声持续了近二十分钟时，突然，敲门声急促响起。

水仙的呼喊因敲门声戛然而止。敲门的人喊话："开门，开门！"

金得银惊慌失措。他对门外人说："没事没事。"

门外的人说："我们是警察。没事也得开门！"

一听是警察，金得银身子开始发抖，他连忙爬起来穿好衣服。他对水仙使了个眼色，示意她先穿好衣服。水仙误会了他的意思，对门外人喊话，说："没事的。你们走吧。"

"不行。我们要检查！"

一听这话，水仙脸面失色，连两只神气的大眼睛，随之也变得木然。她问金得银："怎么办？"

金得银说，先穿好衣物再说。

金得银的牙齿开始打战。看来，眼下已经无处逃避，只能任其检查了。

门一打开，两名警察和两名协警立即冲进来。

他们被带走了。

是丽英报的案。她对警察说："717 房里有人嫖娼又吸毒。"

警察经过一番认真的调查后，发现他们确实没有吸毒，只有通奸的事。派出所只要求双方的亲属来领人。其他的，免了。

金得银通奸被抓时，是十里滩局势最乱的时候。鱼，总体上卖不动，主要是卖不到好价钱。所有卖鱼的只一个字——亏！不卖的，抱求一线希望，期待鱼涨价。但又不晓得哪一天能涨。养鱼的人都懂，如果不涨价，拖一天，亏损额重一天。许多人看到鱼吃鱼越来越严重时，沉不住气了，干脆把一箱箱半死不活的鱼捞上来，晒干。有的，则把这些鱼运到外地去，存到冷库里冷藏。把大鱼当杂鲜料，有人需要，开个合适的价卖了当活鱼的饵料。

　　金得海实在不甘心这样做。但是,在王玉花的一再催促下,捞起三个网箱的鱼,剖了,制鲞。王玉花说:"这样做,还能够留一部分来当礼品送人,或者自己当下饭菜吃。不然,照此下去,一条鱼也留不下。"

　　王玉花没想到的是,当她的渔排这样处理活鱼时,五岛湾海域养鱼人几乎全部丧失信心。过半以上的人学她的样,大网大网地起鱼晒干。有的干脆说,趁早把网箱里的鱼解决,扔下渔网,找其他的路子谋生去。最聪明的是金如竹和金得木,他们从村里领回两万元的救急饵料补助金后,当天把所有网箱里的鱼都捞了起来,请了三个小工,晒了三天,终于把网箱里的鱼给彻底解决了。他们俩想过,这样做,他们养的鱼都在,只是从活鱼变成干鱼。到手的两万元现金,等于是白捡的。损失是损失了,与别人比,损失得少。

　　活鱼晒干法,如一阵风,又像一种特灵的传染病一样,迅速蔓延传染开来。五岛湾海域数以亿计的鱼,几天之内,剩下的不足百分之二十。金得海剩余量最多。其余的,就是金伙、金波、金涛和赵太锦几户。

　　五岛湾海域平静了。广阔无边的渔排,显现出沉寂突兀的凋敝景象。万把个网箱的渔排,几乎见不到人。尤其是北面,一个人都找不到。整片网箱只有一张张土灰色或者浅蓝色的渔网,零乱地铺盖在网箱的框架上,或者打了捆,堆在小木屋的门口处。有的依然罩在网箱里,给人的感觉好像下面依然养着一群鱼。小木屋的门全挂上了铁钩锁。奇怪了,秋天,本来是天高云淡,可是,这年这一季,终日难见阳光露脸。这里的天仿佛和十里滩人的心情一样,笼罩着一层阴霾的影子,连海里的水,也混沌得如女人刚洗涤过衣物的废水一样,脏不见底。天一黑下来,原来比岸上更热闹的海区,竟一盏灯也没有,暗得比黑黢黢的锅底还要黑。有人说,这样下去,不用多久,必定会有一批真水鬼住到小木屋里去。

时间如五岛湾里的海水,哗啦啦哗啦啦地过去了。

渔排没有变,它既没有增加,也没有减少,只是静默了许多。十里滩好像也没有变,山还是那么高,海水还是那么多,但是,有心的人注意到,变化的是,不仅渔排上的人少了,岸上的人也少了。尤其是三十至四十多岁的中青年人。大家明显感觉到,十里滩似乎因为这批人的缺位,活力大为减弱。往日夜里的歌声,现在没有了。酒店关闭了。坐渡船的人,一天比一天少。

这些人究竟去哪儿了呢?

第十九章

十里滩人还有一句土话：鸭子朝有水的地方唉。

这话的意思是，哪里有奔头，就往哪里走。

有人发现，在金飙失踪不到一年的时间里，又有几个和他年龄相近的年轻人失踪了。狗胆、旺伙、依圣、大鹏、小乌鸦几个也先后在十里滩没了踪影，接着，又有几个年龄比他们大的，和他们沾亲带故的人也走出了十里滩。奇怪的是，他们或失踪，或失联，他们的亲人竟然异常平静，既没有四处找人，更没有哪个人报案求助。所以，究竟哪一个人，哪一天没有在十里滩出现，也没有人去追究，好像他们正常出差旅行一样，无须向谁告知。以至于不到三年时间，村里的年轻人越来越少，出去的人好像把他们的家乡全然忘记了似的，一次都没有回来过，连过年都不见这些人回家。

一天，有一个人意外地出现在十里滩街上。

人们认了半天才敢确定，正是失踪已久的狗胆。

狗胆是金飙少时关系特好的伙伴。这次回来，整个人变了样。原本精瘦的他，此时胖乎乎的，满脸是肉，成了下垂脸。发型很特别，四周平平短短的，中间打了个绺，用红绸缎系着。好像是旧时七八岁小孩才有的那种趣味性发型。他叼着一根烟,威风神气地用嘴巴将香烟上下抖动。

第一个认出是狗胆的人是金如竹。金如竹是狗胆的堂叔,他歪着脑袋细瞅了半天,才吃惊地叫了声:"啊,狗胆,你什么时候回来了?"

狗胆歪斜着头,对着金如竹瞪了一眼,问他:"怎么啦?"

如竹说:"你这孩子,才出去多久,连家叔也不认了?"

狗胆不再理睬金如竹,转了身,边看手机,边从丁字街的西处径直而去。

金如竹当街对着乡亲们说:"这孩子在外面究竟喝了什么样的水,变得这么胖,变得不像人样,好像连声音也不一样了。"

金如竹的话刚出口,在街道上闲站唠嗑的人们立即笑了。有人说:"如竹呀,你没出门,你要是出门走一走天下回来,说话做派也会变成这个样子。"

金如竹说狗胆变了腔调,其实是狗胆在外面装腔作势装习惯了。因为他在外地讲话时,一说普通话明显有十里滩的口音。久了,让人一听,便知道他是来自哪里的。狗胆怕别人知道自己是从海里海气的十里滩出来的,只好仿着外地人家说话的口音,故意卷着舌头说话。结果,久了,不管有卷舌没卷舌的音,他都卷了舌头,以至于回到十里滩讲福州话了也习惯性地卷舌。让人初听起来,很不自然。

狗胆回来第一站是上水仙家。这次,他是受金飙的指派回来给水仙送东西的。

水仙向狗胆问了很多关于金飙的情况，狗胆却回答得很少。

水仙问狗胆："金飙为何到这时候才记起娘呢？他究竟在外面干什么啦？"

狗胆说："飙哥他现在是老总。忙得很呢。"

水仙问："是不是还干着马刀帮的事？"

狗胆笑了，说："上海，你以为在哪里？放心吧，我们的公司是有营业执照的。我带你去看一看，你就不担心了。"

水仙说："我都不知道他在上海干什么，我敢去吗？你看，你讲话的口音怪腔怪调，我听都听不来，难道还要我也学着你这样说话才行？"

狗胆摆摆手，连声说："不用不用。你到那里，有人专门伺候你的。你准备一下吧，后天一块走。"

狗胆离开后，水仙马上撕开了狗胆带来的文件袋。一看，愣了，一本存折，里面显示有三十万元。另有一张卡。还有一部手机。

看着这三样东西，水仙的心怦怦地跳得厉害。她在猜测，这孩子在上海干什么，才出去多长时间，就给她寄来了三十万？难道搞歪门邪道？不像。正如狗胆所说的，上海滩，你以为哪里？十里滩人岂敢在那里胡作非为？如果是合法做事，又如何轻易赚下这么多的钱？能够给她寄三十万元，可见他手头上有不少钱！水仙再清楚不过了，金飙是个花钱如流水的人，多少钱都敢花，难道他在干……

水仙实在不敢往下想，不敢往坏处想。她从心中希望自己的儿子争气些,能走正道,做大事业,发正经财。那样,她不但无须替孩子担心,也面上有光。那么,既然是赚正经的钱,既然把狗胆、依圣、旺伙一批伙伴都带出去发财了,为何不把她金春、金夏、金秋三个侄儿也带出去呢?

水仙想着,便上狗胆家来了。狗胆家是十里滩少有的没有养鱼的家庭。主要原因是没本钱。狗胆他爹只会养海带。由于身体不大好,养得也不多,一年就三亩多一些,收成勉强够一家四口人过日子。以至于全村几乎全住进新房子了,特别是养鱼的人家都盖两三处房子了,他们一家人仍然住在祖上传下的又矮又暗的小木房。楼上虽然有两间像小阁楼一样的房间,但是得弯腰低头进出。狗胆爹体力差,狗胆身子硬朗却不想做事。过去整天跟着金飙当马仔,金飙有钱高兴了给他点零花钱,金飙不给,他也不敢回家,跟屁虫一样尾随金飙。不过,金飙是个讲义气的人。到上海找到落脚点,挖掘到一条财路后,第一个就招呼狗胆来了。这一回,金飙给他十万元,命令他必须专款专用,拿回家和爹娘商量一下,把旧房拆了,盖个新楼。钱不够再说,但必须马上动工。不然,就别再来上海了。

狗胆当着他娘的面对水仙说:"这是飙哥定的规矩。你想知道的事,只能到上海时当面问他。"

狗胆娘对水仙说:"我也是着急地问他怎么回事,他理都不理我,只是一根筋要我马上拆了房盖个新的。他爹舍不得动用这笔钱,说要留着给他找对象时用。狗胆呵斥我俩说,要是不盖新屋子,哪个姑娘看上我?新房盖了,下回我就带女友回家了。看来,只能依他的办了。"

想来想去，水仙才终于下了决心，要到上海看个究竟。因为最近一段时间以来，她表面上好像平静得很，其实心里却一直是乱糟糟的，天一黑下来，心就跳得慌。以前睡在自家的房间里不怕鬼怪，近来，她觉得房间里有些不对劲，仿佛有人影晃悠，灯一开，什么都没有，灯亮又睡不着。好像有鬼逗着她乐。连阴雨天或者云雾笼罩的白天，她也变得神经兮兮。实在睡不着，只好开着灯，拿着手机却不知该给谁打电话。一人惯了的她，近来却盼望有一个人能陪她睡、陪她吃、陪她说说话。

这不金飚要她去，那就随狗胆走一趟吧。索性去弄清楚自己的儿子在外头究竟忙着什么名堂。

不知不觉也已三年未见金飚这孩子了。

狗胆盖新房的事轰动了十里滩。

连狗胆的堂叔金如竹看了也不得不感叹：真是人不可貌相、海水不可斗量啊！

鸭子朝有水的地方唳。

过去少有人问津的狗胆家，顿时成了热闹之处。大家纷纷上他家门，一想打探狗胆在外头发什么财；二想求狗胆他娘替他们说上几句好话，请狗胆也把他们的孩子带出去，发点小财。十里滩养了这么多这么好的鱼都卖不出，赖在家里，能有出息吗？年轻人，只要能跑得动的人，想活着，特别想体面活着的人，都要趁早跑出去。外面的世界大，闯一闯，冲一冲，也许还能闯出个名堂来。你们看，像狗胆这样字头没名、字尾没号的人，都混出人样来了。那些有头脑又能干的人，难道会输给狗胆吗？

正当他们在等待狗胆娘那边的消息时，旺伙和依圣也先后回到十里滩盖新房来了。这时，他们才晓得，原来，这批人都是金飙带出去的。他们是依靠金飙带的路发财的。

这几个人靠什么发财，谁都说不清楚。但是，十里滩的舆论氛围已经越来越朝着说金飙好的方向推进。有人干脆说，金飙在做政府特许的黄金生意，一天黄金的进出量达到几吨。他是真正的日进斗金。金飙至少身家上亿了！

这时，有人才突然想起，想发财不如找水仙。结果，到水仙家一看，门已挂锁。到水仙娘家一问，才晓得，水仙到上海看金飙去了。

真是一时韭菜一时葱。整个村庄的舆论导向已经变成金得海不如他侄儿金飙！金飙做事不动声色，哪像金得海这样，什么事都要兴师动众，沸沸扬扬的，爱做面子上的事情。比如敲鼓捕鱼、推销海带、网箱养鱼、办育苗场，带那个女人来买鱼，风风火火，结果十里滩真正赚到钱的人有几个？你看，金飙都对他的叔叔不满，吵了一架跑了，现在发了。不但他自己发了，还把跟他的伙伴也带发了。这才算个人物！像金飙这样的人，十里滩多出几个就好了。

就这样，没过多久，守在十里滩的只剩下老人、女人和上学的小孩。连金伙家的老二金夏险些也经不住诱惑，准备随大流投奔到金飙的队伍去。

十里滩变得很安静。安静得连白天在岸上都能听得见海里的浪响波动,能听到小舢板的橹声欸乃。

这时,只有金得海和金伙两个人在心底发誓一定要把鱼养到底。金波、金涛和赵太锦已经对走养鱼这条路发生动摇,他们对养鱼能否真正赚钱开始产生怀疑。王必昌主动恢复供应杂鲜后,饵料有保障了,但是,鱼养大了,卖给谁? 难道只为县城的宾馆里每天几十条的供应量而养着? 金波、金涛两兄弟还没什么反应,可他们的老婆却一直在背地里唠叨。金波的老婆对金波说:"别跟得海了。得海年纪大了,变得固执,思想不灵活,不变通,时代变了,再守着养鱼没有出路。再说,人家现在不爱吃鱼,特别是城里人,人家爱吃的是蔬菜和水果,要吃的海鲜也是鲍鱼和海参,还有黄瓜鱼。你老养这几种传统鱼,跟不上社会发展了!"末了,金波老婆劝金波,趁早把剩下的鱼处理了,像别人一样,也去上海跑一跑,说不准一两年就能把养鱼的亏损补回来。你瞧,连狗胆家都翻身了,我们还在和海水打交道。金波女人还把这道理说给了金涛女人。她们妯娌俩很快达成共识,一致认为,早些离开五岛湾,才有出路!

金波和金涛听了他们女人的这番话,满心踌躇。

桂花水事件的发生,把金波俩兄弟的底线彻底震垮。

一天,五岛湾海域的水色突然变了。变得晶莹多彩,粉红一层橙红一层,中间夹杂一层深紫色,成波纹条状随波澜向网箱涌来。这浪层给人的直观印象是,斑驳陆离,色调缤纷,流光溢彩,煞是好看。这时,王玉花马上发现,这水一涌入网箱,里面的黄瓜鱼马上漂浮起来。整条鱼像人失重一般,悬在水层表面。不一会,黄瓜鱼的尾巴使力摆动几下后就停止了运动,随后,鱼眼翻白。如当时挨饿的鱼儿一样,出现整片的浮头。见此,王玉花"哎呀,哎呀"的惊叫,立即引起大家围观。一箱中三百多尾的黄瓜鱼,因为这种水流的出现,从摇头到摆尾,不到三分钟全部失去生命体征。王玉花立即跑到另一个渔排,察看真鲷和鮸鱼等其他鱼类。庆幸的是,这水没有殃及黄瓜鱼之外的其他鱼。鮸鱼、鲈鱼、真鲷,还有石斑鱼、东方豚等,依然游弋自如。

面对整箱黄瓜鱼的死亡,金波老婆当场哭了。

正是这一天,金波兄弟俩的脸色彻底黑沉下来。他们的心横了——必须逃离这里!

就这样,金波和金涛俩悄无声息地离开了五岛湾。

这场桂花水,像一盆冰冷的水,从一个人的衣领灌进去似的,再一次把十里滩人泼了个透心凉。

桂花水去了。仿佛波暴一样,似一阵风,像一股气,给十里滩人如梦如幻的感觉。

王玉花看得出来,金得海情绪十分不好。金波两兄弟的离开,给了他很大打击。他想,难道网箱养鱼这条路走错了?难道他不该参与"海上渔村"的建设?他不相信。海边人不靠吃海吃饭,不干海上的活儿,那干什么去?

无论他如何替自己的行动打气,替自己的信念打高分,他都越来越感觉自己的心有些虚。一向学他跟他的人越来越少,连铁杆兄弟也和他不辞而别,这说明了什么?

此时，他有一个强烈的愿望，一定要找到突破口，杀出一条血路，摆脱这个困境。不然，他没法向乡亲们，特别是对死跟他的几个难兄难弟有个交代的。

如果就此打住，他死也不会瞑目的。

转眼已是冷峻萧瑟的寒冬。

五岛湾海域异常沉寂。方圆里，渔排上万把个网箱，一口口空着，萧条冷清。还有网箱上的木屋子，以及木屋子边堆积如山的渔网，任凭风吹浪打。往日如乐般的涛声，如今也变得冷酷无情，仿佛潮水的声波发生变化，拍打网箱的木架板特别使力，声音巨响如惊恐的雷鸣。看这潮流，好像渔排随时有被浪潮震碎的可能。夜间，这里更加孤寂。只有金得海几个网箱的小木屋里才亮出几盏微弱的灯火，和海面上跳跃着的渔火一块儿，向广阔苍茫的五岛湾宣誓——这里仍然有我金得海几个渔民在，依然和数以万计的鱼儿做伴。只要海水不枯，鱼都将在这里活着。又仿佛向苍穹宣告——十里滩的人不会离开这片五岛湾。

只是夜深得太黑了，几盏跳动的灯火难以形成往日兴旺的人气。这样的暗夜，几乎所有看守渔排的人都会心悸。因此，金得海怕满心忧愁的王玉花闹出忧郁症来，干脆劝她夜里回岸上的家。渔排上留他一人看守。但王玉花不依，她始终坚信，有得海在，网箱不管出现什么情况都难不倒他。

已经是凌晨的深夜。此刻，不知道风都到哪儿去了？海水宁静得不像海，整个海湾被一片朦胧的黑灰色紧紧笼罩。五岛湾海域出奇地静谧。此时,只有网箱里鱼儿轻盈跃动的声响。

突然,金得海的小木屋响起轻微的敲门声。昏昏欲睡的金得海马上警觉起来。他故意不回应。接着,敲门声渐渐大了起来。他仍未动声色,想看看究竟来的是人,是贼,还是鬼。一分钟不到,捶门的力度明显强劲,有撬门的味道。性急的金得海终于按捺不住。他想,要是再不回应,外面的人可能要破门而入了。于是,他猛吼一声:"谁呀!"

"是我。"应声很小。金得海觉得这声音很熟悉,但不敢确定是谁。

"是我。叔叔。"

金得海这下听出来了。这是金飙的声音。

他赶紧起床,拉亮电灯,开了屋门。

金飙迅速闪身入屋,随手轻轻将房门按上。叫了声:"叔叔。"

"你怎么来了?"金得海问的声音虽然很小,却是严厉的,甚至带有冷酷的味道。

金得海一眼扫过去,便发现,这孩子比之前又胖了许多,头脸也宽阔了,俨然一副老板相,或者官员相。金飙的脸上还透露出几分成熟和威风之气。

金飙一副毕恭毕敬样,对金得海说:"叔叔,这次我是悄悄回来的。就一件事找你。"

金得海两眼直逼金飙,问道:"什么事?"

金飙:"叔叔,过去我小,不懂事,老缠着你要这个要那个,你都满足了我。其实,我是知道的,你也过得不容易……"

金得海见金飙在他面前搬弄文采，很不满，不想任其说下去，便问："你找我有什么事？"

金飙表现得很有耐心："叔叔，你莫急，让我多说几句，已经好多年没见到你了。"

金得海脸上已有一些怒容。他说："有话直接明说，不必兜圈子。"

金得海接着劝上一句："金飙，我们是苦孩子出生的，一定得珍惜自己的名声。不要被人骗了。不要为了钱，什么都不管不顾。"

听了这话，金飙很难受，但又不敢对他的叔叔发作和生气。这时，如果是在他上海的公司，或者说这话的是他手下的人，非被他当面喷吐一脸唾沫或者踢上一脚不可。

金飙有些难过地低着头，在屋子里小心地踱步。

金飙又犹豫了许久，最后从口袋里慢慢地抓出一个信封，递给金得海，然后说："叔叔，这里是一百万元，我的一点心意。"

言毕，他转身闪出小木屋，走了。

金得海深感意外，当他反应过来时，才记起金飙刚才说的话。他拿起信封赶到门口，大声喊话："金飙，金飙，你给我回来，把这个带走！"

金飙没有应声，很快消失在渔排漆黑的夜色之中。

只听茫然的海空有一阵回响声："金飙，我是不会用你的钱的！"

第二十章

　　天河集团的卓总是在一次钓鱼活动中认识五岛湾的。

　　那是个星期天，天河集团的卓总和几个铁杆朋友开车来到十里滩。卓总是钓鱼爱好者。他花三百元钱在当地租了一艘舢板船，并请了一个开船的渔工。开这船的正是金得木。那天，卓总心情特别好，手气也好，仅半天就钓到二十多条海鲫鱼，初来乍到，就有如此收获，他对五岛湾海域兴趣倍增。他想，这地方可能与他天生有缘，说不准还是他事业的一个新亮点。他从金得木口里了解到有关五岛湾的历史和现状后，决定放下钓竿，走一走看一看五岛湾。当他迈上万里长城般的垦区堤坝，看到这片辽阔的五岛湾垦区时，他无法平静了。他想，他的天河厂要是能搬到这里来，多好啊！你瞧，外面是湛蓝清澈的大海，大海里又有着如此之多他所喜欢的鱼儿；里面是纸一样平坦的垦区，空气这么好，既有陆路，更有水路，是个不可多得的投资天国。如此优美的地方，为何这般萧条呢？这地方可能不是该县领导关注之处。不是他们的热土，更好。看来，只要稍花功夫，便能拿下它。与他同来的铁杆朋友是大丰集团和美星集团的老总，都和卓总有着同样的心思。真有意思，在当晚的聚会上，当卓总说到他的设想时，立即引起强烈共鸣，他们一拍即合，决定联手一同找江东县的领导。

他们主动来了。接待他们的正是秦三通。秦三通正为五岛湾的出路而纠结。卓总的到来，却把最好的机遇给他送来了。

这天，卓总开门见山，要秦三通开地价和报税额。秦三通问他："用地多少？"卓总说："一千亩没问题吧？"秦三通笑了笑，心想一千亩算什么，你可知道，五岛湾垦区可是接近四万亩的，地有的是，关键是你的投资额多大，给本县的税收怎么定。卓总好像看到他心里去一样，没等他回答，便说："我们的投资额可是七百个亿哦。"一听这数字，秦三通心里乐开了花。他算了算，如果真有七百个亿的投资，按照有关的专项奖励规定，自己提拔是肯定的了。七百个亿能不提拔和重用吗？至于提到哪个职位上，他真的不敢往下想了。他差点把当时的这个想法脱口而出，幸好他自控力不错，到嘴巴边的话马上咽进肚里。因此，那天，他一直满面笑容陪着客人，整整聊了半天。在不经意中，双方都有了意外的进展和收获。也就是说，于天河集团而言，已经拿下了一千亩的垦区地皮，地价比卓总预料的要少了将近五个亿！对江东县来说，易如反掌引进了该县有史以来投资额最大的项目，还基本敲定，每年对县里的税收贡献不少于十个亿。这真是一件令人兴奋的事！最令秦三通舒心的是，卓总告诉他，天河项目一旦落地，将有几家与他旗鼓相当的国企也将入驻。投资额不在一百亿以下。

这正是奖励招商引资的时代。招商引资是衡量一个干部特别是领导能力以及政绩的一把重要尺子。谁引得多、引得好、引得快,都会得到重奖。

县委牛书记在听取了秦三通关于五岛湾垦区转制开发专项工作汇报后,心底乐得像开了朵又红又大的荷花,他情不自禁地在脸上绽放出灿烂的笑容。他想,真能如此,他就不用太担心了。在市委领导找他谈话让他来江东任书记时,牛书记是激动又兴奋的。为什么呢?因为江东县是他最想来的地方。这个县工业基础薄弱,稍微有些作为,就是政绩,就能受提拔和重用。在他所知的前四任书记中,就有三任被提拔上了副市级。同时,他又有些忧心忡忡。忧在哪里?忧就忧在,在他的印象中,江东县是个以渔业为主的县份。谁都明白,渔业怎么发达,产值都不会高到哪里去。而且这个县土地少,能整合成做工业区的平原地尤其少。没有平台,哪有企业的立足之地?当下是拼经济、拼政绩的年代,正如一位领导所说,看一个主官的能力看什么,就是看他能不能在有限的环境条件下,把项目引进来,把经济搞上去。再巧的媳妇都难为无米之炊。秦三通的思路很好,江东县的经济如果仍然依靠渔业,即使有较大规模的渔业加工企业,也永远无法实现跨越式发展,更无法实现走在全市前头的目标。现在好了,有了五岛湾这个平台,再使出几个组合拳,说不准项目很快就来了。这样,江东走到全市前头就有希望。那么,同样的,自己的前途就有希望。虽然年纪大一些,只要干出名堂,当不了副市长,去市人大当个副主任或者市政协副主席,还是有希望的。

为此,县委决定举行专题的常委扩大会议,就五岛湾的转制及其开发使用问题,进行专题的讨论和研究。

会议首先听取分管农业的县委副书记秦三通所作的调研报告和初步设想。

秦三通认为,五岛湾,无论是垦区还是海上养殖区,作为一个以养殖为主业的历史使命已经完成。原因是,垦区的池塘养殖由于水质变腐,所养殖的对虾和梭子蟹连年失收。虽然还有缢蛏、泥蚶和海蛎等一些海产品仍然可种可养,但是,它们的产出和经济效益,对全县的项目和经济收益,已经失去存在价值。养殖户对池塘养殖已经失去热情,这几年要求承包的人越来越少。大公乡这项的年收入也不到三十万元。海水养殖业现在处于低迷不振状态。除了空留着的一大片网箱占领着海域,和金得海等几个养殖户十多万尾的活鱼外,五岛湾海域几乎成了无人海。十里滩人因为鱼价的持续走低,不得不举刀断腕,果断处理掉所养的鱼类后,纷纷离开家园出外谋生去了。只有金得海等少数几个人仍然守着渔排和育苗场,继续他们的养殖业和苗种培育。无论从全县经济大局的高度,还是从自然资源的利用和效益角度看,五岛湾渔业已经失去了重大的经济意义和社会意义。因此,应该对五岛湾有一个重新的认识,要从全县经济发展大局的高度和充分发挥好自然资源的使用价值和效益最大值的经济学角度,开辟出一条崭新的发展路子。

那么,如何重新开发使用五岛湾呢?

秦三通说,我们一定要一寸不漏、一天不误地利用好五岛湾的宝贵资源。一段时间以来,许多大型国有企业和外商,一到五岛湾,不仅被那里的海上景观所吸引,对五岛湾垦区更是一见钟情。仅我所知,到目前为止,至少有三十多家的外资企业和国有企业看好五岛湾。他们表示,只要我们点头同意,他们立即入驻。举个例子,一家飞机制造企业,一看到五岛湾三万多亩的垦区地皮,迫切要求我们,将这块地全部交给他们。至于地价,可由我方说了算。他们还表示,项目投产后,产生的税收将给我们每年至少十个亿的收入。针对这个方案,经过一番调研求证,我个人认为,这还不是我们最为理想的选择。我们要充分利用好五岛湾垦区这片黄金宝地,分别引进十到十五家占地面积不大,但经济效益好,税收贡献多的企业。可想而知,飞机厂世界上不止一家,购买力相对有限,一旦出现市场饱和情况,那么,就意味着飞机制造业面临着停产的威胁。同样的,它一停产,我们的税源即到此为止。同样一块地,我们引进十五家企业,它们之中也有可能出现市场饱和停产转业的情况,但是,它们不可能同时出现。就算同时停产三到五家,那么,照样还有十家左右的企业在运转。这样,我们的税源不就能源源不断吗?

有常委问,到目前为止,有没有要入驻的企业?

秦三通回答说,当然有。仅我所接触的就有七家。主要有国企的大丰玻璃和天河材料等三家大型企业。他们都焦急地等待我们的态度。尤其是天河材料,计划投资七百个亿,投产后,年产值计划三至五百亿。到时,对我们县的税收贡献每年将超过十个亿。同志们,可以想想看,如果按照这个设想,仅天河一家为我们创造的税收就够全县一年日常的开支了,其他的企业我们只要它们平均为我们创造三到五亿元的税源就够了！我们再比一比，过去，五岛湾对虾养殖的形势那么好，一年税收不到一个亿；五岛湾海水养殖区投养了那么多的鱼，一年给财政进账七千万都困难。现在呢，我们计划用五年时间打造十到十五家企业上马投产，从第六年起，我可以有信心地对在座的各位说，仅五岛湾这项，我们每年的财政收入绝对超过二十个亿。那时候，有这笔钱，我们县无论做怎样的民生项目都不愁了！

有常委问，大丰是生产玻璃的，那么，天河主要生产什么？

秦三通答道，天河是塑料制造业。还有一家叫美星，是纺织工业，效益非常好，利润也高，就办在我们邻县。由于规模扩大，邻县用地不允许，所以，有外迁的打算。我们只要稍做努力，就有可能将它引进来。别小瞧这个美星纺织，一年给邻县的税收贡献也有八个亿。

在座的常委和副县长们议论开了。

有人说，这三家企业都是带有污染源性质的。要是进来，对我们五岛湾的环境会是怎样的结果呢？

秦三通听了这些议论后，主动解释。他态度异常坚决，说，这些企业可能有一些污染。但是，我认为，所有用机器生产的企业都有污染。只是程度不同而已。不说别的，我们在海里行驶的机动船，马力一动，尾烟就来了。这不也是污染吗？问题在于，我们如何看待污染。

县委牛书记听到议论声越来越大，怕影响了秦三通所报项目的效果，立即插话。他先笑了笑，对秦三通说，你这个想法好是好，但是,照你这个方案,应该如何解决五岛湾现实存在的问题。也就是说,如何面对虾农渔农的转产转业和就业问题?

秦三通明白这是牛书记替他解围。他信心百倍地说,我认为,一切皆事在人为。只要我们有信心有决心去做,多难的事都能办好。当年,计划生育那么难,那是要人命的,大家心一齐,攻下来了,现在走上正轨,不再成为难题。同样的,我们可以想想,即使五岛湾目前养殖业依然生机兴旺,但比一比效益,海产业也要刹车让路。何况如今的五岛湾,从池塘到海域,全不景气。人跑了,海空着,池塘荒芜,我们如果不抓住这个有利时机,将它们化废为宝,创造社会效益和经济效益,那么,我们实质上就是对不起全县人民,对不起这片风水宝地。如何转产转业,我是这样想的,暂时先不管五岛湾海域养殖区,金得海等一批养殖户能养则让他们继续养着。我们重点放在收回已经发包出去的那些池塘上。我认为这也好办。合同到期的,如期收回;合同期未到的,也让他们继续生产。收回多少,就上多少。同样,我们抓大抓重点抓效益好的。比如投资额大的,像天河这样有几百个亿投资的,优先让它上。成熟一家上一家。争取三年时间内全部收回池塘。投产的企业,没有污染,或者污染少的,不影响垦区之外海水养殖区的,最好。那就真正是两不误,实现垦区内是工业区,垦区外是海产品养殖区。如果出现污染,而且很严重,直接威胁到海产品生存的,那么,我们就动手收海。采取劝退和经济补偿的办法,引导他们从事其他生产作业。从目前情况看,关系最直接的是十里滩。而十里滩的劳动力因为养殖业的受挫,现在基本上向外流动。因此,解决群众的转产转业不是太大问题。只要我们方法对头，措施有力，是完全可以解决的。

牛书记听了秦三通这番话，十分满意。他认为，秦三通的办法完全可行。于是，他在逐一征求意见之后，做了总结性讲话。

牛书记说，我个人很赞成三通同志的想法。首先，我们有现实可产生效益的五岛湾自然环境，其次，也有想到这里投资兴业的大企业和好项目。同时具备的条件是，池塘养殖区走入前所未有的低谷，养殖效益不好，生产者养殖热情不高，我们的财政收入直接受到影响。正像三通同志说的，要是坐失良机，我们就对不起全县人民，尤其对不起五岛湾这片辛苦围建起来的垦区和五岛湾地区周边的群众。刚才三通同志还没提到，实际上，一旦将五岛湾的开发区建设起来了，当地群众可以不用到外面转产转业，他们完全能就地就业。通过培训后可到企业就职。同时还可以从事第三产业，比如运输、餐饮、旅馆等的服务业。总之，五岛湾成为我县一个重点工业区后，必然出现我们目前还未能预见的物流和人流。那时候，那里同样需要有各种各样的劳动力。一个大型企业就能解决不少就业人员？因此，正如三通同志所说，干事创业，关键在人。大家也知道，当前形势催人逼人，要求大干快上，上上下下都在比项目、比成绩、比进度、比人气、比效益、比贡献、比速度，全省、全市都在争先赶超。你们说，我们有这么优越、天然的地理条件，又有这么多看好我们环境的外商和国企，我们不抢抓机遇，行吗？因此，我个人的意见是，赞成三通同志的方案，把五岛湾垦区开发成一个集聚大型企业品牌产品和大宗产品的工业区，并将它办成有规模、有影响、有效益，在全省甚至全国有知名度的工业园区。而且，力争通过三年时间的努力，把五岛湾工业区真正建设成为江东县的聚宝盆和摇钱树，让它成为我县工业强县的坚实基地。

牛书记呷了口茶水后，继续说，这个五岛湾工业区项目，我建议，就由秦三通同志具体负责，牵头成立一个筹建工作领导小组，可以从相关乡镇和部门中抽调一批政治素质好、能力强、敢担当的优秀干部，协助三通同志具体做好这项工作。

一锤定音！

秦三通成了这个领导小组的组长。别看这个小小的组长，当他运作起来时，比县委副书记的职务还要实在和具体。原来分管党建和农业的秦三通，一时间成了江东县一个分量很重、影响很广、权力很大的领导人物。

第二十一章

金得海的黄瓜鱼苗终于培育成功了。

比起敲鼓打捕黄瓜鱼的那些年，如今的金得海沉稳多了。用现在的话说，叫做低调。连王玉花都看得出来，当他看到从自己育苗场里下网的鱼苗一天比一天壮的时候，金得海总会无声地笑一笑。记得刚刚开始网箱养鱼时，每进一次苗种，或者每出售一次鱼，甚至换一次渔网，他都要请王玉花做上几道像样的菜，打一篮子的鱼丸，请金伙几个弟兄们来聚一聚，相互庆贺一番。这次呢，他变了，变得很淡定很内敛。就连余有山书记上渔排问及黄瓜鱼苗情况时，金得海最多也只说一句：应该没有太大问题。

余有山和秦三通不同，金得海和十里滩人养鱼养得风生水起，特别是鱼价高到大家难以想象的时候，他一次都不上渔排来。得海育苗场建起来到苗种成功培育出来，除了陪秦三通来过一回外，他也没有再来过。在他看来，养殖户自己能办到而且能办得好的事情，政府不必插手，不必自作多情地掺和。群众有困难办不成事时，应该主动出来扶一扶帮一帮，替他们解决具体实际的难题。

余有山突然出现在五岛湾渔排，是在这里出现了大面积退养的状况之后。从金得铁那里听到五岛湾渔排上的人逐渐减少的消息当天,他就来了。一看,果然如此。他的心顿时便凉了半截。那时,金得铁两个儿子的网箱里还有十多箱的海鲫鱼和七箱的东方豚待卖。他们也打算将这些所剩的鱼处理完后,再转产搞相对稳定的海带养殖,或者和别人一样,到别处谋生去。金得铁对两个儿子说:"像狗胆那样的人都能在上海滩混得好好的,你们俩还怕什么?何况家里还有一座价值五百万元的育苗场呢!"

那天,金得铁陪余有山边看网箱边对话。

余有山问:"不养鱼的人,他们干什么去了?"

金得铁对余有山不看好。一个原因是,人家在大公乡当党委书记,一般只当几年,最多一届二届,不是被提拔到县里当副处,就是到县直机关很强势的部门当主官去了。他呢,一当就是三届!年龄都超过五十五岁了,按理该退二线去了,不知是何原因,却一直未退,也不调走。所以,他有点瞧不起余有山。心想,反正你余有山怎有背景有靠山,都不会强到哪里去,既不可能到好的部门当领导,更不会像秦三通那样,被提拔当副县长。还有,关键的一点是,余不是秦那样的热心人,能帮他办成一两件什么私事。再说,诸如读书、调动之类的事,他有秦三通在,根本不用麻烦余有山。因此,对余有山的到来,他陪同得很勉强,爱理不理的。他本不想陪余有山,但又担心自己如果太冷落他,得罪了余有山,说不准这家伙意气用事,心想他自己没前途没希望了,会不会突然生出一计,把支书给撤换了。那样,自己就麻烦大了。

金得铁想,过去当不当村书记无所谓,现在呢,不占这个位置还真不行。因为育苗场正在上马阶段，所借的钱，人家都是看在他书记的这张皮上，一旦撤换下来，人家不向你讨钱算给你面子了。但是，你别想再张口向人家借钱，连银行贷款也办不到了。他之所以勉强陪余有山，正是因为这一点。在这方面，书记又不像村长。村长，上级不能随便换人，更不能随便免职。村书记呢，上级说免就免，一张纸下来，我金得铁就成普通村民了。要说理由吧，随便找一个，客气些，可以说你金得铁年纪大了，头发都白了，要让年轻人上。也可以说你任期超过两届，该歇歇了；不客气呢，就直说你领导能力有问题，为何没把五岛湾的养殖业搞好？为何让这么多的村民往外跑？要是你不陪同好党委书记，甚至还可以说你金得铁不讲政治，无视上级组织。想来想去，要想保住这书记的位子，还得违心地陪陪上级领导。被免职，毕竟不是好名声的事情，对自己对家人，无论如何都不划算。

但是，当余有山问及让他不愉快的话题时，金得铁还是忍不住，回答的口气很生硬。

他说："他们还能去哪里，还不是为了混一碗饭吃。跑了。跑得无影无踪了。鸭子都会往有水的地方唆！"

余有山当然听得出金得铁的不满，但他理解金得铁的心情，不仅人家养的鱼亏了，他两个儿子也养亏了，而且亏得好像比人家还大。他的育苗场因为资金不足，启动后，打打停停。村干部的工资又只有一千多一些。将心比心，换成我余有山，也是没好心情的。

余有山问："得铁，你说说看，就目前这种情况，该怎么办？"

金得铁鼓腾了一下眼睛，这眼神分明有睥睨的意味，但他赶紧收回不妥的目光,并马上转成温和的口气,回答说:"对我们村来说,已经没办法了。村里又不能给他们发工资。群众有生产的自由,爱干什么只能任由他们干去。再说,脚又长在他们自己身上,管不住呀! 我还是要说那句土话,鸭子都懂得往有水的地方唆!"

金得铁说到这里时,很激动,还伸出手掌做了个鸭子唆水的姿态。那样式,可笑又可爱。

余有山笑了,他就是被金得铁的手势逗笑的。他说:"我不是叫你们管住。我的意思是,我们应该用什么措施让五岛湾的海域再活起来?"

金得铁说:"这个嘛,在我看来,最直接最有效的办法就是,政府把我们所养的鱼给收购了。要不就是,采取保护价措施,市场价格低的,不足成本的部分,由政府来贴补。保证群众所养的鱼不亏损。这样,大家的干劲自然就来了。"

余有山又笑了。这个笑是被金得铁的这番话说笑的。他说:"这可能吗?"

金得铁摊了摊手,说:"这个如果办不到,没办法了。"

余有山说:"我们就是要想办法,而且要想出个好办法来。"

余有山要金得铁带他去金得海的渔排看一看。

金得铁的渔排与金得海的渔排只隔了金伙一户。但是,距离却远得很。因为金得海仅靠北边的渔排量就有一百多个,加上金伙的三十多个排。从金得铁所属的网箱步行到金得海的网箱第一间木屋子门前,少说也得走十几二十分钟。一路过来,余有山看见大部分的网箱是空的。连金伙的渔排上,也没有看到几个箱里有鱼在游动。他有些难过。这五岛湾的鱼呀，为何越养越少啦？当时，在余有山的算盘里，如果按方子燕的鱼价再干几年，不但十里滩的人富得流油，整个大公乡也会水涨船高。正如他向县委牛书记所汇报的那样，养殖业这么发达，五岛湾垦区迟早会出现海产品加工业的。一旦有几家专业精加工海产品的企业进来，同时又能推动五岛湾海水养殖业的发展。正当他把引进这些企业作为大公乡发展的一条路子来做时，哪想到，一夜之间，网箱里的鱼说没就没了。这么多而且依然那么新的渔排和渔网，却空空泡在海水里，任其漂浮和风吹浪打。一个那么漂亮的海上鱼城，竟然变得零零落落。往日的人气和生机都到哪儿去了？难道没有了方子燕，五岛湾的鱼就养不成了？

余有山看到金得海了。

金得海和王玉花正在换渔网。余有山看见浑身水淋淋的金得海，向他打了声招呼，"哇，没想到，得海老板这么利落，连换网的活也自己干啊？！"

金得海知道余有山是乡里的书记，对他笑了笑，回答说："有什么办法，都得自己做。自己做不要紧，还赚不了钱啦。"

余有山说："不用担心，你这么肯干，又这么坚持，我相信，肯定会有你得海真正赚钱的那天！"

金得海："但愿借书记的吉言，有那么一天！"

余有山问金得海："黄瓜鱼苗现在试验得怎么样了？"

金得海："只试养一个网箱。黄瓜鱼的习性是长得慢，如果气候正常，应该不会有大问题。"

余有山清楚得很,现在的情况是,五岛湾的网箱养鱼能否存在和发展,全看金得海一个人了。但他相信,只要金得海还养着鱼,五岛湾养殖业的振兴就有希望。

余有山说:"如果需要政府帮助解决的,你尽管说来。我们能做到的一定做。"

王玉花笑了。她说:"政府这么大,权力比天高,只要肯帮忙,没有解决不了的事情。领导你不计较我是没文化没水平的乡下女人,让我随便说一句呀,看你们能不能帮得到。"

"好,你说吧。"余有山点了点头。

王玉花:"政府那么多钱,为什么不能下拨一些钱支持我们养鱼人呢?"

余有山早知道养鱼不容易。他突然记起秦三通在一次饭局上提起过的,好像是秦三通给十里滩特批了一笔三十万元的鱼饵料救急款。如果这笔款下来,作为养殖大户的金得海一定有他的份额,哪怕按平均数来分配,他也能分得一两千元。

余有山问王玉花:"上回县里下达的杂鲜饵料应急专项款,你们领了多少?"

王玉花和金得海一听,吃了一惊,两人面面相觑。

王玉花十分惊讶地说:"哪有什么救急款啊?"

她转而问金得海:"你领了吗?"

一听余有山问及金得海有无领取救急款的事,在旁的金得铁立刻警觉起来。他以为这事都过去多长时间了,人家早把它忘记了,哪想到余有山突然提及。这让他既意外又紧张。他担心余有山当面质问，便装作打电话，从口袋里摸出手机，步到另一个网箱架上，装模作样地将手机贴到耳朵上。

金得铁虽然逃避到隔壁的渔排上，但他的心却一直留意着金得海这边。他只听余有山对金得海说："没领到，不要紧，我想办法给你争取一笔黄瓜鱼苗试验专项补助金。"

这时，金得铁悬着的心才放了下来。不过，他想，这事可麻痹不得，一定得和得银说一声，要有所防备。余有山不是别人，一旦认真起来，别说是贪污挪用了这笔款，就是截留也要受查处。如果场里稍微有些效益，或者资金周转得过来，趁早把截留的那部分款目赶紧处理掉，免得为二十来万元的钱而忧心忡忡。

奇怪的是，金得铁虽想得周到，遇到金得银时，又把这事给忘了。

在江东县，谁都晓得秦三通做事雷厉风行，说干就干，还马上就办。他向来追求立竿见影的效果。

五岛湾养殖区改建工业区的方案在县委常委会正式通过之后，他立即行动。依照他制定的措施步骤，一步一步跟踪推进。

这也许是时势成就了他的谋划。卓总在和秦三通接触过两次后，一直以请他吃饭的名义，催促落实他们之前所议过的企业入驻计划。当牛书记获知卓总的天河集团将首家进驻时，异常吃惊，他眯起两眼，笑着问秦三通："你究竟使用了什么计策，能这么快把他们引来了？"

秦三通有点得意地说："后面紧接着的，还有大丰玻璃和美星纺织。还有一家飞机制造业的，我考虑到效益的长期性，暂时把飞机这一家拦在门外。其实,投资七百亿的天河塑料够我们走在全市的前列了,何况还有几家可以争取得到的大鱼。"

牛书记心情大悦。他也明白,一旦有七百亿这个项目落地垫底,江东县招商引资一定名列全市第一,甚至在全省都有影响。说不准,这个五岛湾还真能给自己的仕途带来红运。但愿如此吧。

牛书记说:"好!你放手去干。哪些拿不下的,尽管找我。"

有了这话,秦三通像有了尚方宝剑一样,一切工作都好办了。

他和五岛湾交锋的序幕很快拉开。

第一场交锋的对象便是余有山。

秦三通首先进驻大公乡。全乡两级干部动员大会后,余有山对此提出质疑。

他说:"秦书记,我还是那句话,五岛湾工业区,最好能引进几家海产品加工企业。把当地的海产资源转化为商品资源。同时带动当地两大主项的养殖业。"

秦三通:"你一定要站在全县的高度看问题,要跳出大公看大公。要理解全县一盘棋的发展思路。你难道还不知道吗,全县、全市、全省,乃至全国都在争项目抢速度。有这么大又这么好的项目来了,我们难道要放弃这难得的机遇?七百亿呀,同志,大公乡从建乡至今经济总量的总和估计都达不到这个数。这千载难逢的历史机遇,你舍得放下?这是给你送上门来的政绩!"

余有山:"我认为,发展经济应该因地制宜,要看当地的实际情况。您是知道的,五岛湾在您一手抓起来后,每年都源源不断地给市场带来几万吨、十几万吨的海产品。要是将这个垦区全部改为工业区,那么,消费者要到哪里才能吃到这些海产品?像天河塑料这样的工业,应该放到山区平原地带去做。"

秦三通听了很不高兴。心想,这家伙好不识相,给软柿子不吃,竟然要对我说教来了。好像老子不懂这道理似的,亏你还是个当了多年的乡党委书记。看来,人家说的有道理,一个乡镇主官不能在一个乡镇待得太久,待久了反而不灵动。要不是看在当年和自己配合默契的份上,我秦三通一句话,你余有山还能当书记吗?这么大年纪了,弄不好,连进县机关的位置也不给,直接让你退二线去了,看你还能怎么样?

一夜之间,五岛湾垦区摇身一变成了工业区。被卓总圈上的那片首批六十余口池塘,不到十天时间迅速夷为平地。池塘的通水管道被彻底堵死,塘里的水被抽干晒尽,并运土填塞平整。

天河集团的入驻速度也是惊人的。池塘被填沙补土后的当天,大型机械设备开始进场。不到十天工夫,他们的厂房如拼贴积木一般,一座一座,一幢一幢矗起来了。

天河集团为何这么赶?后来才知,因为企业原所在地的政府,一直催促他们离开。并且已在两年前就签订了退出条约,规定了退出期限。到他们入驻五岛湾时,已违约超时一年又九个多月。按约定,天河集团要赔偿支付对方的土地占用费两亿三千万元!怎能不急!幸好是大型国企,经得起磨和拖。不过,急得火烧火燎的卓总,只能用钓鱼来打发时间,同时,也用钓鱼的手段钓到五岛湾。

只有秦三通和牛书记自鸣得意,为能在如此之短的时间里,拿下这个七百亿大单而沾沾自喜。

一切依秦三通的设计在行进。在天河落地后的第三个月，大丰玻璃和美星纺织两家企业也先后入驻。两家的投资总额达到三百多个亿！

江东一下子成了全市招商引资先进县。

日子过得真快。半年后的一天，牛书记紧急约见秦三通。

秦三通到牛书记办公室，屁股还没坐下，牛书记就把一叠厚厚的材料递给他。

秦三通接过材料，正想落座，牛书记说："你看看吧。"

"控告书。"一看这三个字，秦三通头脑发麻了。

细瞧，"控告书"上面还有几行钢笔字。是市主要领导签批的督办件。市领导的名字下，还盖有限定反馈时间的红章。

这签字遒劲有力：

> 请江东县务必处理好招商引资和环境保护的关系；务必认真听取和尊重群众的正确意见；务必妥善处理好三者利益关系。不要为发展经济而忽视环境。

秦三通马上翻到第二页，标题醒目：对江东县盲目引进污染企业的严重控告。

此刻，秦三通已经明白了控告的缘由。他开始一目十行地看。其中一段字他反复看了三遍。

一看署名,他愣住了。控告县政府的,竟然是金得海!

牛书记问他:"怎么样?"

秦三通:"依我的感觉,这不是金得海干的。"

牛书记:"现在的情况是,谁写告状信不重要,重要的是,信里所反映的情况是属实的。问题在于,我们怎么整改,怎么向市里做反馈?"

第二十二章

金飙回来了。

随他一起回到十里滩的还有狗胆、依圣和乌鸦。

金飙是因为村里要进行新一届的村民委员会换届选举而回来的。他想当这一届十里滩的村长。

水仙和金得银在县城天利宾馆的事在全村都传开了，但唯独金飙一个人不晓得。谁都不敢告诉他。连和他玩得最铁的狗胆也不敢说。金飙把水仙请到上海去之后，这事也平息下来，随着时间推移他们母子也渐渐淡出了十里滩人的视野。

在上海滩混了几年后的金飙，感觉权力是个很奇怪的东西，有地位有身份的人就是不一样，在外面做事，一旦报出村长的头衔，人家就对你高看一等。你看，像金得银这样字头没名字尾没号的家伙，一当上村长，一下子变得风光无限，连嘴巴边上的八字胡好像也格外威风。

金飙想当村长的心被狗胆东一句西一句地鼓动，燃得比烧红了的铁还烫。不过，金飙的想法和狗胆不一样。狗胆所要的名气可能还带有金钱的味道，就是想通过村长这个职位，替自家捞些好处，或者帮他们这帮狐朋狗友做一些诸如用地盖房用海养殖，以及向上要钱等的实质性事情。而金飙呢，他主要的动机是，让村里人改变对他的看法。过去，他给大家的印象不仅是好吃懒做，还是一个花花公子的形象，弄得全村没几个人瞧得起他，以至于在本村找个对象比登天都难。还好他有一个强硬的叔叔做后台，不然，他可能早已经是几进宫的犯人了，也可能早已经被人家的唾沫淹死在十里滩。现在呢，算自己运气好，背叛了家叔，而且背叛得很成功，在上海有了一席之地，发了一笔不小的财。十里滩的人才像鸭子一样，朝着有水唉的地方跟他来了。

离开十里滩后的金飙，在上海滩经历了几年的酸甜苦辣后，明白了一些人情世故，他成熟了不少。至少他懂得思考了。比如，金飙觉得，这些通过各种关系先后跟随他来的乡亲们，好像只认钱，对他的看法并没有改变。也许是对他过去的所作所为印象太深，在上海，除了狗胆、依圣等几个穿开档裤一起长大的难兄难弟外，其他人并不是从内心里认可他，大多是表面的听命和服从。在金飙看来，现在的他，需要的不再是金钱，而是需要人们对他的尊重。他听狗胆说，有人在背后说他，是瞎猫抓了只死老鼠，运气好。凭他的德和才，能有如此的财运吗？这话实在是刺激了他。所以，金飙才下了狠心，一定得回十里滩，到小官场试一试他的才能，也体验一下村官的滋味。同时，让大家明白，他不是无才的，只是那时年纪小，没机会而已。当年的金飙并非好吃懒做，而是蓄积力量，等待时机。过去的金飙之所以没有作为，是故意以丑恶作为保护色来掩护自己的。要是当年的金飙表现得过于出色出众，或许难以发展到今天，甚至生存都会有危险。如今不一样了，时机到了，是该轮到他金飙登台表现了。

有了想法的金飙回到十里滩后，便马上意识到，如果靠他的影响力，大家不一定信赖他。他知道，对依然留守在十里滩的这批人来说，他仍然是个不懂世事的毛小子。如果是毛小子，人家会选举他吗？显然不可能。如果拿钱来运作，靠狗胆几个人也不靠谱。因为，在村人的眼里，他们这几个小家伙就是害爹害娘的痞仔帮。由痞仔出面做事，大家能放心吗？还有，花钱买选票拉民意，听说还是违法的。一旦被举报，不但当不成村长，有可能还成了犯人。要是那样，岂不是吃力不讨好，花钱买麻烦？损失了钱财且不说，更是坏了名声。那样，以后真正沦落到连十里滩这个老家都回不去的地步了。

为稳妥办成这件事，金飙决定，还是先找得海叔叔。

金飙是在临近中午十二点时来找金得海的。按他以往的经验推算，这时候，得海叔叔和王玉花婶婶正在渔排上用午餐。

他提了两瓶茅台酒，搭乘由狗胆安排好的小快艇来到金得海的渔排上。

晌午，风不知跑到哪儿去了。浩荡的五岛湾海域，平静得没有飞腾起一朵浪花，天空洁净得没有一丝云彩。阳光白晃晃地照在渔排上，一切都那么亮堂堂。

这正是渔家人最喜欢的晴朗天。

被金飙算准，果然，金得海和王玉花，还有金得海雇佣的一班人马，正在网箱的台板上吃午饭。

金飙走近金得海和王玉花，咧着大嘴，笑吟吟地大声叫道："叔叔，婶婶，你们好！"并对他们俩做了个小鞠躬。

金得海没有反应，倒是王玉花笑着说："哇，金飙这孩子长大变乖变聪明了。"

金飙说："谢谢婶婶夸奖。"

金得海突然记起来了，他起身走进小木屋，从抽屉里取出一个蓝色本子，回到原位，随手将它递给金飙，说："这，还给你。"

金飙一见这本存折，便明白是怎么回事，马上急切地说："叔叔，你太见外了。这是我的小心意，你为何这般认真计较呢？"

金得海淡淡地笑了笑，说："你拿回去。叔叔需要的时候，找你，好吗？"

金飙有些难为情，他说："叔叔你别这样了。我不会拿回去的。"

金得海不想和他一直争执这事，便问他说："怎么样，今天为什么事来的？"

金得海说这话时，两眼盯着金飙看。他知道，金飙一定有事找他。

金飙环视一下四周，看见隔壁只坐着听不懂本地方言的工人后，便开腔说："叔叔，不瞒您说，我还真有事找您来的。"

金得海吃着饭，未应答。

金飙理解他叔叔的做派，他干脆利落，不会对人多说一句话。何况，在他的眼里，自己永远是晚辈、小字辈。家叔更不会表现出对他的尊重和礼数来。他家叔能够平心静气地坐在那里听你说话,就算看得起你了。金飙同时还知道,不管自己有多少钱,在外头有多风光,他的得海叔叔一点都没放在眼里。要是显摆一番,一定起反作用。这一点,金飙很清楚,从不敢在金得海或者王玉花婶婶跟前展示他的实力,更不敢像在狗胆面前那样,表现得狂妄和自大。他知道,在这个叔叔面前,只能老老实实,只能表现得恭恭敬敬。不然,他理都不理你,甚至一脚将你踹走。更何况,今天还有事求他来的。不谦卑行吗?

金飙原打算单独和得海叔叔好好谈一谈,最好连婶婶也不在旁。他能随便使唤别人,就像刚才上渔排一样,需要狗胆开船时,叫他开一趟。不用他陪自己见得海叔叔时,就让狗胆先把船开走。但对金得海,他根本不敢这样做。他同样不敢把王玉花婶婶打发到哪里去。这样,他只好硬着头皮把话说开了。

金飙只能开门见山:"叔叔,我想回来当一届村长。"

金得海完全不会想到金飙要对他说的是这样的大事。

他惊讶地问道:"你当村长,那么,得银干什么去?"

金飙:"竞选吧。我不参与竞选,总是有别的人参与。谁得票多谁当选。得银也当几届村长了,当了这么多年,村里没什么大变化,再当没有什么意义了。"

金飙终于露出他自大自满的口气。

金得海听了,有些不满,但他克制着,问他:"得银当村长,村里没有大变化,那么,你当村长,打算怎么做?"

金飙有备而来,他把他的想法和盘托出。他说了一大堆的计划。比如,不提倡做海水养殖,在十里滩村前再围成一块地,建民居新区;把村子背面的路子建起来;全岛实行绿化,像建设鼓浪屿一样,建设十里滩。还有,把整个五岛湾往旅游区方面去拓展,投资办一个五岛湾海上旅游公司,然后……

王玉花听着,扑哧一声笑出来。

这一笑,把金飚笑得不自在了,他以为自己说错了,便转头问王玉花:"婶婶,我这计划不对吗?"

王玉花说:"不是的,我是说,没想到你还真会打算,想把十里滩建成鼓浪屿。鼓浪屿那么漂亮,我们能做到吗?"

王玉花去过鼓浪屿,她对鼓浪屿很有好感,不仅干净整洁,海上风光还真是漂亮,那个沙滩,十里滩就比不上。

她禁不住问金飚:"要是不养鱼了,十里滩人吃什么?"

金飚说:"就是要像鼓浪屿一样,赚旅游业的钱。我们购置一批快艇,可以搞海钓,可以搞渔家乐餐厅,可以开旅馆,还可以……"

金得海:"这设想很好。你从哪里拿钱来开发?"

金飚:"这只是我的设想,这是为了当村长专门设计出来的。当不成,全是废话;成了,再慢慢来吧。"

金得海明白他的意思了。金得海想,真没想到,这小家伙野心可真大,当了老板,还想当村长。这样下去,说不准还想当皇帝呢。

金得海:"你在上海不是做得好好的,干吗要回来当村长呢?"

金飚:"这不一样的。上海公司是自己私人的,当村长是公家的,是荣誉。"

金得海:"你能告诉我,你在上海究竟做的什么?"

金飚朝四周环视一遍后,靠近得海一步,放低声音,神秘地说:

"不瞒叔叔，我在上海滩经营的是新兴科技电子店。"

金得海："合法吗？"

金飙："当然合法。有营业执照的。"

金得海："既然是合法的，又能赚钱，我看，你别搞得那么吃力，又私的又公的。安心在上海把自己公司开好就行了。"

金飙清楚得很，他公司目前正被警方追查的情况绝不能透露给叔叔。他只好说："叔叔，请你支持我。"

金得海："那你把你的真实意图告诉我，你当村长的目的是什么？"

金飙："这个嘛，有点复杂，我一时也说不清。反正一句话，我想要一个荣誉。你一定要支持我。你不支持，这事就没戏了。"

金得海："老实说，我不支持你当村长。现在，我还是希望你把公司经营好，早些讨个好老婆，这样，你也有荣誉了。"

金飙一听金得海不支持他当村长，心透底地凉。叔叔不支持他，也在他的预料之中，只是没想到，他的叔叔会说得这么直接明了，这不仅伤他的自尊心，也是对他政治前途的致命打击。他想过了，得海叔能支持他，能顺利当上村长是最好的；得海叔如果反对他当村长，他也要当！不管怎么说，他也得拼一回。自己的话既然放出去了，好歹也得玩一次。反正，钱有的是，试一试，他的钱能否买得了人心，也体验一下当村长究竟有多困难。总之，当村长这个主意，他是秤砣落进肚里——铁心了。

金飙心底很不高兴，但他面上却表现得很平静。他明白，凭自己过去留给他叔叔的印象，无论如何是说不动得海叔的。说不动不如不说。他装着自然体面样，对金得海和王玉花说："叔叔、婶婶，我先告辞了。改天再来拜访。"言毕，又做了个鞠躬状，然后转身。

金得海说："金飙，你把存折和酒都带走。"

金飙说："叔叔，这些，请你一定笑纳。"说完，大步流星离开了渔排。

金得海和王玉花愣在那里许久。还是王玉花先开口，她说："没想到，这孩子想当村长。"

金得海："这馊主意，想当村长，真正是没死讨死。要真当上了，不但村民遭殃，他也会出事情。"

金飙的船刚刚离开，机船掀动的浪波还未完全平息，又一艘机船"嘟噜、嘟噜、嘟噜"地向着金得海的渔排靠拢。

三个男人和一个女人熟练地从小机船跃上渔排板。

金得海和王玉花相视一眼，再一次愣住。

这女的不是方子燕吗？

这个在金得海、王玉花和十里滩人心里早以为失踪消失的女人，怎么又突然地出现了？难道大白天活见鬼了？

正当金得海和王玉花手足无措时，方子燕开口了。她说："得海弟，你们怎么啦，认不出我了，还是不想认我了？"

金得海仍不敢相信，嘴舌有些笨拙，迟疑不决地说："你是……"

"我是方姐呀！怎么啦？"女人说。

王玉花的脸顿时阴沉下来。她想，你这女人神出鬼没。不但把得海害得险些没了命,还把整个十里滩搞得人心惶惶。十里滩人都以为,是得海勾结你这南方女人,玩弄骗术,欺骗五岛湾养鱼人。幸亏得海在十里滩人心目中还有威望,要是别人,遇上这种事,一定会被乡亲们活活揍扁的。

她本想问方子燕:你还敢再来骗我们吗?我和得海辛辛苦苦了多少年,才刚刚把黄瓜鱼苗培育成功,才刚刚真正地将黄瓜鱼养活养大,你又来出马式做马戏,表演骗技来了?

方子燕看着他们俩的愣头愣脑样,明白了怎么回事。她主动上前拉了一把王玉花的手,说:"都是我不好,把你们害了。现在好了,我可以做主了。以后,我将在这里住下来,和你们搞长期合作。"

说着,她转身对着金得海,指了指和她一块儿来的三个男人,说:"得海弟,他们都是我们公司的领导层人士。我们今天来的一个目的是,商量一下,如何合作开发五岛湾海域,把这里的海水资源充分利用起来。"

金得海表现得有些异常,面孔涨成猪肝色,想说话,发现嘴巴不听使唤,脑子是迟钝的,反应十分缓慢,他甚至感觉到自己想说的话,一直说不出口。

他脱口而出:"这些年,你都躲到哪儿去了?"

这时,方子燕看见金得海有些滑稽相,禁不住笑了。

她说:"我做了什么事?我能躲到哪儿去?你想知道这些年的事情,说来可是一言难尽。好吧,我们坐下来慢慢说。"

这时候,王玉花才发觉自己有些不礼貌,一直让客人站着。起码也该搬张凳子,请他们坐一坐。无论怎么说,那一回,要是没有她的帮助,育苗场办起来,还真的很困难。令她生气的是,这个女人为何跟小孩玩捉迷藏一样,悄悄躲起来。又像一阵风来了。

王玉花赶紧边搬凳子边招呼他们几个:"先坐下,先坐下。"

接着,王玉花烧开水去了。

方子燕环视了下四周的渔排,颇为惊讶地问金得海:"三四年没来,这里怎么变得这么静默呢?你的几个朋友还好吗?"

这时,金得海已从恍惚中清醒过来。

金得海说:"你还敢问起他们来,还不是因为你的一句话,让人养了东方豚,结果,辛辛苦苦养起来,养了那么多那么大,人却跑得无影无踪。害得这些人折本折得有锅没灶,和你一样,也跑了。连最信任你的金波和金涛两兄弟,也跑了。"

方子燕更为吃惊地说:"怎么会这样?"

她接过王玉花递来的茶水后,继续说:"真没想到,问题会这么严重。这个我有责任。难怪,刚才将我们送过来的这个渡船主指着我说,你如果不是得海的朋友,今天要让十里滩人扔到海里去的!"

听到此,金得海急不可耐地接上她的话:"要不是及时处理掉,恐怕连房子卖了都不够养东方豚!"

方子燕说:"所以,我一出来,第一站就是冲你的五岛湾来。我要为我当年说过的那句话负责。"

端着茶壶的王玉花听着他们对话,只是不停地摇头和叹气。不过,她细瞅一番方子燕后,发觉这一回她真有些显老了。她不仅发型变了，不像第一回来时那样，一头爆炸型发丝夸张地舒展开来，而是和江东县城里的女子一样，头发鸡笼子似的罩着，只是被染成了金黄色，让人看不出是个上了年纪的女人。这回，她身着一件淡黄色的上衣，扣着扣子，把脖子遮掩掉了大半。

金得海沉默无语。他对方子燕有了提防，心里暗暗想，经过这些年的挫折，终于把适应于五岛湾的黄瓜鱼苗培育成功，又养殖成功，同时，鱼的销路已经拓展，也可以这样说，黄瓜鱼的出路已经不愁，所以，她买不买鱼，已经无所谓。如今实在亏不起了。因为，我金得海已经不再年轻。

在旁的三个男客人看出了金得海的不安和忧虑。其中一个与金得海年纪相仿、身高体壮、脸色黝黑的人，手捧玻璃茶杯，从椅子上起来，正想说什么，被方子燕拦住。方子燕对这个男人说："你不懂，我可不能言而无信。"

第二十三章

仿佛一夜之间，五岛湾海域的渔排又热闹起来了。

可以说，方子燕没有再次出现之前，金得海对黄瓜鱼的养殖已经胜券在握。他育苗场所培育出来的黄瓜鱼苗成功率已经达到百分之九十多。同时，养殖的成活率也达到百分之七十以上。更重要的是，他有了一条十分稳定的销路，那就是他精心组织了一支营销队伍，每天以五百斤的数量把养成的黄瓜鱼送到省城和县城的十多家菜市场，以每斤二十元左右的价格出手。这样，他所养殖的黄瓜鱼基本上有了稳定的出路。二十元上下的价格，实现了消费者买得实惠，养殖者又有效益，两头得利的局面。因此，在金得海看来，只要没有大的台风，照此发展下去，五岛湾养鱼必定有东山再起的一天。

果然，十里滩闲着的人坐不住了。

看见金得海的鱼源源不断从渔排打捞运往外地，金如竹坐不住了。几天的心理斗争之后，他终于又走向渔排。

金如竹是个闲不住的人。没有养鱼后的他，靠打零工过日子。通常是得海育苗场苗仔出场时，需要帮工，他就去了，一天一百元，或者一百五十元。可是,这只是短工,一个月没有几天,闲下来的时间多,他只好去讨小海。用自己的小木船,和破旧的小渔网,后来又改造了网箱养鱼时用过的大小网格不一的渔网,到五岛湾海域捕捞。打捕几天没捕到三五条鱼,还不够买虾当饵的本钱,又消耗了体力。突然的一天,金如竹如梦初醒一般悟出道理了:看来,想让养鱼赚到钱,一定不能大跟风,养的人要少,养的鱼要独特,养别人没有养的,这样,人们才会对你所养的鱼或者虾感兴趣! 只有那样,鱼虾才能卖出好价钱! 金如竹想来想去,觉得终究要解决的是养什么鱼的问题。跟金得海养黄瓜鱼吗? 如果养,下手就得快。免得到人家都养的时候才跟上,又当了绳子的尾巴,受力又受苦。你不养,渔排空放在那里,不仅白费了,风吹日晒,雨淋浪泼,还得折损。他感慨渔排不知不觉也停用几年了。要是不利用起来,说不准都不能用了。要养,下手就得快!

第二天,金如竹向得海育苗场赊购了五千尾的黄瓜鱼苗后,又走向渔排。

金如竹重新养鱼这事在十里滩反响很大。金如竹是个牛脾气的人,在他心中,十里滩上没有一个有本事的人,除了他自己。但是,经过一番的周折,他还是服了金得海。之前的事都不说,单说这三件事,他佩服得五体投地。

第一件是,两年前,也就是大家都退养的时候,夏季,突然来了一场台风,把得海的网箱打得七零八落,其中还有两个渔排被风浪刮出五岛湾。损失多少? 没人知道。别人仅是空网箱,被大风吹散或者被大浪打沉,就大喊大叫,说自己损失了多少,争抢第一时间向村里报告,等待政府给他们补偿。可金得海呢,一声不吭。乡政府来人调查,问他损失情况,他摇摇头,说不是很厉害。村干部和群众都以为他一定会报出个大数字来,谁都没有想到,他竟然说,不用报不用报。鱼流到海里,仍在海里;网箱打散了,我能找到,修修整整都还能用,不要紧的。当时,金如竹想,这家伙真是粪坑里的石头又臭又硬!要是换他金如竹,损失那么大,在来调查的乡干部面前,早已声泪俱下,甚至是泣不成声了,哪像金得海若无其事一样,跟人家说上几句就转身忙活去了。

第二件是,在金如竹看来,金得海真是个意志顽强的人。鱼价大跌时,人家及时处理了网箱里剩的鱼,关了门,上岸干别的事情去了。而他却不依不饶,非要把黄瓜鱼苗培育成功不可,还一定要养殖成功。金如竹发现从他场里赊到的鱼苗,和以前别的鱼苗就是不一样,成活率很高,高到多少,他算不准,但他只晓得,五千尾的鱼苗好像基本都在。原来只放两个网箱,不满一个月,就分成六个网箱,再过一个月,又分成十二个网箱。膘长得快,色度又好。他看着一条条摇头摆尾的小黄瓜鱼,不仅替网里的鱼儿开心,也赞叹金得海的死拼劲!同时,他还佩服金得海的肚量。亏了那么多,竟然还愿意把苗赊给他养。起苗的那天,金得海说:"如竹啊,不用写条子,先养,养成了,卖得钱了,还我的苗款就行。"这话,他听了很暖心。这时,他才明白,为什么有这么多的人愿意铁心跟着他干。金如竹还想,要是自己还年轻,一定还跟着他。

第三件是,很多人不理解,金飙给得海送一本一百万元的存折,他且不说不要,请他合股赚钱,名正言顺,叔侄之间有什么事情不能合着做呢？村上多少人求都求不来要跟着金飙到上海滩发些小财养家糊口，而金飙求他合作，他却不肯答应。明摆着有钱赚的事不干，却非要在渔排上和风雨浪涛做伴，还要承担亏损的风险。真是不可思议。不知他做如何想，在金如竹心里，金得海是个硬骨头，一个铮铮汉子！

得海育苗场的鱼苗可以赊销的消息一出，十里滩的人待不住了。多好啊，得海的苗子可以赊，养活了，到鱼可以卖钱后还苗款，这意味着什么？就是说万一黄瓜鱼养不成，卖不到钱，那么，这苗子的钱就挂到脑后去了。让人家更加有信心的是，王必昌，这个奸商味很浓的家伙，也来了个新策略。因为养鱼的人少了，王必昌的杂鲜生意一天比一天差，连得海对他都有成见，不用王必昌的杂鲜了。这样，他只好改变了策略，学着金得海，开始回归到刚刚养鱼时的那样，先赊欠，卖鱼后还钱。这么一来，所有渔排闲置着的人家都想重走养鱼的路。大家心里都会算这笔账：因为苗和杂鲜都能欠，意味着一分本钱不用花。鱼养大，能卖钱，咱们把欠的两项账给还上；要是亏了，咱们一脚跳上岸，连小木屋的门也不锁，更不管他们来讨债，躲藏起来，或者逃出去。谁都奈何不了咱们。

好消息一传十，十传百，几天时间，整个五岛湾的渔排上人气又旺起来了。

金如竹看见渔排上的人马一天比一天多起来，很不是滋味。他嘴上不敢明说心底里却骂开了：这些人跟屁虫一样跟上来。又是这么多的人养鱼，还能赚到钱吗？早知道这么多的人学着他，老子就不干！

五岛湾的养鱼业又一次走向高潮，不能不说和方子燕的这次到来有关。

那天，金得海终于被方子燕的真诚感动了。

原来，方子燕每从五岛湾买了鱼回去，基本上没有给公司带来效益。最严重的是东方豚，一家所谓的日本公司说要高价收购，结果口说无凭，当她从金得海这里高价收走东方豚，一到那里，对方立即翻脸不认人，否认了当初的口头之约。这给和她合作的公司造成巨大的经济损失。因此，她的股东们一气之下，将她诉诸法律。结果，方子燕以欺骗罪和勾结他人捣乱公司罪，被送进了监狱。幸好她的表哥，就是这次随她一起来的那个高而壮的男人，替她周旋，变卖家产，赔偿支付她股东所诉的经营损失。近四年时间，她表哥费了九牛二虎之力，想尽一切办法，方子燕才终于重见天日。令她表哥想不到的是，一出狱，方子燕就想到金得海，还非要带上他和他的哥们一块儿来不可。

金得海听罢方子燕这些年失联的前因后果后，心情骤然复杂起来。他首先是感动。他哪能想到，做生意的方姐会发生这样的意外。这种情况下，她仍然没有忘记我得海，依然为我的鱼的出路操心。而我呢，却错怪了她，始终以为她在玩着捉弄人的游戏，故意制造一种玄而又玄的商机，随意抬高鱼价来糊弄十里滩的养鱼人。十里滩多少人被害得放弃养鱼、逃离家园？要不是自己立场坚定，也许早像金波、金涛兄弟一样，被金飙一说，无法忍受周围如此清静，也随大流离开十里滩了。刚才，自己怠慢了她。对不起，太对不起了！金得海在心底一直这样说着，但是，他嘴巴上一句抱歉的话也说不出来。

还是王玉花反应快,她说:"哎哟,方姐,不好意思,我们都错怪你了。我就对得海说过,方姐不是这种人,是阴是阳,一定会给我们个音讯。真没想到,方姐为了我们惹出这么大的麻烦来。不过,我们哪方面都想过了,连做梦都梦到你,就是不敢把你方姐往坏的方面想。怎么会出现这种事呢?"

方子燕说:"连我自己都想不到,都怪我太重情了!"

王玉花招呼金得海说:"别发呆了,赶紧过来帮忙,捞两条鳜鱼上来,还有那几条晒干了的九节虾和鲂鱼干,好好招待一下方姐。"

现场的氛围朝缓和温馨发展。

方子燕告诉金得海,这次教训很深,想做大事业,自己必须有决定权,因此,她和表哥合伙开了公司。现在好了,自己有权做主。不过,从今往后,也不能像过去那样,感情行事。合作必须按市场规则来。朋友归朋友,生意归生意。争取要做到合作共赢。

金得海说:"对!"

晚餐后,金得海和方子燕谈成三点合作意向。一是,方子燕公司如数收购五岛湾所养殖的黄瓜鱼,并委托金得海代为集中收购,价格以当天市场为准;二是,双方合作收购其他如真鲷、鲈鱼、东方豚、海鲫等杂鱼,并共同建造一艘活鲜运输船,资金可由方子燕公司负责垫付;三,合办一家黄瓜鱼加工厂,像烤鳗一样,对黄瓜鱼做深度加工……

这个消息一传出,像一场大风,在五岛湾海域掀起了又一波不小的浪潮。

当然,也有不少的人疑惑和担心,方子燕这女人可靠吗?会不会再来炫一下,好像傍晚海空上出现的一抹彩虹一般,十分美妙诱人,却很快又消失不见了?

有人说,如果前怕狼后怕虎,那就躲在屋里别出来,什么事都不必做算了。

最高兴的莫过于金得银和金得铁二人。之前,他们投资五百万建成的育苗场,刚育出三四批的鱼苗,鱼就卖不动了,价格越来越低,退养的人越来越多,他们的育苗场不关门也得关门。一听说方子燕和金得海签订长期合作,收购五岛湾的黄瓜鱼合同的消息,他们重新启动了育苗场,决定也学着金得海,赊苗!

这下,十里滩又闹腾起来了。

十里滩的人就是这样,做事看风势。养的人多,一有钱赚,就跟风而来,你养我也养。仿佛这回再养鱼的人都会捡到金银财宝一样,谁都不考虑养多了的后果,还感觉不养就亏损了。金得铁说,现在是个好时机,再不育苗,那就赶紧把这个场变卖算了!

鱼苗能够全赊,这对十里滩人来说,简直是天上掉下的馅饼。不赊白不赊。反正赊的苗要等鱼成品出售了,赚了钱后再考虑还苗钱,赚不了,苗钱只能再欠。要是亏了,谁都别提苗钱的事。

静寂了很长一段时间后的十里滩,眼下却很像五岛湾过端午节一样,一到五月初一龙舟自然被人从岸上推下水,整个水域热闹得像个集市,人山人海,沸沸扬扬。

水仙是在村上的人几乎全把她淡忘的时候意外出现在十里

滩的。

她变胖了。一副完全富态的模样。面庞又阔又大,脸上找不到一根皱纹,连鱼尾纹也没有。她的脸蛋一改旧时的清癯和苍白,虽仍是白,但却是白里透红,正如十里滩人常说的"红粉起白肉"。不晓得她底细的人,只要看她这身骨架,不说她是富婆,也认定她是官太太。

水仙出现在金得海和王玉花跟前时,他们夫妻俩也怔了一下。水仙对王玉花一声亲昵的招呼后,王玉花才敢认定这位富态女子就是水仙。

水仙接过王玉花递来的一杯茶水,连连啜了几口,自己搬了张小椅子,在木板上坐了下来。

金得海的心弦绷紧了。他已经猜出了水仙的来意,禁不住有些心慌。他想,要是她提出那个请求,自己该如何作答?他清楚,他的嫂子不会无事登门的。在他的印象里,网箱养鱼搞了这么多年,水仙上渔排来,包含这次才第三回。正当金得海和王玉花各自揣摩着关于水仙的来意时,跷着二郎腿的水仙说话了。

"得海,金飙想当村长的事找过你了。这事,你一定得帮个忙。"

金得海没想到水仙的这个话会说得这么直接。他回答说:"我又不是领导、干部,怎么帮这个忙?"

水仙说:"金飙信任你,只要你在族里人面前发个话,请他们投金飙的票就行了。这道理你又不是不懂。金飙说了,除非你得海叔自己要当村长,你不当的话,这位置不如让给他。"

金得海说："别的事好说，选村长，我还真不好帮。你想想看，难道我要挨家挨户走过去，求别人来选我的侄儿？人家如果问我，得海你什么道理一定要人家选金飙当村长，我怎么应他们？"

水仙说："金飙他很想替村里人办些事。再说，他是年轻人，想进步！这就看你得海叔想不想帮，愿不愿意帮。如果愿意帮，什么道理都有。哪怕没有道理，也可以请人家投一票吧。我们金飙也不会亏待他们，只要他能当得上，他对帮他的人都会表示心意的。你们也知道的，金飙出去后，见了世面，人也长乖了。你看，他念念不忘你得海叔，手里一有了钱，第一个想到的就是你得海叔。专程回来给你送了一百万。"

金得海一时语塞，不知该如何应答。

水仙继续说："人家当村长都不用理由，也当得好好的。现在政策多好，不需背景，不用条件，只要票数多就行。"

金得海说："那就随人家的意，人家选他，他就当吧。"

水仙听出金得海满心的不愿意，仰起头眺望天空，突然，她长长地叹了一口气，语气极为悲伤地说："唉，要是得水这短命鬼在的话，就不用我操这心了！可惜，可惜……"

水仙从小提包里掏出一块手巾，俨然一副落泪样。

一听到得水两个字，金得海的面孔怆然失色。

第二十四章

让秦三通终于做出收海退养决定的是,卓总前后三次赶来向他做了严肃认真的报告。卓总这么着急地找秦三通,是因为市环保部门接到上级机关转来的控告信后,准备约谈他。他知道,已经不能回避这个现实了。

卓总态度明朗地告诉秦三通:"五岛湾的鱼不能再养了。"

秦三通问:"怎么了?"

卓总说:"实话告诉秦书记,本企业所排放的液体对水质可能产生污染。也就是说,这些污染源一旦排放到海里,五岛湾海域里的海产资源可能受到影响。海水里的物质,包括养殖的鱼虾类,当受到一定程度的污染后,如果不会直接发生死亡,这些鱼类,可能也不宜食用。"

秦三通惊讶地问卓总:"当时我不是问过你了,你不是说没有影响;如果有影响,也是微弱的。为什么现在突然说可能有影响呢?"

卓总说:"我当时哪想到这边养殖这么多的鱼。还有,当时所产生的污染源好像也是轻微的。不像今天这样,一入水里,不但有味道,还会发生色彩上的变化。严重的时候,可能和自然海产生的赤潮一样,出现油腻和光焰。"

秦三通问:"如果这样,该怎么办?"

卓总说:"威胁最直接最严重的就是海水养殖区。这样下去,五岛湾里养殖的鱼类,可能有变异迹象。目前自然海里的海产品受到的影响尚不明显。因此,我们建议,关停五岛湾海域养殖区,及时处理现有的鱼类,赶紧撤销所有渔排网箱。不然,当严重后果表现出来时,我们一方面可能措手不及,一方面可能更难以面对养殖户,难以处理可能引发的各种矛盾。比如,群众要我们赔偿鱼损,怎么办?这鱼又不是三吨五吨,而是整整的一片海域啊!我们企业如何赔得起?因此,我的意见是,目前,我们出一些钱,政府出政策,将海收回来,鼓励养殖户转产转业。"

秦三通摇摇头,说:"这不好办。养殖户不是三户两户,而是整整一大片。面这么广,怎么让他们撤?再说,不让他们养鱼,他们靠什么吃饭?你把这么大的一片海腾出来,空在那里,群众又会怎么说?你难道直说要把大海清出来,让一家或者几家有污染的企业来生产?群众是最实际,也是最讲实惠的。海空在那里不给养,我们给群众什么好处?"

卓总说:"所以,我的想法正是,解决问题一定要早要主动。给他们一些适当的补助,做做思想工作,群众还是最好说话的。怕就怕干部的思想做不通。"

秦三通从位置上站了起来,说:"现在群众的法律意识强了,也有政策觉悟,不是像你所说的那么简单和容易,爱养则养,爱撤就撒。渔民比谁都懂得多。"

卓总也从位置上站起来，靠近秦三通一步，说："只要你肯用心帮忙，办法总是比困难多的。秦书记，拜托了！"

秦三通正想说什么，桌面上的手机铃声响起。一看，是县委牛书记。他连忙避开卓总接听。牛书记那头只说一句就挂了。

秦三通告诉卓总牛书记找他后，离开了办公室。

牛书记找秦三通，说的正是卓总提及的事情。他接过牛书记手上递来的文件后，心顿时绷紧了。

此刻，他明白，要是没有实际行动，无法向市里交代，后果谁都清楚的。

金得银被抓的消息是第三天才传到十里滩的。

村干部失联是很正常的。一两天消失在村民眼里，人们以为他们到外地开会或者出差办事去了。当他的老婆玉香发现他的手机在第三天仍然处在关机状态的时候，发觉不对劲了。玉香连忙上金得铁家。这是金得银交代过她的。玉香记得金得银曾经对她说过，万一出现失联失踪什么的，你必须第一个找得铁报告，请得铁支书拿主意。

金得铁一听玉香报告这消息，禁不住吓了一跳，脸色顿时凝重起来。他对玉香说，得银前天分明是去乡政府开会的，怎么会失踪呢？得铁本来也要参加乡里召开的党委扩大会。因为前天刚好侄儿结婚办酒，他是这场婚宴的总负责，只好找了个患重感冒的名义请了假才没去参会的。

玉香说:"对呀,他也是这样说的。得银从来是不关手机的。怎么一关就是两天。会不会出什么事了?"

金得铁心里有些慌乱,但却安慰玉香说:"先别慌,也许手机没电。我赶紧联系一下。"

说着,金得铁抓起正在充电的手机,摁了个号码,拨出去了。

一会儿,那头接听了。他问了开会情况后,接着问得银的行踪。那头反问说:"你难道不晓得吗?前天的会议还没结束,得银就被县反贪局的人带走了。"

"呀——"金得铁听此,情不自禁地惊叫起来。然后,也不知对方在电话里还说了什么话。

玉香从金得铁惊恐的表情中已经明白了得银的不妙处境。但她并不知道究竟发生了什么事。她一连问了几句,金得铁才诚惶诚恐地回答道:"得银被抓走了。"

玉香很吃惊地问:"得银犯了什么事,难道是水仙告他强奸?这事都过去多少年了,还没放下?我玉香都不找她算账了,她却反攻倒算来了?这臭婊子!"

金得铁从慌张中回过神来,对玉香说:"你不要乱说话。怎么会是这种事呢?我想,是不是有人陷害他,我要上县里查问清楚再说。你可不敢急,更不敢乱说话。"

金得铁已经心乱如麻。他心中有数,得银被抓走,十有八九是和那笔三十万元的钱有关。他担心,如果真是这件事,可能还好处理些。因为他已经做了手脚,也就是在账本上将这笔款的分配细表列好,还填写了领款人的名字,并盖了手印。不过,他得马上找一下秦三通书记，只要他肯帮忙，出面和有关部门打个招呼，请他们网开一面，从保护基层干部的角度出发，应该可以从宽处理的。

别看金得银这家伙嘴巴上硬得很，一听说检察官请他到办公室坐一会，他的腿就发软了。那天，一到县检察院，两个检察官的脸色变了，全然一副严肃的表情。其中一个检察官十分严厉地问道："金得银，你老实说来，三十万元的钱都给谁了？"

金得银在路上想着对付的一套对策，被这一问全乱了套。他战战兢兢地说："领导，放心，我会如实说来。"

这个检察官接着说："我们的政策，从来是坦白从宽，抗拒从严！你要是不配合把案情交代清楚，我们只能送你去看守所。"

一听说要送他到看守所，金得银额头开始冒汗。看守所他是很清楚的，不像拘留所，待问题查清即可回去。进看守所就等于被批捕了。一批捕就是犯人一个。这样想着，金得银把事情的过程一五一十全如实交代了。从问答到笔录完，盖上手印，前后不到一个小时。

金得银以为这下应该可以放他回去了，便问他们："我现在可以走了吗？"

"哼！"这名检察官说，"看在你老实配合的份上，今天先在我们这里待着，我们还得调查，核实你所交代的情况是真是假。你现在还不能回家。反正这里不会让你饿着。"

金得铁慌里慌张赶到县城找秦三通，他并不知道秦三通仍在大公乡部署退养收海专项工作。

　　金得铁带了十几只亲虾找秦三通来了。何谓亲虾呢？亲虾，就是虾母，即可受卵培育子虾的对虾，一只的重量一般都在半斤以上，又大又好看。金得铁的习惯是，上门找有用的人时，总带有伴手礼，对方收下礼物，等于事情成了一半。何况他和秦三通又是老交情，只要能见到他，又肯收下这东西，话就好说了。可是，他在县委门口兜了大半天，却一直没看到秦三通的身影。本来他是可以直接和秦三通打电话的，因为这次是与经济有关的案件，他担心秦三通让他有事在电话里直说，所以他又不敢打了。下班后，他只好到秦三通所住的小区门口死等。功夫不负有心人。傍晚临近六点时，秦三通的车子终于出现了。

　　一到秦三通的家，秦三通就问金得铁："你是不是为得银的事来的？"

　　金得铁不自然地笑了一下，说："秦书记你真是英明，一说就准。"

　　秦三通问道："三十万元这笔钱究竟怎么回事？"

　　金得铁便把当年这笔钱的安排情况，如实地向秦三通做了报告。他补充说："当时只是想先占用一下，哪想到，育苗一年不如一年，鱼也养得一年比一年少。十里滩没有一个不亏本的。连得海也亏得一塌糊涂，只是这家伙臭硬，不敢吭声而已。"

　　秦三通说："根据材料看，得海是领了钱的。实际上，得海没领到？"

　　金得铁点了点头。

　　秦三通说："已经晚了。得银那里已经交代得一清二楚，连乡政府财政所那个商西葩,收下你们给的一万元,也被牵扯进去了。"

金得铁说:"秦书记,我跟你说的全是实话。这笔钱,我和得银两个人并没有领回一分钱放到口袋里,只是先挪到场里用一用。"

秦三通说:"实质是一样的。你这个场又不是村集体的场,分明是你们两个私人合资。再说,你挪一挪,挪了多少年,到现在还在占用。表面上没有把现金放进口袋,实际上你们是贪污了公款。你难道不懂吗,那份名单里,只有金得木和金如竹等三四个人真实领过钱,其他都是你们自己写自己签,还是得银自己一个人一个一个指头换着印下的手印。从假名单和假账本来看,你们并不是想挪一挪、暂用一下的,完全属于冒领。"

秦三通边给金得铁倒水边说:"你们怎么这么糊涂呢?你想给自己就定自己的好了,顶多算是安排不当或者多吃多占。你们这样做,性质完全变了。从我所知道的情况看,得银整天这里跑那里跑,你们场拿到的钱还少吗?"

金得铁感觉到了问题的严重性,着急地问道:"秦书记,你说,我们现在该怎么办?"

秦三通摊了摊手,又摇了摇头说:"现在案件已经真相大白,得银该说的和不该说的话都说了。你说有什么办法?他们下一步正准备找你。"

金得铁一听,吓出一身冷汗。他知道,一旦找他,他就像得银一样,有去难回了。还好今天终于见了秦书记一面。眼下,秦书记是救他的最后一根稻草。金得铁从秦三通这里听到的情况看,说明这案件是秦三通在掌握着,不然,他不会知道得这么早,也不会了解得这么具体。

金得铁可怜地说:"请秦书记帮帮忙啊。"

秦三通从沙发上起来,在客厅里踱步,说:"让我怎么帮呢?"

金得铁慌乱得很。他也清楚,这个忙即使能帮,也帮得很吃力,因为得银已全部做了坦白。像杀猪一样,一桶滚烫的汤水已将猪身洗白洗净了。

当然,金得铁并不晓得,抓走金得银,是秦三通一手策划的。但秦三通根本不会想到,这个案件竟然和金得铁有关,而且他们俩还是一条线上的蚂蚱!

当金得铁如热锅上的蚂蚁焦急万分时,秦三通在心里已经替金得铁做了安排。

金得铁也从沙发上站了起来,又说了一句:"秦书记,你得帮我想个办法啊。"

秦三通又坐回沙发。他问金得铁:"你知道我这回为何要在乡里开大会吗?"

金得铁说:"我只是听说,县里决定要我们村不做养鱼的事了,是吗?"

秦三通点了点头,说:"对。现在县里出台最新最大的决策,就是要把工业经济搞上去。所以,要将五岛湾养殖区改造成经济开发区。这些你已经知道了,大型企业已经进来好几家了,那么,我们的总体规划是,五岛湾海域不再作为养殖区存在。因此,要求做到五岛湾海域所有的渔排一箱不留。"

一提这个话题,金得铁又吓了一跳。他马上联想到,要是不养鱼的话,自己的两个孩子干什么去?为此,他原本一度恐慌的心情骤然间变成了烦恼,他也忘记了自己将要受到的处罚。于是,他禁不住问秦三通:"不养鱼了,我们十里滩人干吗去?"

秦三通说:"没有我动员你们养鱼之前,你们干什么?没有金得海的带动,你们会养鱼吗?你们不是常说'有鸡有鸡米,有仔有仔粮'吗?没有鱼可养,肯定会有一条更好的路子走。只要是活着的人,总不会站着被活活饿死吧。"

金得铁听见秦三通的口气这般硬,才联想到自己目前的处境,突然悟道,眼下养鱼不养鱼并不重要,重要的是,如何把困扰自己的厄运摆脱掉。不然,说不准检察院的人已经在他家门口等他了。要是自己被抓,一不小心把不该说的也说出来,恐怕要坐牢。那样,当不成支书且不说,自己的名誉先完全扫地。以后如何面见乡亲?如何在十里滩做人?

想到这里,金得铁不知该对秦三通说什么。

秦三通说:"这样吧,看在我们多年交情的份上,我想出了个主意,不知你愿不愿意配合。"

金得银一听这话,激动地问道:"什么主意?"

秦三通说:"你带个头,把渔排给收起来处理掉,表示支持县委的决策。我可以跟牛书记说一说,一个理由是,你是老村干,工作干劲大,有政治觉悟,能顾全大局,不追究你的责任,从这个角度,应该可以说得过去。"

金得铁明白了。秦书记这次下大公乡来和他当年在乡里当书记完全不一样。那时候,他生怕没人养鱼,动员金得海,还有社会能人当先锋，一定要把五岛湾的海给利用起来。这回呢，是收海来的，他怕人家不愿意退养。此刻，金得铁真的想到秦三通的心里去了。让不让养鱼，本来县里做个决策，下份文件，下级都要落实，只是落实的时间和速度问题。谁敢反抗呢？可是，问题在于，当年五岛湾养鱼业是秦三通他一手发动起来的。他要是到第一线去做群众的思想工作，群众如果斯斯文文地问他，秦书记，你记得你当年是如何动员我们养鱼的吗？你来了多少次渔排，说了多少次的长期优惠政策，为何现在又不让我们养了？我们经历了多少年的艰苦摸索，才刚刚取得成功，也才刚刚得些效益，你就拆台来了。这个台子是你自己亲手搭建起来的，现在又是你来亲手拆它，你是不是又想利用我们这些老百姓的退养，走你的加官晋爵之路？你的嘴还是嘴吗，你说的话还是话吗？我们是相信你之前的话，还是今天的？你为何要这样？

金得铁很快想通了。眼下的自己等于是砧板上的一条鱼，刀柄握在秦书记手里。如果不答应，一刀下去，自己不但政治生命没了，接着要关押受审，还要和金得银一样吐出已经吞进肚里的东西。这还不要紧，十里滩能当和想当书记、村长的人多的是，他们俩一倒下，后面马上就有人接替这两个位置。金飙不是正觊觎村长之位吗？换届的时间还早，金飙早就找上自己了。你看，要是换别人当书记当村长，他们肯定也得奉命执行县上的决策。那时候，自己更是他们刀下的鱼，爱怎么杀就怎么杀，爱怎么煮就怎么煮，自己连谈条件的机会都没有。既然如此，不如自己主动应承下来，何况又是秦书记亲自出面说的，既给足领导面子，又能保存自己的一切,甚至连金得银也能保下来。这样,不是皆大欢喜了吗?

于是,金得铁笑了。金得铁的笑当然是假笑,是装出来的笑。他还要装出很高兴的样子说:"秦书记,这个没问题。我保证带头,第一家将网箱给收起来。不用谁再来找我,你秦书记一句话,我什么事都要办到,何况渔排。"

秦三通说:"好。这就好办。你不但要带好头,拿出行动后,还要说服你的亲朋好友,特别是你自家人,做到你一人行动,带动一片。这样,我就好替你说话。"

金得铁网箱里的鱼还没全部清退完,金得银就回来了。

第二十五章

已是秋分时节,五岛湾海域有了些微的凉意。海风吹来,把海水里细嫩的盐分刮起一同扑向人们的皮肤,让人感觉痒痒酥酥的。这季风,对在渔排上劳作的人来说,穿一件衣衫偏少,穿两件又热得难忍。到了这个季节,海边的人知道,海水的蓝色开始向浅灰色转变,呈现出较为混沌的模糊的色彩,让人们无法准确描述它的颜色和状态。有人只是觉得,这时节里的五岛湾,连风来潮动的形态也和夏天不一样,那浪涛似乎很随意地接连形成不大不小的漩涡,向方方正正的网箱拍打而来,仿佛涛声也比之前神秘。

金得海是在渔排上被专案组的人带走的。

午休起来后的金得海腿脚刚迈出小屋子的门口,两个陌生人堵住了他。

金得海扫了他们一眼,正色责问:"你们是什么人?"

一人回话:"我们是县里下派大公乡专案组的。"

金得海说:"专案组跟我有什么关系?"

那人说:"有一些关系。实话告诉你,你领取了县里下达的专项救助金,签字等手续不完整。我们要请你核对一下。"

金得海一脸诧异地说："我领了钱,手续不完整?我领过什么钱?我从来没领过什么救助金的钱。"

另一人说："所以,我们要请你去核对一下。"

金得海说："我忙得很,哪有时间跟你们做这些事?!如果一定要核对,你们现在就把手续拿来让我看一看不就得了?"

金得海接着问："要去哪儿查看?"

那人说："就在乡政府。"

金得海想,如果在乡政府看一看账顶多花半天时间,影响不是太大。就是有影响也还是要去弄清楚这账本是怎么一回事,看看谁的胆子这么大竟敢冒领了我的钱。这些年来,自己一头扑在海里,从未和官场打交道,在网箱上可能也待傻了,该领的钱被人盗领了还蒙在鼓里,他们要不说,自己还真不晓得。看来,这事一定得弄个水落石出。

金得海决定随他们走一趟。

金得海边走边记起几天前余有山一班人来渔排时的情景。

一阵寒暄后,余有山告诉金得海："你们不能养鱼了。"

一听这话,金得海火了起来,问道："这是怎么啦?"

余有山说："这是上级做的决定。就是渔业要给工业让路。你已经看到了吧,垦区里不全成了工业区了?还有,因为有它们在,你的鱼不退也得退。如果排出的东西有污染,鱼还能养得活吗?"

金得海怒目圆睁,一下子把眼前这个书记当成了要他退海的仇人,他很想一个拳脚打过去。

一个干部说："金老板呀,实话告诉你,我们的余书记一直替你们养鱼人说话。为了这件事，还同县上来的工作队的领导当面吵过几回。你知道吗，我们最希望你们的鱼养得好好的，环境又能保护得好好的，整个五岛湾天蓝水净。可是，上级要抓大工业，要抓新项目，要抓经济总量。我们是下级，必须听上级的。余书记今天来，目的就是听一听你们的意见，把你们的意见向上级反映，争取多让你们养一段时间。即使要撤，也得让你们有个思想准备和转移时间。"

这时，一起来的其他干部纷纷安慰金得海，请他不用急，有话慢慢说来。

那天，金得海对余有山还说了这样一番的话。

金得海说："余书记你还记不记得，当年不是金某我非要养鱼不可的。是你和你前任的那个秦书记几次三番到我家动员之后，我才做这事的。为养这鱼，我没少伤脑筋，没少亏损过。说句不好听的话，最困难的时候，险一些都要跳海了！只可惜我们都会游水，死不了！"

金得海继续说："余书记，你说是吗，秦书记当年还动员我说，大胆干，遇上麻烦，大胆找他去！我有麻烦的时候，找过他吗？"

金得银被审查时，有两个情况他没有想到。

一个是，自己该说和不该说的全说了，仍然被扣起来不让他回家。金得银被关起来时，虽然是一间办公室一样的房间，但他已经明白怎么回事了。他异常地烦恼。他是个自由自在惯了的人，哪能受得了这种限制。没有这次经历前，他不知道自由的宝贵。之前,他想进县城就进县城,想回家就回家。在十里滩呢,自己家的饭菜吃腻了,就找个借口到哪个朋友家里吃个鲜的,喝几杯感觉不一样的酒。突然对哪个女人有那个想法了,他同样找理由上那个女人的家。这回最令他激动的是,已经中断联系多年的水仙终于被他再次纠缠上了。在他磨破嘴皮后,水仙答应为金飙当村长的事和他在县城见个面。他已经安排好周密的约会方案。他打算,在这回的约会中,只要水仙肯答应和他保持原来的关系,他坚决把村长位置让出来。他还将向水仙做赌咒似的表态,不仅发动家族上的全体人员投选金飙,同时还要发动他所有的亲戚和朋友,把票投给金飙。要是金飙当成了村长,他就要求水仙给他一些钱,不要太多,一两万元就行。因为水仙家现在有钱了,金飙又当村长了,我得银不当村长就没了这份收入,你多少总该表点心意。再说,发动亲朋好友拉选票总要花些小钱请人家抽根烟喝杯酒什么的,你说是不是?还有,约会的当天,她如果肯同自己上床,想必水仙会答应给钱的。在他眼里,水仙从来就是个大方的女人。后天就是他们约定见面的时间,可是,自己还被关在这里。要是知道老实交代也还是关着,不如什么话都不说,看他们能怎么着。只可惜自己不够镇定,一看见穿制服的陌生人腿就发抖了。更恼人的是,手机被他们扣起来了。如果手机没扣下,可以给水仙打个电话,跟她说明一下,自己在外面出差,约会时间改一下,免得她以为自己讲话不算数,以后联系她至少好说话些。这次能够重新联系水仙很不容易,千言万语加甜言蜜语都说不动她,还好讲到她的软肋上——要金飙当村长,她才答应下来的。哟,对了,他妈的这些检察官,拿走手机后放在哪里,在谁的手上?他们会不会关机?关机了还好,要是不关机,有人打电话进来,特别是女的电话,被他们接听了可如何是好啊?! 还有,手机里的秘密可多着呢。仅和水仙发的示爱信息就有几十条。还有雪梅骂他的信息也没有删掉。这个,都怪自己太粗心了,那天本来要删掉,却想留着等和雪梅见面时质问她一下,为何这般粗鲁地对待他? 哎呀呀,那些骂他的话,如果不太要紧,那么,照片库里拍有几张女人不雅的照片,要是被他们看到了,那真是羞死人了! 难怪,雪梅在信息里就骂他一句话,你是共产党的败类! 完了完了。仅凭这些,就可以扳倒我金得银了,何况还交代了和得铁合占公款的事。哦,对了,是不是得铁也被"请"进来了? 自己已经把得铁给招供出来了,估计仍把自己留在里面,目的是要将得铁请来对质一下,情况是不是如我所想的这样。这样想来,得铁的村书记也当不成了。现在看来,这些都不重要了,最重要的是,水仙找不到自己怎么办? 金得银想,此刻,要是能放他出去,让他做什么都行,哪怕变鸡变狗也愿意!

第二个没有想到的是,第三天傍晚,金得银被关得异常失望的时候,他房间的门被打开了。进来两个办案人员。一个人严厉地对着他看,突然喝道:"金得银,你还有什么话要说?"这回,金得银淡定多了。他想,反正和水仙约会的时间都过了,其他的一点都不重要了,关在这里没有什么不好的,有吃又有喝,又不要忙活,只需思想通了,其他都无所谓了。手机里的东西,你们爱看就让你们看吧。下流就下流,你们这些人手机里的东西难道都不下流吗? 难道没有和女人睡觉吗? 如果没有,你们还能生下孩子吗? 只是你们伪装得比我得银斯文一点隐蔽一点而已。说难听些，不管哪个男人，脱下裤子还不是一个样？你们神气什么，只是你们运气好，多读了几年书，考上去了，有一身的老虎皮穿着。要是我当年听爹娘的话，肯下功夫读书，说不准老子也是吃公家饭的。这样想着，金得银很不服气地问对方："怎么啦？难道你们还能把我金得银拉出去枪毙？"那人却笑了，对金得银说："你他妈的金得银，枪毙你还浪费一颗子弹！"金得银问："那又怎么啦？"那个人说："你真幸运，乡政府的人来接你回去。但是，我告诉你，今天是你们乡里有急办的公务先放你走。你的案件还没了结，随时等候我们通知。"金得银听了，有些得意，做调皮状，说："那我就不走，索性等案件办好了回去。"那个人说："真的吗？要是这样，那是最好的。不过，我告诉你，想留下来，不好意思了，现在起，你就不能留在这里，必须送看守所去。"说完，他转身后又补了一句："我这就去补办一下手续。"当这人真要离开时，大公乡政府来的一个干部上前拉了金得银的胳膊，笑着说："得银，你怎么说这些废话，你才关几天，是不是就关傻了？"然后，又拦住那个检察官，说："你别听他的，我们带走他了。"

一到大公乡政府，金得银迅速被两个人关进了一间光线很暗的屋子。金得银知道这是乡人武部的办公室。接他回乡政府的两个人中，他只认识乡党委成员武装部长。后来，他才晓得另一个是县工作队的干部。

部长让金得银坐下来后，即开口说："得银呀得银，你真是命大，换一个人，你不死也得脱一层皮。你知道你是怎么回来的吗？"

金得银摇了摇头。

部长说："告诉你吧，是秦书记出面将你保回来的。秦书记以退养收海工作急需你回来的名义，硬把你保回来的。现在你回来了，你就必须真正地工作起来，表现好一点，你已经交代出来的事情估计可以大事化小小事化了。要是做不出成绩来，那么，后面的话，不用我说，你也知道。你是个聪明人，怎么做，不用人教的。另外，你被检察官'请'走的事，回去后，你可以不说，我们也替你保密下来。这事涉及的商酉菔也一样，暂时都先保下来了。这次，你还是要跟商配合，尽快把渔排全部撤走。"

提到商酉菔，金得银心头颤抖了一下。他知道，商酉菔收下一万元钱的事是自己供出来的。他和金得铁商量给商酉菔原定送一万五。本来就是要送这个数，刚好那天在县城要请水仙吃饭和住宾馆，还答应给水仙买一只金戒指做纪念，结果，自己手头上的现金不够，只好先从这笔现金中抽出了五千元。给商酉菔送钱时，商看也不看一眼，推辞不要。金得银记得对他说了一句关键的话后，商酉菔才半推半就地将这个装有现金的信封放进抽屉里。他这句话是这么说的，你放心吧。我们是多年的朋友了，如果真有事情，我是绝对不会供出你的，有事我得银一个人扛着。可是，哪想到，一进那个地方就食言了，你不交代还真不行。哎呀，真是对不起商酉菔兄弟了。如果他不计较，以后一定要加倍补偿他。幸好他没被处理。要是他因了这个一万元受处理，那我得银这个人真是造下大孽了！

一回十里滩，金得银和金得铁见过面后，马上行动，以每斤黄瓜鱼十九元的均价全部售出。仅五天时间,金得银就将渔排清理完毕,比金得铁做得还干净利索。因为当金得银的鱼及网箱全部清除完成时,金得铁两个孩子还留下近十箱的杂鱼。金得铁本来也想清个干净,但是,他的两个儿子不同意。因为他们看到,真正清理网箱的只有金得铁和金得银等不到九户人家。连金得木和金如竹两个人,只是象征性地卖掉几箱黄瓜鱼后,就不卖了。有人问金如竹:"怎么不卖了?"金如竹说:"政府如果急着用海,那么,肯定会出高价赔偿我们的。我们都卖完了,连渔排都清出去了,以后还能从政府那里领到大的补偿金吗?"

金得铁的大儿子金山听了这话,对金得铁说:"我们必须留一些,不然,正像如竹说的,全卖完,哪里要钱去? 你看,得海一条鱼都不动,人家对他都没办法。"

金得海到乡政府后,也是被带到人武部办公室。

请金得海来的两个人将金得海交给人武部长后,就离开了。

随部长一起进来的还有两个人,一男,一女。女的年纪大约五十岁。部长说:"你们俩抓紧先跟金老板对账。"

女人便将一捆票据打开,抽出其中的一张,放到金得海面前,说:"请你核对一下,这是你签的字和盖的手印吗?"

金得海识字不多,顶多认得自己的名字和阿拉伯数字。但他眼力很尖,一眼扫过去,发现写有他名字的就有三个。其他人的名字,他只看得懂"金"字和"得"字,后面真正的名字他全看不明白。但在所有名字的后面,都印有红色的手印。手印,他是知道的。他赊欠他的大舅子王必昌的饵料款超过五十万元的时候,就得写一张欠条,还要他盖个手印。除此之外,他好像再没有盖过什么手印了。所以,他一看见这张纸,马上否定。他说:"这绝对不是我的手指印。不信,你们可以现场拿来比对一下。"女的说:"那么,你再认真看一下,这字是不是你签下的?"金得海认真又细细地瞧了瞧,发现,这歪歪斜斜的"金得海"三个字似曾相识,又像又不像。他的名字倒是经常写的。比如,他每天都得向王必昌的杂鲜船赊购鲜饵料。王必昌极少在船上,他手下的人依照王必昌的规定,不管是谁,赊欠杂鲜饵料,当场都得签个字以示认账。因此,他"金得海"三个字几乎天天写。虽然天天写,但这个字没有进步,仍然是刚学写自己名字时一个样。那个"海"字里面的点,他总是写成捺划,而且还划到外面去。他对这个印象特深。所以,他越看越觉得这账本上的字真像他自己签下的。一细想,这怎么可能呢? 他根本就没有印象哪个人拿着这样的表格请他签字。为此,他最后断定说:"这不是我写的。"

女人说:"金老板,我们比对过你买杂鲜时签过的字,好像是一个模样的。"

金得海声音大了起来,喊道:"这是不可能的!"

女人被他这一吼吓了一跳。她瞪了金得海一眼,说:"如果硬说不是的话,那么,我们只能请鉴定专家来做最后鉴定了。"女人边说边忙着她手头上的活,又从一捆中抽出一叠来。

火爆脾气的金得海哪经得起女人问这个问那个,而且一张纸上的几个数字都要反复问几次,跟审查犯人一样,咄咄逼人。金得海实在耐不住,很生气地敲了一下桌子,结果,门外进来三个人,指着金得海问:"你想干吗?"边问话边拥上前来,合力按倒了金得海,将他的手机给没收了。

其中的一人说:"金得海,你以为这里是你的五岛湾渔排吗?你这般凶恶,有你好看的!"

金得海并不知道,人家正等着他发脾气、拍桌子和打骂人。

第二十六章

　　细心的人发现，五岛湾海域里的水色变了，原来湛蓝清澈的水质已经变得不再洁净，尤其是它的表面，似乎被一层灰白色的东西罩着，让人感觉不管天阴天晴，这水总是灰蒙蒙的。不再是原来的水天一色了。

　　有人担心，这样的水质养出来的鱼，还能活吗？即使能养活鱼，有人敢吃吗？

　　那么，这水怎么变成这样呢？这话题在十里滩如一场突如其来的台风一样，热议开了。

　　有人问："水质变成这样，究竟是何原因？"

　　另一人就马上接过话头："这还用问，原来几千年几百年以来的水，有这种情况吗？"

　　也有人质疑："难道这几家企业影响这么大？"

　　许多人不停地摇头。

　　扛着一捆渔网正从码头边走上来的金如竹，听到这些议论声，停住脚步，把肩膀上的渔网往地上一扔，涨着通红的脸膛，气呼呼地说："五岛湾要完了，十里滩也要完了！"

一个人笑着讥讽他说："如竹呀，这个完那个完，你想去哪儿活啊?!"

金如竹说："只能跳海去了！跳海又死不了。"说着，他抓起衣角抹了一把汗津津的脸庞，继续说："难怪政府一直催着赶紧退养，这样的水，你不退养，鱼也活不成了。"

有人说："如竹你傻逼，你不退养，留着鱼，要是真死鱼了，要他们赔！"

金如竹说："你们看，如果得铁得银两个人不退养，我们大家跟着还有一线希望。他们当干部的怕当不成，听上级的话，带头早把鱼给撤了，大笔补贴费补偿费的钱早被他们领走了。我们还有戏吗?"

有人说："你们还不知道，听说，得海被乡政府的人带去问话，到现在还没回来呢！"

"真的吗?"有人将信将疑。

"已经有好几天了。王玉花都急得没主意了。"那人补充了一句。

有人气愤地说："鱼养得好好的，究竟是谁把这些有污染的企业引进来的，害得我们的海成了这个样子?"

有人回答道："还能是谁？听说就是当年动员我们得海带头养鱼的那个秦三通。这回，他回头驻在乡里，要我们搞所谓的退养。他啊，出尔反尔，都不敢来我们十里滩呢。得铁和得银，他妈这两个人太软了！风还没吹一下，他们就把船抬到岸上来了！这种比柿子还软的人，不能再选他们当干部了！"

有人问："不选他,选谁呢?"

金如竹说："选得海当村长!"

有人说："得海肯当村长敢情好。他哪想做什么干部?"

金如竹说："他不当,我们大家都选他,他不当也得当了!"

有人说："得海都被抓走了,还能当村长?"

金如竹说："总要放他回来吧! 不过,三五天要是还没放他回来,我们大家要想法子。不然,人家以为我们十里滩人没胆。一个带大家开路的人,说抓就抓,说扣就扣,没有人出来替他们说话。以后,更是谁都可以被随意叫走又扣起来了!"

"对呀,这实在是过分了!"

金飙得知金得海被抓的消息,是在这事件发生后的第三天晚上。消息是水仙告诉他的。金飙打电话向他母亲了解关于他当村长的事。金飙这次电话的本意是,如果他母亲出面了,得海叔仍不愿意帮忙,那就算了,他自己想办法。最下策的一招是,花钱买票。一定要先当上这一届的村长,哪怕上任后被查被处理清退下来,他也愿意。

实际上,金飙已经明白这时候是他所从事的行业的危机时刻。他在上海大街小巷经营的几十家电子赌博店已全部被公安机关列为侦察控制对象。不少店面已被责令关门整顿。他知道,关门整顿意味着即将闭门停业。想恢复经营,成本很大。之前,已有两家被强行关门整顿。他通过关系花了不少钱,勉强复业,十天不到,有人举报后,又被勒令关门。因此,金飙知道,他的门市部已经接近穷途末路。照这样下去，他和他的弟兄们很难在上海滩混下去了。要是能够趁这次换届选举的机会回来当一当村长，喘一口气是很有好处的，一是可以以此借口退出这个行业，给自己台阶下；二是回老家看看气候，伺机东山再起。如果当不了村长，等于只有一条路——在上海等待太阳落山。那时候，回到十里滩犹如流浪儿归家，人家不管你有多少钱，看到你灰溜溜地回到故里，再搞养鱼的事，实在是丢尽脸面。那时，人家一定会说，难怪他叔金得海不会跟着他走，说明他家叔早就看透他的本质了！

水仙在电话里将金得海被抓的消息告诉了金飙。金飙听后异常惊讶，他连忙问水仙："什么事情？"

水仙说："你叔叔在渔排上被两个人请去对账。结果，不让他回来了。"

金飙说："怎么会这样呢？他哪个事得罪了谁？"

金飙和他母亲通完电话后，坐不住了。他连夜买了机票，只可惜没有第二天的飞机，到第三天中午时，他终于火急火燎地回到十里滩。

不知怎么听来的，金飙竟意外获知一条信息，说金得海所涉及的并非一般的经济案件，更不是他的补偿金等钱被人冒领，而是他曾经给所谓南方的一个女商人提供经济等多件机密情报。给五岛湾渔业经济造成重大损失。现在正在继续侦察核实之中。

闻此，金飙吃了一惊，难道之前长期来渔排买鱼的那个妖冶的方姐竟是女特务？真是知人知面不知心。这么个神出鬼没的女人，难道真的借买鱼之名行买情报之实？

凭金飙的感觉，得海叔不会做这种事。他叔叔不是这号人。他给叔叔送的一百万元的存折，他动都没动过。他缺钱吗？肯定缺钱，但是，他是个臭硬的人，绝不会为了钱做出违背他良知的事。再说吧，得海叔叔整天在渔排上，和海水打交道，和网箱里的鱼打交道，和海风打交道，他从何得到能值钱、有价值的情报？说十里滩别的人干这种事，甚至是村长金得银，我金飙都相信。说得海叔干这事，我金飙死也不信。

金飙提着小包，和陪他一块回家的狗胆径直往家里奔。到家门口时，发现自己家的大门敞开着，一个人影也没有。但他听见屋里传来异常的声响。他想，难道自己的家进贼了？他对跟在他身后的狗胆作"嘘"的一声，表示不要发声，让他看看屋子里究竟发生了什么。于是，他们俩蹑手蹑脚地往屋子里走去。到客厅时，金飙听见一个男人的声音从里面传出，声速很急，好像用力过猛正喘着粗气。这时，金飙心跳加速。他想，难道哪个胆大的正干着侵犯他母亲的事？想到此，他火冒三丈，容不得更多的想象，他扔下手里的包，急忙手脚并用，将没上锁的门使力推开。一看，金飙呆住了。进入他眼帘的情景是，一男一女站在桌子旁。金飙想退出去，但是，来不及了。那男的已经看见了金飙，并马上推开了水仙的身子，说："金飙回来了。"这时，水仙慌里慌张地转过身来，定睛一看，果然是金飙，她愣了愣，但很快反应过来，说："飙，你回来了。我正和得银叔商量着村长选举的事。"

金得银对金飙的出现十分害怕。他担心一向蛮横的金飙可能会对他大打出手，没想到，金飙只是脸色不大好看，他便壮了胆子还想说话。

金飙怒火中烧，厉声喝道："你他妈的，给我滚出去！"

金飙回头对水仙说："娘，你怎么让这种人进我们的家门？"

水仙正要解释些什么，金飙异常愤怒地提起皮包，气呼呼地夺门而去。

余有山听了杜小康关于金伙等群众将于翌日上访县政府的情况汇报后，心里很难受。他同情生产一线的群众。他想，靠海的人不让他们干海的事、从事养殖的活，让他们干什么去？为何非要他们背井离乡不可？上访，就让他们上访去吧。不然，不上访问题还真的难以解决。只有上访，而且只有集体上访了，才能引起上级的重视。他刚放下手机，铃声又响起来。一接，是县政府分管信访的副县长。副县长说："针对明天可能到来的上访，牛书记做了指示，请大公乡务必做好管控工作。一定将事情在基层解决！"

这下，余有山只好决定连夜去一趟十里滩。

此刻，已是傍晚，太阳已经从海上消失。只有余晖的光芒给人的感觉依然是白天。

金飙的心情糟糕透了。他怒气冲天地从家里出来，正不知往哪去时，在村的大路口刚好碰到金伙和金夏等一批从乡政府上访回来的人马。

金春、金夏、金秋三个兄弟意外碰见金飙，特别高兴，上前拉住金飙的手，热情地互打招呼，并拉金飙往他们家里去。金飙正想找个人将他心里的话放一放,并商讨个救出得海叔的好法子。因此,就随金春他们的队伍去了金伙的家。

金伙见外甥回来,知道一定是为了得海的事。觉得这孩子成熟了,很高兴,打过招呼后,不再说别的什么,便和金秋等人一块儿张罗晚餐,打算吃饭时慢慢叙来。

天色已经黯淡朦胧。晚餐刚刚开始,门口进来了两个人。一个是村书记金得铁,一个是乡党委书记余有山。

金得银尾随其后,当他听见屋里有金飙的声音时,马上收住脚步,退出厅堂溜走了。他不敢与金飙照面。

余有山一进来便客气地说明今天和秦三通书记以及乡长等人在县里开会没法接待他们来访,金伙听了,感觉这位余书记很有乡村人家的味道,便热情招呼他入座。余有山也不客气,在餐桌旁坐了下来。

余有山并不动杯动筷,一落座便开宗明义。他问:"听说你们明天要进城上访是吗?"

金伙坚决地说:"得海没回来,我们肯定要上访。你们总要给我们个说法吧!"

余有山说:"据我了解的情况是,得海老板的问题有点复杂,他涉嫌把我们这里的养殖情况透露给了一个形迹可疑的女人。"

"形迹可疑的女人?"金伙听了,先是一愣,但马上反应过来,坚定地说:"得海做这种事,绝对不可能! 他透露情况,渔排上的情况还用他来透露吗? 有头脑的人一看网箱就明白,何必请人收集? 如果非说有个形迹可疑的女人,不就是那个方姐吗?"

余有山说:"那么,现在最重要的是,你刚才所说的那个叫方姐的女人能否找得到。她一出来,案件就可能真相大白。"

金伙说:"方姐这女人神出鬼没的。她爱来就来,不来呢,连电话也联系不上。"

"谁说呢,我这不来了吗?"金伙话音刚落,一个女人的身影旋即出现在金伙的家门口。这把在场的人全看呆了。啊,方子燕,这形迹可疑的女人来了。

金得海回来了。

他的渔排顿时又成了热闹的地方。

金得海说:"你们可不能冤枉方姐。她是个好人!别的且不说,这回要是她不肯出来亮明身份,说不准我得海也成了出卖情报的特务了。"

金得海突然正色起来。他环视一下四周,终于找到立在一旁的金夏,他说:"金夏,你是读书人,会写文章,以我的名义,帮我写一封控告信给省领导,你就说我们县的秦三通,为了他个人的升迁,破坏'海上渔村'建设工程,替有污染的企业撑腰掌舵,公然要赶走一大批渔业养殖生产者,充当破坏海洋生态环境的罪人,应给予查处!"

在旁的人听了金得海这番话,很是解气。金如竹说:"得海兄弟,你才被政府带走几天,一回来,说出的全是官话。你怎么变得这么有水平了? 看来,想说有水平的话来,不一定要读书,只需和政府里的人接触几天就行了!"

金如竹的话，把在场的人逗笑了。

金夏说："不瞒大家，我早就把这情况向上级反映了。只是用的是我三个兄弟的名义。"

金得海笑着对金夏伸出大拇指，说："很好！你真聪明！但是，不够，你再写一封，必须以我金得海的名义！同时，也要向市领导写一封信，反映十里滩经济问题。就说我们的村出现救急专款被村干部贪污占用的问题，以及我得海的钱被人冒领的问题！"

金得海又说："我们建设'海上渔村'，路子是对的！"

不出金得海所料，三天后，县退养收海工作队在大公乡干部的带领下，又驾船来到了他的渔排。

乡副书记杜小康把队长带到金得海面前，介绍后，队长很温和地对金得海说："金老板，退养，都是替你们养殖户着想的。当前的现状和未来的情况是，五岛湾的海水已经不适合搞网箱养殖了。"

金得海说："那么，既然知道不适合海水养殖，退出的应该是对五岛湾海域有污染的企业们，而不是我们养殖户。"

队长进一步做动员："金老板，请你一定理解我们的难处，养殖业的路子宽得很，五岛湾不能养，我们可以到别的地方去。政府会给退养户一定经济补偿的。"

金得海说："补偿金能让子子孙孙一直吃下去吗？我们生在这片家门口的蓝天大海边，就是要靠这片海吃饭，我们不能离开这片海。再说，我们这一代人有责任保护好这片蓝天大海！"

一个消息从县上传来，本来要提拔秦三通为正处级领导的考核工作被通知暂缓。接着，有人向金得海报告，金得银和金得铁被检察院的人带走了，商西葩也带走了。

金得海脸色凝重。他说："这些人总想多吃多占，迟早有出事的这一天！"

在村级换届选举一天紧逼一天的关键时刻，书记和村长竟然全被抓了起来，这是全县罕见的。为此，大公乡党委书记余有山决定，特事特办，充分发扬民主，提前对十里滩村的党支部书记进行海选。村长呢，依照法律程序进行选举。

那么，究竟谁来当十里滩的村长呢？这事，立即在十里滩热议开了。

大部分群众的意见是，谁敢出来为保住十里滩和五岛湾这一片的蓝天和大海出力，就选谁来当村长！

金飙态度异常坚决地表示："我可以做到。"

有人问他："你打算怎么做？"

金飙说："我有办法让影响我们海洋生态环境的企业搬走！"

大家听了很高兴。都说，金飙你如果有这么大的本领，这村长肯定给你当！可是要等到你这想法实现后，才能让你来当！

金伙专程来到金得海的渔排，把金飙的这个想法转告给了金得海。金得海听了不置可否。沉默了许久后，金得海笑了。他问金伙："这村长如果我来当怎么样？"

金伙对他竖起大拇指。他说："我们大家都想请你来当村长，只是不敢张口。如果你愿意当，实在是最佳的选择！"

在小木屋里煮饭的王玉花一听说金得海要当村长，马上放下手中的活，冲了出来，赶到他们俩面前，对金得海说："得海啊，你还不怕事吗？为了养这一片的鱼，受了多少的苦和难，耗掉了多少的心血，你还嫌不够苦和累吗？自己的事都管得这么辛苦了，还想管全村的事，你是不是吃得太饱，管得太宽了？求你了，得海，别当什么村长！"

金得海说："之前，我参政意识太差，总以为自己无德无才，管不了那么多的公家事。哪想到，我不想干，却让那些想贪想占公家便宜的人上去了。更可恶的是，他们当上了，贪占了，还不想替我们讲话，所以，我不能退让了！"

金伙再次对他竖起大拇指。

这正是收获的秋天。天格外清，海格外蓝，五岛湾风光格外靓丽。

虽然已是午后，但这火红的阳光依然热气腾腾。

仿佛有一阵风吹拂而来，渔排扬起一波浪涛，声音特别响亮。

接着，一层一层的波涛訇然而来。

金得海一看，正是涨潮时分。

（小说原名《涨潮时分》，发表于《福建文学》长篇小说专号）